Marina Boos

Jules Welt

Frühlingsglück und Gartenzauber

Ein Kreativ-Roman

KNAUR

Bildnachweis
S. 1, 2, 3, 265 oben: istockphoto / GeorgePeters (Ast), creativemarket Watercolor flower DIY pack Vol.2 (Blätter und Blüten), Franzi Bucher (Vogelhäuschen)
S. 265 unten: creativemarket Watercolor floral edges+backgrounds (Blätter und Blüten), Franzi Bucher (Tisch, Töpfe, Gießkanne, Blumen in den Töpfen und am Baum)
Alle übrigen Illustrationen und Muster: Shutterstock.com

Besuchen Sie uns im Internet:
www.knaur.de

FSC
www.fsc.org
MIX
Papier aus verantwortungsvollen Quellen
FSC® C083411

Originalausgabe März 2018
Knaur Taschenbuch

Ein Imprint der Verlagsgruppe Droemer Knaur GmbH & Co. KG, München

Redaktion: Antonia Zauner/Christine Albach
Covergestaltung: Franzi Bucher, München
Coverabbildung: creative market/Lisa Glanz; creative market/Graphic Box; Franzi Bucher; mludzen/iStock; GeorgePeters/iStock
Layout, Satz und Umbruch: Michaela Lichtblau
Druck und Bindung: CPI books GmbH, Leck
ISBN 978-3-426-52177-9

2 4 5 3 1

Kapitel 1

Freundschaft ist weit tragischer als Liebe. Sie dauert länger.‹ Wie findest du das Zitat, Jean?«

»Ni schlech«, murmelte Jean. »Chool.« Er war kaum zu verstehen, weil er sich zwei Buntstifte zwischen die Zähne geklemmt hatte.

»Ist von Oscar Wilde.« Jule legte das Zitatebuch zur Seite. Sie saß im Schneidersitz auf der breiten Durchreiche zwischen der Küche und dem Garten ihres kleinen Cafés Lindenblüte. »So. Entscheidung gefallen. Das nehme ich.«

Sie griff zu ihrem neuen Skizzenbuch, schlug die erste Seite auf und notierte Zitat und Datum in Schönschrift. Die königsblaue Tinte glänzte feucht. Gebannt beobachtete Jule die faszinierende Verwandlung, bei der die Tinte in das Papier einfloss, sich mit den Zellulosefasern verband, ganz langsam trocknete und einen matten Ton annahm.

Tinte, das verkörperte in ihren Augen Ruhe und Gelassenheit. Im Gegensatz zu Kugelschreiber oder Bleistift entschleunigte sie das Schreiben. Dieses Gefühl, die Gedanken im wahrsten Sinn des Wortes auf das Papier fließen zu lassen, erinnerte sie an ihre Zeit in Japan. Wie sehr hatte sie dort die ruhige Hand eines Kalligrafen bewundert, seine Wertschätzung für das Papier, für die Tinte und für die Worte. Genauso wollte Jule es halten und dieses Buch sorgsam behandeln. Jede Woche würde sie seine Seiten mit einer neuen Zeichnung von einem leeren Blatt in eine Erinnerung verwandeln und das beginnende Jahr in Bildern festhalten.

Jean nahm kurz die Stifte aus dem Mund und schaute von seinem eigenen Zeichenblock auf. »Vielleicht sollte ich auch mal wieder ein paar alte Freunde anrufen. Man verliert sich zu schnell aus den Augen. Und im Nu ist einem die Zeit wie Sand zwischen den Fingern durchgeflossen.«

Jule lächelte. »Ja, das habe ich mir unlängst auch gedacht. Deshalb haben wir das jetzt auch endlich angeleiert. Also, Cora, Maike und ich.«

»Mweer?«, brummelte Jean, der sich die Stifte wieder zwischen die Zähne geklemmt hatte und lange Striche auf das Papier warf.

»Habe ich dir wirklich noch nichts von denen erzählt?« Jule rückte den Block auf ihren Knien zurecht.

Jean schüttelte den Kopf.

»Meine ältesten und besten Freundinnen. Wir kennen uns seit einer Ewigkeit, sind durch dick und dünn gegangen und haben in einer gemeinsamen Wohnung in Frankfurt gelebt. Wir haben einfach alles zusammen gemacht: Reisen, lernen, Partys, lange Abende voller Gespräche. Wir waren mehr Schwestern als Freundinnen.«

Mit einem Seufzer ließ Jule den Block sinken und schaute hinaus, in den nebelverhangenen Garten der Lindenblüte.

Jean kritzelte konzentriert. Er schien nur mit halbem Ohr zuzuhören. »Mhrm. Romntisch.«

Jule seufzte noch einmal und sortierte ihre Zeichenstifte, die in zwei mit buntem Kies gefüllten Marmeladengläsern steckten.

»Romantisch? Hm. Irgendwie schon. Die beiden bedeuten mir sehr viel, und sie fehlen mir sehr. Es wird Zeit, dass wir uns endlich wiedersehen.«

»Hawt ehr och feft verfabred?«

Jule strahlte. »Oh ja, das haben wir! Ob ich das irgendwie im Bild einfangen kann? Diesen Neujahrsmorgen, die Freundschaft und was sie mir bedeutet?«

»Mlar«, nuschelte Jean, spuckte die Stifte aus und fuhr sich durch die Haare. Um die Augen herum sah er ein wenig müde aus, dennoch saßen das Haar und Rockabilly-Jeans und -hemd tadellos. »Denk nicht so viel drüber nach. Lass es fließen! *Das* ist der Augenblick! *Das* ist die pure Emotion. Hol die Bilder aus dir heraus, lass die Inspiration durch dich hindurchströmen. Du hast so viel Routine, du brauchst nicht mehr über jedem Strich zu grübeln, deine Finger wissen, was zu tun ist. Aber du musst diese Denk-Jolanda ausschalten, die zwischen deinen Emotionen und deinen Fingern sitzt. Es gibt nur deine Gefühle und deinen Stift – Swischswisch!«

Er warf das Blatt hinter sich, wedelte mit einem Rotstift wie mit einem scharfen Degen und stürzte sich dann auf das nächste leere Blatt wie D'Artagnan auf die Schergen des Kardinals. Sein wilder, verhangener Blick glitt vom Papier in den Garten und vom Garten auf das Papier. Zu seinen Füßen bedeckten die Skizzen den Küchenboden wie bunter Schnee.

Eigentlich hatte die Lindenblüte heute geschlossen und Jean, der Koch, frei.

Aber Jean war eben Jean, spontan und stets voller Ideen, und so hatte Jules Smartphone schon kurz nach acht eine Nachricht empfangen, die vor lauter Vorschlägen nur so überquoll.

Jules Blick wanderte ebenfalls durch das große Fenster hinaus in den Garten. Wie so oft am Neujahrsmorgen war es kalt, ohne wirklich winterlich zu sein. Eine klamme, feuchte Kälte hing über dem Rasen und verhüllte die Obstbäume. Hinter dieser Nebelwand versteckte sich ein letzter Rest Nacht, der sich langsam zurückzog.

Jule tippte mit dem Bleistift auf dem Block herum und ließ die Stimmung auf sich wirken. Aus den Augenwinkeln beobachtete sie den völlig der Kunst zugewandten Jean, der wie in Trance zeichnete und kolorierte. Jean war mehr als ein Mitarbeiter für sie, er war eine verwandte Künstlerseele und auf dem besten Weg, ein guter Freund zu werden.

Es gibt nur mich und meinen Bleistift. Und es gibt den Anfang. Ohne Anfang kein Flow.

Sie rückte ihren kuscheligen Wollponcho zurecht und setzte die Bleistiftspitze auf das Papier.

Vollkommen egal, ob diese erste Zeichnung des Jahres ungelenk wurde. In zwanzig Jahren würde sie froh sein, nicht nur geschönte Ausschnitte ihres früheren Lebens zu Gesicht zu bekommen.

Ganz langsam bewegte sich die Hand mit dem Bleistift. Die Spitze folgte den strubbeligen Linien der wintermüden Grashalme. Es war ein vorsichtiges Herantasten an das Wesen des Rasens, an die kleinen Moospolster, die sich im Schatten der Hecke ausgebreitet hatten. Mit jedem Strich spürte Jule, wie diese ruhige, zeichnerische Meditation in ihr etwas löste. Das war kein Rausch, kein absolutes Vergessen von allem, was um sie herum geschah, sondern vielmehr eine sanfte Wärme, die aus ihrem Inneren aufstieg und sie mit Zufriedenheit erfüllte.

Dann entdeckte sie die Überreste einer Silvesterrakete, die sich in steilem Winkel in den Boden gebohrt hatten. Ein einsamer Holzstab, eine letzte Erinnerung an das strahlende, funkelnde Finale des alten Jahres.

Wie von selbst hielt Jules Hand die Szene auf dem Papier fest. Mit langsamen, kurzen Strichen tastete sie sich an das raue

Holz heran, verwischte die Zeichnung, wo der Nebel waberte und die Konturen aufweichte, und fügte diesem durchscheinende Ahnungen von Gesichtern hinzu. Keine Geister, sondern lächelnde Erinnerungen an die Begegnungen des vergangenen Jahres.

Irgendwann stahl sich ein gewöhnliches braunes Huhn in die Szenerie hinein.

»Frohes neues Jahr, Berthe«, flüsterte Jule.

Wie immer gab sich das Huhn unbeeindruckt. Worte konnte es schließlich weder essen noch wegscharren. Hinter Berthe schälten sich ein Dutzend hellbrauner Tiere aus dem Nebel, die auf den ersten Blick aussahen wie eine Armee Miniaturosterhasen.

»Wie surreal«, brummte Jean.

»›Hühner im Nebel.‹ Meine Güte, wird das schnell hell.« Sie griff nach einem dunklen Tannenwaldgrün, um ihrer Skizze einen kaum wahrnehmbaren Farbton hinzuzufügen. »Jetzt noch jemand, der uns Kaffee bringt.«

»Ist Mika noch nicht wach?«

»Wieder mit der Feuerwehr draußen. Ich habe so tief geschlafen, ich habe seinen Piepser gar nicht gehört. Irgendwann war er weg.«

»Kaffee?« Jean zwinkerte ihr zu. Er reichte ihr ein Blatt, auf dem er eine dampfende Tasse skizziert hatte.

»Kann ich den auch mit Milch bekommen?«

»Nein, den gibt es nur Schwarz oder mit Einhorn.«

Verdutzt schaute sie ihn an, aber er war schon wieder ganz in seiner eigenen Welt gefangen.

Wieder kritzelten sie für eine Weile stumm und versunken vor sich hin.

»Da.« Jean steckte ihr ein weiteres Blatt zu. »Wünsch dir was fürs neue Jahr, hier ist deine persönliche Sternschnuppe.«

»Danke, ich … ein Kaffee ist jetzt das Mindeste, was ich dir schulde. Du hast ja eisige Finger.«

»Erst der Wunsch!«

»Du zuerst.«

Er streckte sich. Sein Rücken knackte, er schüttelte die Beine aus. »Ach, ich glaube, ich bin mal nicht bescheiden: Ich möchte, dass es so weitergeht, wie das vergangene Jahr aufgehört hat.«

»Das könnte ich jetzt so unterschreiben. Bis auf …« Jule streckte ebenfalls die Beine aus und knetete ihre eingeschlafenen Füße. »Einen Wunsch habe ich: Ich wünsche mir, dass Oma mich in Müggebach besucht und dass sie zu unserem großen Fest zum einjährigen Bestehen der Lindenblüte kommt.«

»Dein Wunsch wird sicher in Erfüllung gehen.«

Jule wackelte unbestimmt mit dem Kopf.

»Ja, aber warum sollte sie denn nicht kommen?«

»Weil sie seit schätzungsweise achtzig Jahren nicht mehr in Müggebach war.«

»Ehrlich?« Jean zog seine Augenbrauen hoch. »Ja, aber warum denn das nicht? Sie hat doch bestimmt irgendwann mal deine Tante und deinen Cousin besucht. Und das Startkapital für die Lindenblüte, das hat sie dir doch damals gegeben, oder? Ist sie denn nicht neugierig, was du daraus gemacht hast?«

»Ach, das ist alles sehr kompliziert.«

»Hast du sie denn schon gefragt?«

»Warum sie nicht nach Müggebach kommt? Ja, klar. Keiner kriegt etwas aus ihr heraus. Da ist sie wirklich empfindlich.«

»Hm. Okay. Und hast du sie schon zum Jubiläum eingeladen? Mach das doch heute. Neujahrsgrüße und viel Zeit für sie, sich das durch den Kopf gehen zu lassen.«

»Na ja, ich rufe sie nachher sowieso an.«

»Perfekt!«

Er grinst, dann streckte er sich, bis sein Rücken knackte. »Also, ich brauche eine Decke. Und etwas zu essen.«

»Ich hole die Decken!« Jule sprang von der Durchreiche. Ihre Füße waren noch nicht ganz wach und die Knie noch etwas steif, und so knickten ihre Beine ein, und sie landete mit dem Hosenboden auf den Fliesen.

Galant half Jean ihr hoch. »Dann beginne ich mal meinen Tanz mit der Pfanne.«

»Falls ihr noch Hilfe beim Futtern braucht …«, kam es von der Tür her. Mika stand dort, die Arme erhoben und ausgebreitet, als wollte er zu den Töpfen und Kuchenformen predigen. »Frohes neues Jahr!«

»Was für ein Timing!«

»Feuerwehr halt – immer da, wenn man sie braucht.«

Lachend küsste Jule ihn. Ein fruchtiger Duft stieg ihr in die Nase. »Mein Shampoo steht dir gut.«

Er beugte sich vor, kuschelte seinen Kopf unter ihr Kinn, sodass sie an seinen leicht lockigen, dunklen Haaren schnuppern konnte. Wie von selbst legte Jule die Arme um ihn und zog ihn an sich, streichelte sanft über seine Schultern. Mika, der selten fror und deshalb nur ein T-Shirt trug, hatte eine leichte Gänsehaut auf den kühlen Oberarmen. Unter ihrer Berührung entspannten sich die harten Muskelstränge an seinem Rücken.

Er atmete tief durch und drückte ihr dann einen Kuss auf die Wange. »Zu meinem Glück fehlt mir nur noch ein gutes Frühstück.«

Vorsichtig zupfte sie ihm die Haare aus der Stirn. »Jean zaubert uns gerade ein Frühstück für Helden. Wie war der Einsatz?«

»Alles gut.«

»Was war denn? Eine verirrte Rakete?«

»Nein. Ein paar Jugendliche haben sich einen schönen Platz im Wald ausgeguckt und gefeiert. Einer ist besoffen in einen alten Bergbauschacht gefallen. Davon gibt es hier in der Gegend ja viele, noch aus dem Mittelalter. Die Hügel sind ein einziger Schweizer Käse. Er hatte Glück im Unglück. Außer ein paar Schrammen und einem Schreck ist nichts passiert.« Ein dumpfes Magenknurren unterbrach ihn. »Besser, ich schaue jetzt Jean zu. Vielleicht springt sein Kochtalent ja auf mich über.« Er grinste schief, wohl wissend, dass er selbst Spiegeleier anbrennen ließ.

»Okay, ich husche in den Wintergarten und schiebe uns dort die Poufs zusammen. Dann Kaffee, dann Futter, dann Gemütlichkeit!«

In null Komma nichts zauberte Jean ein schlichtes, aber beeindruckendes Frühstück, das sie zu dritt im Wintergarten verspeisten. Als Jean und Mika begannen, das Geschirr in die Küche zu räumen, war es bereits kurz nach elf Uhr. Jule beschloss, ihren Wunsch für das neue Jahr gleich auf die Probe zu stellen. Noch war ausreichend Zeit, bis das Neujahrsskispringen aus Garmisch-Partenkirchen übertragen wurde. Das sah sich nämlich Jules Großmutter Wilhelmine seit vielen Jahrzehnten an. Früher hatte sich die ganze Familie dazugesetzt, mitgefiebert und mit ihren Favoriten gelitten. Seit Jule nicht mehr in Bad Homburg wohnte, war es für die beiden zu einem lieb gewonnenen Ritual geworden, vor dem Springen zu telefonieren – und manchmal auch währenddessen.

Heute würde es Jule nicht um das Skispringen gehen. Also, nicht nur. Sie nahm das Telefon in die Hand.

Wilhelmine war fünfzehn gewesen, als sie Müggebach, ihren Geburtsort, kurz vor dem Ausbruch des Zweiten Weltkriegs zusammen mit ihrer Familie verlassen hatte. Seither war sie kein einziges Mal zurückgekehrt. Weder für einen Besuch bei ihrer jüngsten Tochter, die bereits vor Jahrzehnten den Hof wieder in Familienbesitz gebracht hatte, noch zur Taufe von Jules Cousin Ole – der mittlerweile auch schon über dreißig war. Immer wenn Jule sie einlud, bekam sie zu hören: »Keine Zeit«, »Interessiert doch niemanden«, »Was soll ich denn da?«.

»Ach, Oma«, seufzte Jule. Dann wählte sie ganz altmodisch die vertraute Nummer, statt die Schnellwahl zu verwenden.

Wilhelmine ging sofort ran. »Jolanda?«

»Ein frohes neues Jahr, Oma!«

Wilhelmine schniefte. »Ein frohes neues Jahr, Jolanda. Mein Veilchen. Wie schön, dass ihr alle an mich denkt. Ole hat auch schon angerufen.«

»Bist du wieder ganz in Deutschland angekommen, oder steht die innere Uhr noch auf Kanada?« Erst vor zwei Tagen war Wilhelmine von einem Besuch bei ihrer Freundin Annemarie zurückgekommen. Diese war vor vielen Jahrzehnten ausgewandert, und die Freundinnen hatten sich zum ersten Mal seit Wilhelmines Fortgang nach Frankfurt wiedergesehen.

»Die innere Uhr tickt schon wieder richtig. Nur mein alter Kopf, der muss die Reise noch verarbeiten.«

»Kommt Mama rüber, wenn das Springen losgeht?«

»Ja. Wir essen gemeinsam zu Mittag. Dein Vater hat gestern ein großes Menü gekocht und, hach ja, jetzt wollen sie mich mit den Resten verwöhnen. Ich habe nur einen Apfel gefrühstückt, sonst bekomme ich das alles gar nicht runter.«

Sie sagte das so trocken, dass Jule lachen musste. Wenn ihr Vater kochte, dann mit so viel Liebe und Zeit, dass selbst die Reste kleine Festmähler waren.

Schnell nutzte Jule die heitere Stimmung aus. »Wo wir gerade dabei sind, dass du meinen Eltern ganz viel von Kanada erzählen wirst: Magst du nicht mal vorbeikommen und mir und Berthe von deiner Reise berichten?«

»Ach, Jolanda!«, seufzte Wilhelmine.

»Bitte sag nicht Nein! Es wird im Juni ein wunderschönes Gartenfest zum einjährigen Bestehen der Lindenblüte geben. Ich will dir endlich mein Café zeigen, damit du siehst, was ich hier mit deinem Geld und deinem Rat aufgebaut habe.«

Am anderen Ende der Leitung war ein unterdrücktes Schniefen zu hören. Wilhelmine räusperte sich und sprach dann so leise, dass Jule sich das Telefon ans Ohr pressen und die Luft anhalten musste, um sie zu verstehen: »Ole hat auch gesagt, dass er mir den frisch renovierten Hof zeigen möchte. Aber ich kenn doch die Fotos! Alles hat sich verändert. Ich war noch so jung, als ich fortgegangen bin. Lasst einer alten Frau doch ihre Erinnerungen.«

Du bist nicht alt, wollte Jule entgegnen, aber das stimmte natürlich nicht. Wilhelmine war achtundneunzig.

Sie startete noch einen Versuch: »Es ist sogar mein Namenstag.«

»Sicher werden die Veilchen blühen.«

Verärgert rieb Jule sich die Nase. »Weißt du, ich respektiere deine Wünsche, das sage ich dir seit Jahren. Aber eines will einfach nicht in meinen Kopf rein: Du bemühst dich so um Müggebach, du steckst dein Geld in Renovierungen, du ermunterst deine Tochter, Ole und mich, etwas aufzubauen, du schaust dir die Fotos an und willst wissen, was passiert – aber herkommen möchtest du nicht.«

»Ja, es ist doch jetzt euer Dorf. Gestaltet es für euch und eure Kinder.«

Das ist einfach kein Argument!

»Ja, aber …«

Sie schwiegen.

Schließlich räusperte sich Wilhelmine und fuhr fort: »Meinst du, die Finnen schaffen in diesem Jahr endlich einmal wieder einen Gesamtsieg? Nach Ahonen ist mit denen ja nicht mehr viel los.«

Jule gab sich noch nicht geschlagen. »Ich glaube nicht, dass die Finnen so schnell ein Comeback schaffen. Mein Herz schlägt für Norwegen. Und für Müggebach, und dafür, dich zum Jubiläum hier willkommen zu heißen. Außerdem will ich alles über Kanada wissen.«

»Wann kommst du mich denn wieder besuchen?«, fragte Wilhelmine, ohne auf das Gesagte einzugehen. »Du warst schon so lange nicht mehr bei mir.«

»Bald.«

Die Enttäuschung hielt sich in Grenzen. Jule hatte ohnehin nicht erwartet, dass ihre Großmutter sofort zusagen würde. Wilhelmine kannte nun aber wenigstens den Termin für das Jubiläum und hatte fast ein halbes Jahr lang Zeit, um sich Gedanken zu machen. Ihr Blick richtete sich auf die Papierschneeflocken an der Decke.

»Was hast du heute noch vor, Jule?«

»Blumen basteln«, sagte Jule spontan. »Ganz viele Blumen.«

»Oh, wie schön! Schick mir doch bitte eine davon. Es dauert noch so lange, bis es wieder Frühling wird.« Wilhelmine räusperte sich und steuerte das Gespräch nun endgültig in eine unverfängliche Richtung: »Du hast mir noch nicht verraten, wer dein Favorit auf den Gesamtsieg ist.«

»Ach, Oma!«, seufzte Jule und verriet es ihr.

Nach dem Telefonat ging Jule zur Haustür, die immer ein wenig klemmte, und öffnete sie mit einem Ruck, um frische Luft ins Haus zu lassen.

»Huch!«

Hinter ihrer Tür stand plötzlich eine weitere Tür. Immerhin: Eine sehr schöne, altmodische Tür mit einer in Würde gealterten Milchglasscheibe.

»Ein wundervolles neues Jahr!«, wünschte die Tür mit Milenas Stimme.

Jule legte die Hand auf ihre Brust. »Ach du liebe … ja, dir auch ein frohes neues Jahr, Milena. Mit dem Fingerknöchel klopfte sie gegen die Tür. »Das nennt man dann wohl: Mit der Tür ins Haus fallen.«

»Bitte nimm mir das Ding ab. Schnell!«

Jule tat wie geheißen. Hinter der Tür kam eine leicht ramponiert aussehende Milena zum Vorschein, die augenscheinlich den Blaumann zum neuen Trend erhoben hatte. Ihre Arbeitslatzhose wirkte sauber und frisch wie aus einem Katalog. An den Seiten, Taschen und Ziernähten waren Reflektorstreifen angebracht, und irgendwie hatten die Designer es hinbekommen, die Hose mit all ihren Verstärkungen schmal und elegant zu schneiden. Oder Milena war die einzige Frau weit und breit, an der Arbeitskleidung nicht wie ein Sack aussah. Und das trotz der kleinen Halbkugel, die sich unter der Bauchtasche wölbte.

»Weshalb schleppst du eine Tür mit dir herum?«

Sofort huschte ein Strahlen über Milenas rehäugiges Audrey-Hepburn-Gesicht. »Na, ich weiß doch, dass du die immer haben wolltest. Und weil wir heute schon einmal vorsichtig mit den ersten kleinen Renovierungsarbeiten angefangen haben, dachte ich, ich mache dir eine Freude und bringe dir das Ding vorbei.«

Vor Verblüffung fiel Jule die Kinnlade herunter. Es war schon Monate her, da hatte sie an der Waschküche des Dennighofs vor dieser Tür gestanden, um einen kleinen Zeitungsartikel über die Handarbeiterinnen zu schreiben. Nachdem Milena und ihr Mann sich entschlossen hatten, den Hof zu kaufen, hatte sie wohl irgendwann einmal im Gespräch fallen lassen, wie sehr es ihr diese Tür angetan hatte.

»Daran erinnerst du dich noch, und jetzt willst du sie mir schenken? Wow, das ist …« Jule fehlten die Worte, also stellte sie die Tür zur Seite und umarmte Milena einfach.

»Ach, und dann habe ich noch einen Stapel mit uralten Ziegeln gefunden.«

… die du hoffentlich nicht im Auto hast und jetzt hier reinschleppst.

Misstrauisch versuchte Jule, an Milena vorbeizuschauen.

»Die sind so wunderbar für einen kleinen Steingarten geeignet – du weißt schon, für Eidechsen und Insekten und diese ganzen nützlichen Tiere. Und als wir dann den Haufen abgetragen haben, da haben wir eine kleine Erdmiete entdeckt. Du weißt schon, so einen eingegrabenen Vorratskeller, in den ein paar Kartoffeln und Rüben passen. Und da drin habe ich das hier gefunden.« Sie hob eine stark vergilbte Segeltuchtasche auf und reichte sie über die Schwelle. »Da hat jemand wohl heimlich Zeichnen gelernt und seine Bücher und Stifte wie einen Schatz versteckt. Aufregend, nicht? Aber mit Zeichnen kann ich nicht viel anfangen, und wert sind die Bücher auch nichts. Ich hätte die ja den Dennigerben geschickt, aber die waren bloß entsetzt und sagten, sie wollen von dem ganzen alten Krempel in diesem Leben nichts mehr sehen. Kann man sich das vorstellen? Bei dir sind diese Bücher sicherlich gut aufgehoben. Und wenn du nur Pappmaché draus machst, das ist allemal besser, als sie in die Papiertonne zu werfen.«

Jule kannte Milena nun seit beinahe einem Jahr, aber der Freundin gelang es wieder, sie zu überrumpeln. »Ähm … danke. Möchtest du reinkommen?«

Mit einer eleganten Handbewegung winkte Milena ab. »Nichts zu danken. Ich bin nur kurz auf dem Sprung. Muss jetzt nach Hause, Mittagessen kochen. Komm doch mal in den nächsten Tagen vorbei und schau, ob du mehr von dem alten Zeug gebrauchen kannst. Diese uralten, verrosteten Pflüge und Zaunelemente kann ich mir zum Beispiel ganz wundervoll als Dekoration in deinem Garten vorstellen. Unserer ist dafür leider zu klein, und wo er nicht zu klein ist, ist er zu steil. Da wirkt so etwas einfach nicht und die Kinder rennen eh alles um.«

Milena wandte sich zum Gehen.

Zu klein … Jule fiel etwas ein. »Aber für die Seidenhühner …«

»Haben wir selbstverständlich Platz! Und die werden am Hang bestimmt nicht umkippen. Ich freue mich schon sehr, wenn der Hühnerstall hergerichtet ist und diese fluffigen kleinen Viecher bei uns einziehen.«

Hoffentlich bald.

Kurz vor Weihnachten hatte Milena es sich nicht nehmen lassen und ein Dutzend Seidenhühner gerettet – die sie selbst gar nicht unterbringen konnte. Deshalb spukten die puscheligen Tiere momentan noch Berthe hinterher, bis Milena sie unterbringen konnte.

Galant winkte Milena über die Schulter, stieg das kleine Treppchen hinab auf den Gehsteig und schwang sich elegant wie immer in ihren riesigen, schwarzen SUV.

»Hm«, brummte Jule und schaute die Waschküchentür an. »Und was mache ich jetzt mit dir?«

Sie hievte Tür und Tasche in den Schankraum und trug dann beides in den Wintergarten. Jean und Mika hatten sich längst in die Küche verzogen und das Radio aufgedreht. Geschirr klapperte, Wasser blubberte. Offenbar waren die Männer fleißig.

Vorsichtig lehnte Jule die Tür an die Wand und streichelte das alte Holz, von dem der hellbraune Lack abblätterte.

Du erzählst mir eine Geschichte.

Hinter dieser Milchglastür hatte sie gefunden, was sie lange gesucht hatte: Freundschaft, eine Heimat. Die Handarbeiterinnen hatten sie in ihre Mitte genommen und ihr geholfen, im Dorf anzukommen.

Jules behutsam tastende Finger erreichten die angerostete Klinke. Sie quietschte beim Herunterdrücken leicht.

Dann entzündete sie die große Sturmlaterne, die Mika ihr zu Weihnachten geschenkt hatte, und setzte sich damit an den Tisch. Vorsichtig öffnete sie die alte Segeltuchtasche. Darin befanden sich zwei leere Seiten gelblichen Papiers, das sicherlich einmal weiß gewesen war, eine winzige Dose mit einem Bleistiftstummel und etwas Zeichenkreide und zwei dünne Bücher, deren Papiereinband bereits zerfiel. »Müggebach, 1931« stand auf dem Vorsatzblatt beider Bücher. Leider kein Hinweis, wem sie einmal gehört hatten.

In dem einen Buch ging es um Zeichentechniken, das andere setzte sich mit der Physiologie der Pflanzen auseinander. Sie rochen leicht muffig, und ihre gelblichen Seiten fühlten sich mürbe an. Jule klappte das Zeichenbuch auf, langsam und vorsichtig. Getrocknete Blütenblätter, farblos und zart wie Spinnweben, fielen heraus und zerbröselten.

Die Besitzerin – Jule nahm aufgrund der feinen Handschrift an, dass es sich um eine Frau oder ein Mädchen gehandelt hatte – musste sehr intensiv mit diesem Buch gearbeitet haben, denn die Ränder waren mit Anmerkungen und kleinen Probeskizzen bedeckt. Nur lesen konnte Jule das beim besten Willen nicht, denn die Handschrift war entweder Altdeutsch oder Sütterlin. Ob ihre Freundin Gerta ihr da helfen konnte? Oder ihre Oma?

Vorsichtig blätterte sie eine Seite weiter. Das wellige Papier klang ganz anders als moderne Bücher, es fühlte sich anders an, roch anders. Einen wirklichen kleinen Schatz hatte Milena ihr da überlassen, mit den Büchern und mit der Tür.

»Es ist«, murmelte Jule vor sich hin, »als würde ich durch eine Tür in das Leben von jemand anderem hineinschauen.«

Monatsanleitung Januar: Schnelle Blumen aus Stoffresten

Gerade im Winter heben bunte Blumen die Laune, geben uns neue Energie und setzen Akzente. Wer nicht auf Schnittblumen zurückgreifen möchte, näht sich aus Resten fröhliche Blumen.

- Stoffreste
- Knöpfe
- Stift/Schneiderkreide
- Schere
- Nadel und Heftfaden

1. Man braucht zunächst fünf gleich große Stoffkreise. Dazu legt man am besten fünf Stoffstücke übereinander und fixiert sie mit einer Stecknadel. Ein Glas auf den Stoff stellen und mit einem Stift umranden. So kann man alle fünf Kreise auf einmal ausschneiden.
2. Dann die Kreise jeweils links auf links zusammenlegen und bügeln, damit später nichts verrutscht.
3. Jetzt wrd der erste Halbkreis mit einem langen Faden und großzügigen Heftstichen an der Rundung zugenäht – etwa 0.5 cm Abstand zum Rand lassen. Nach dieser Runde vorsichtig am Faden ziehen, bis der Halbkreis sich zusammenzieht und der Falz sich zu einer Art Katzenöhrchen wölbt. Das ist unser erstes Blütenblatt. Den Faden nicht abschneiden!
4. Mit dem gleichen Faden werden die weiteren Blätter genauso geheftet und zusammengezogen, bis man alle fünf als kleine Reihe hat. Diese Reihe nun zum Kreis schließen, indem man den Faden zusammenknotet.
5. Als Mitte klebt oder näht man nun noch einen schönen Knopf an, den man, wenn man möchte, vorher auch noch mit Stoff überziehen kann.

Ich wünsche allzeit ein offenes Auge für die schönen Dinge des Lebens,
Jolanda

HERBS
PARSLEY

Kapitel 2

Von: Jolanda Moller <jule@jules_linde.de
An: Wilhelmine Arbt <Wilhelmine@mailmail.de>
Betreff: Blümchen!

Liebste Oma,

erwischt! Ich musste erst nachschlagen, was ›Lichtmess‹ ist. Ja, es stimmt, man kann wieder bei Tageslicht zu Abend essen. Ach, es tut so gut, dass die Tage heller werden und das Licht zurückkehrt.
Momentan ist es für Februar überraschend mild, auf dem Rasen sprießen sogar die Gänseblümchen. Ich denke ja, es wird noch einmal Schnee geben, aber mein Gefühl sagt mir: Dieser Winter hat sich schon um Weihnachten herum ausgetobt. Mir wäre es recht, und Mika wetzt auch schon die Rechen und Schäufelchen. Er kann es kaum erwarten, seine Pflanzen vorzuziehen.

Apropos Pflanzen: Hast du die Samen ausgesät, die ich dir geschickt habe? Also, nicht die Tomaten, für die ist es noch zu früh, aber diesen geheimnisvollen Bauerngarten-Kaltkeimer? Die Tüten habe ich aus einer Box gefischt, die unsere Bürgerinitiative in der Post aufgestellt hatte. Man kann dort Saatgut tauschen und sich auch überraschen lassen. Da musste ich natürlich zugreifen und den Brief an dich noch einmal öffnen.

Zwei Samen habe ich übrigens behalten und schon eingepflanzt. Wenn diese Blume wirklich im Juni blüht, dann passt sie bestimmt ganz wunderbar zum Jubiläum!

Ich küsse und umarme dich, je t'embrasse
Deine Jolanda

Jule versank. Sie versank in Coras roter Löwenmähne, sie versank in Maikes kitzelnden blonden Haaren, und sie versank in Erinnerungen. Sie hatte die Nacht über fast kein Auge zugetan, war seit Tagen aufgeregt, und jetzt endlich, endlich standen ihre besten Freundinnen vor der Tür, und sie lagen sich weinend in den Armen.

Maikes ebenfalls weinendes Baby brachte die sich aneinanderklammernden Freundinnen schließlich dazu, sich voneinander zu lösen und sich in die von Freudentränen verschmierten Gesichter zu sehen.

»Willkommen, willkommen.«

»Das ist Timo«, stellte Maike ihren Freund vor. »Der Mann, der mich so spontan gemacht hat, dass ich heute mit diesem süßen, kleinen Fratz zu euch komme.« Sie wuschelte Ron, der wie wild versuchte, aus der Rückentrage seines Vaters zu entkommen, über das brandrote Haar.

»Endlich lernen wir uns kennen! Kommt rein«, forderte Jule sie auf.

»Wo kann ich das hinstellen?« Cora winkte mit einem Blumentopf, den sie dick in Zeitungspapier gehüllt hatte.

»Einfach in den Wintergarten. Kommt rein, geht durch, vergesst das mit den Schuhen, ich wische morgen eh noch einmal durch. Mika ist bestimmt zum Abendessen wieder da, er musste mit der Feuerwehr ausrücken.«

Beherzt griff Jule zu den Koffern und schob ihren Besuch in den Schankraum.

»Werft euer Gepäck in die Ecke, und macht es euch gemütlich. Nach der langen Reise wollt ihr doch bestimmt die Füße hochlegen, euch aufwärmen und etwas essen.«

Ich kann es einfach nicht fassen, dass sie endlich da sind.

Jule hatte im Wintergarten bereits die Tische gedeckt und appetitliche Berge aus kleinen Quiches, Käsefüßchen, Macarons und Schwarzwälder-Kirsch-Muffins angehäuft. Sie hatte mit den handgetöpferten und bunt glasierten Tellern gedeckt, die sie wie einen Schatz hütete, und Gertas rot-gelbe Geschirrtücher als Platzsets verwendet.

»Unglaublich!«, schwärmte Cora beim Anblick der bunten Stoff- und Papierblumen überall. »Bei dir ist ja schon der Frühling ausgebrochen. Und diese Kirschblüten – wie auf deinen Bildern aus Japan. Wir sollten uns wirklich öfter treffen!«

»Auf jeden Fall! Nächstes Mal hat Fred bestimmt auch Zeit. Ich kann mich kaum noch an ihn erinnern.«

Cora seufzte bei der Erwähnung ihres Freundes. »Ja, nächstes Mal. Ist nicht so einfach, auf dem Hof mal freizubekommen. Oh, ist das schön hier! Ich kann es gar nicht oft genug sagen!«

Sie drehte sich um sich selbst und begann dann, sich die verschiedensten Blumen genauer anzusehen. Da waren die langen Wäscheleinen über dem Basteltisch, voll mit Kinderbildern von Frühlingswiesen, Jules selbst gebastelte Stoffblüten mit Knöpfen in der Mitte, Origami-Kirschblüten und viele, viele weitere Papierblumen, die Jules Gäste mit Begeisterung gebastelt und ihr überlassen hatten. Und Gerta hatte es sich nicht nehmen lassen, die Tische mit Primeln aus ihrem Gewächshaus zu schmücken.

Schließlich entdeckte Cora die alte Waschküchentür, die Jule als Dekoration an der Wand befestigt hatte, bis sich ein besserer Platz dafür fand. »Das ist ein wunderschönes Stück. Wenn ich sie öffne, führt sie mich bestimmt direkt in einen Märchenwald.«

»Ja, das glaube ich auch oft.« Jule kamen die ersten Ideen für Bilder, die sie hinter der Tür anbringen könnte.

»Willst du sie noch aufarbeiten?«

»Hm, mir gefällt sie eigentlich so, wie sie ist.«

»Zauberhaft.« Cora drückte die Klinke herunter, ließ sie zurückschnappen, fuhr mit den Fingern über die von unzähligen Händen glatt polierte Oberfläche.

»Ach, und diese ganzen Blumen, die haben mit dem einjährigen Jubiläum zu tun«, erklärte Jule.

»Was? Du planst jetzt schon so lange voraus? Das Jubiläum ist doch erst in einem halben Jahr.« Maike runzelte die Stirn, während sie Timo den weinenden Ron abnahm. »Ich häng den Kleinen mal an die Milchbar.« Zögernd schob sie eine Hand unter ihren Pullover. »Stört doch keinen, oder?« Ihre Freundinnen schüttelten den Kopf, also gab Maike dem hungrigen Ron die Brust. Der wusste zunächst nicht, wohin mit seinen Armen und Beinen, entspannte sich aber schnell.

Faszinierend, wie leicht man so ein kleines Wesen glücklich machen kann.

»Wo der Kurze schon so ausgehungert ist: Bitte bedient euch.«

Als alle Gäste sich gesetzt hatten und sich über das Essen hermachten, begann Jule von ihren Plänen für das Jubiläum zu erzählen: »Also, es gibt einen Countdown. Jeden Monat haben wir eine besondere Aktion, ein bestimmtes Kreativprojekt. Wer möchte, kann sein Kunstwerk hierlassen und noch ein bisschen ausstellen oder gleich mit nach Hause nehmen. Die Zeitung macht auch mit und druckt meine Anleitungen.«

»Das klingt toll«, sagte Maike. »Und wie geht es dir, Cora? Du hast ganz schön abgenommen.«

Cora errötete leicht, als alle Blicke plötzlich auf ihr ruhten. Als sie noch gemeinsam in Frankfurt gewohnt hatten, hatte sie regelmäßig Kalorien gezählt, um ihre kurvige Figur in den Griff zu bekommen. Das hatte nie besonders gut geklappt, aber nun hing ihr der Pullover fast schon zu locker am Oberkörper. »Viel Arbeit und Vollwertkost, keine Naschereien. Habe keine Zeit, um zuzunehmen.«

»Besuch uns doch demnächst mal in Berlin, Cora. Du siehst ein wenig erschöpft aus, ich glaube, du brauchst Urlaub. Ich adoptiere dich, ja?«

»Das sind bestimmt deine Mutterhormone, Maike. Mach dir um mich keine Sorgen, ich habe mich ja bewusst für das Hofleben entschieden, für jede Menge Arbeit und viel frische Luft. Und jetzt bin ich ja hier, mache ein wenig Urlaub und lasse mich für zwei Tage so richtig von Jules Kochkünsten verwöhnen.«

Jule hatte den beiden bislang nur zugehört, jetzt stand sie auf und holte das Tablett, das sie für ihre Freunde vorbereitet hatte. »Genau! Kurzurlaub am idyllischen Nordrand des Schwarzwalds, bekocht, umsorgt und zugequasselt! Alla, lasst uns anstoßen und die kurze Zeit voll ausnutzen, die wir miteinander haben.«

Die Freundinnen rissen die Augen auf, als sie die Gläser auf Jules Tablett sahen.

»Darf ich euch den hauseigenen Lindenblüten-Zitronenzucker-Cocktail präsentieren? Selbstverständlich alkoholfrei.«

»So weit sind wir gekommen!« Maike schmunzelte zwar bei ihren Worten, aber alle kannten ihre sentimentale Vorliebe für Asti-Sekt, den sie in ihrer Jugend immer getrunken hatte. Mit der freien Hand nahm sie sich ein Glas. »Also, Mädels, worauf stoßen wir an? Es ist so viel, man weiß ja gar nicht, wo man anfangen soll.«

»Na«, sagte Jule, »natürlich auf uns und auf dieses ganze verrückte vergangene Jahr, in dem so unglaublich viel passiert ist, dass man ein halbes Jahrzehnt damit hätte füllen können.«

Jule reichte das Tablett herum.

»Ein Hoch auf uns, auf das vergangene Jahr und auf das kommende!« Maike ließ ihr ansteckendes Maike-Lachen erklingen. »Und auf die Tür!« Sie prostete auch der Milchglastür zu. »Ihr kennt ja das alte Sprichwort: Wo eine Tür zugeht, da öffnet sich eine andere. Was war ich vor einem Jahr unglücklich, dass ich nicht in Frankfurt bleiben konnte. Doch in Berlin fand ich mein

Glück, die große Liebe meines Lebens und schließlich noch die kleine Liebe meines Lebens.« Sie streichelte dem eifrig trinkenden Ron über das Beinchen.

»Dann stoße ich«, sagte Cora, »auf das kommende Jahr an. Meine Verwandlung ist ja schon durch, und das vergangene Jahr hielt für mich nichts Neues bereit.«

Sie hoben die Gläser, riefen gemeinsam »Auf das neue Jahr!« und stießen miteinander an. Gläser klirrten, Limonade perlte über Zitronenstückchen, zerstoßenes Eis knisterte. Wieder lagen die Freundinnen sich in den Armen.

»Und jetzt eine Runde Kaffee, heiße Schokolade oder was auch immer ihr wollt!«

Sie wandte sich bereits der Küche zu, da räusperte Maike sich vernehmlich. Als alle Augen auf sie gerichtet waren, grinste sie breit in die Runde. »Erst mal ein ganz großes Dankeschön an Jule, dass sie uns hier für zwei Tage aufnimmt.« Wieder hoben alle die noch halb gefüllten Gläser. »Und dann müssen Timo und ich euch noch etwas beichten. Und zwar … ja, wie sage ich das?« Sie schaute zu Timo hinüber, ihr Gesicht schien von innen zu leuchten, tiefe Grübchen erschienen um ihre Mundwinkel herum. »Wir hatten einen wundervollen spontanen Urlaub zwischen den Jahren. Nur wir, Ron und viel Sonne. Das Jahr war so anstrengend, und auch wenn mir die Arbeit Spaß macht und ich das Muttersein liebe, war ich um Weihnachten herum doch an einem Punkt, an dem ich nur noch raus und an die Sonne wollte und Urlaub brauchte. Und das Glück hat dann zum Jahresende noch einmal kräftig Gas gegeben und uns nach Bari geschickt. Und da saßen wir dann beim Frühstück, mit Blick auf das Meer.« Maike seufzte schwer, ihr Blick löste sich von Timo. Ihre Augen glänzten, als sie zu ihren Freundinnen schaute. »Ich hab ihn gebeten, mir das Salz zu reichen, und er hat mich gefragt, ob ich ihn heiraten will.«

In der Lindenblüte war es so mucksmäuschenstill, dass man Rons leise Schmatzgeräusche und das Tröpfeln des Sprühregens auf den Scheiben des Wintergartens hören konnte.

»Und … dann?« Cora wippte aufgeregt von einem Fuß auf den anderen. Mit ihrem langen, dünnen Hals wirkte sie wie Medusa, deren rote Lockenschlangen einen wilden Tanz vollführten.

»Dann, ja dann hat er alle Unterlagen für das Familienbuch auf den Tisch gelegt, und nach dem Frühstück sind wir zum Standesamt gegangen.«

Vorsichtig stellte Jule das Tablett ab. »Ihr seid … was? Einfach so? Ohne irgendwem etwas zu sagen?«

»Ja!«, kicherte Maike. »Einfach so! Timo hat bei den Reisevorbereitungen gesehen, dass man in Bari spontan heiraten kann. Kein Aufgebot, keine formale Langeweile im deutschen Standesamt, keine Regenwolken, einfach so! Immer das Meer vor Augen.« Vor Freude klatschte sie in die Hände.

Jule bekam nicht ganz mit, wie sie ihr Glas hob. Das erledigte ihre Hand zum Glück ganz von allein, und auch ihre Zunge wusste, was zu sagen war: »Na dann: Herzlichen Glückwunsch!«

»Glückwunsch«, wiederholte Cora in gedehntem Tonfall. Auch ihr stand der Mund weit offen.

Die Freundinnen redeten bis zum frühen Abend, während Timo mit seinem Sohn einen ausgedehnten Spaziergang unternahm. Dann zog Maike sich mit ihrer Familie zurück, um sich nach der langen Fahrt auszuruhen. Cora war durch das Leben auf dem Bauernhof an frühes Schlafengehen gewöhnt und hatte sich zufrieden mit einem Buch auf das Sofa geschwungen. So konnte Jule ohne schlechtes Gewissen mit Mika einen Abendspaziergang unternehmen.

Es war lausig kalt, aber die frische Luft tat ihr gut. Kopf und Hände tief in Schal und Taschen vergraben, schlenderte Jule neben Mika über den dunklen Feldweg. Es war ihre übliche Route, auf der sie jeden Stein und jede Furche kannten. Die Taschenlampen hatten sie deshalb im Haus gelassen und orientierten sich nur am halbrunden Mond, der hin und wieder zwischen den Wolken hervorzwinkerte.

»Ich finde das ganz schön romantisch«, sagte Mika gerade.

»Für Maike? Ja, schon.«

»Du würdest dich gerne mehr für sie freuen und ärgerst dich über dich selbst, weil du es nicht schaffst?«

Sie angelte nach seiner Hand und drückte sie kurz. »Ich sollte doch einfach lachen können, weil es eine so völlig verrückte und coole Aktion war. Stattdessen fühle ich mich getroffen und ausgeschlossen. Verstehst du, was ich meine?«

»Ja, aber das ist es doch nicht, was dich so bewegt, oder? Eine fehlende Karte oder eine fehlende Einladung?«

Sie legte den Kopf in den Nacken und schaute auf die träge dahintreibenden Wolken. Der Mond zauberte hellsilberne Ränder um die dunklen Schleier.

Kann nicht bald Frühling sein? Bitte? Ich will mich in den Garten legen und die halbe Nacht lang in den Himmel starren. Und zwar ohne mir den Hintern abzufrieren!

»Ach, ich glaube, ich habe Angst davor, den Kontakt zum Leben meiner Freundinnen zu verlieren.«

»Ist das denn so?«

»Ein wenig, ja. Wenn ich überlege, dass wir mehr oder weniger unser halbes Leben miteinander geteilt haben und ich immer dachte, ich kenne die beiden. Und plötzlich verwandeln sich alle um mich herum. Maike tut mit einem Mal Dinge, die ich nie von ihr erwartet hätte. Sosehr ich verstehe, wie wundervoll dieser Augenblick für sie und Timo gewesen sein muss, tut es mir doch irgendwie weh. Weil ich immer dachte, ich würde zu ihrem Leben gehören und sie würde mir alles anvertrauen. Und dann heiratet sie spontan im Urlaub und erzählt mir nicht einmal davon. Habe ich vielleicht etwas falsch gemacht?«

Mika schwieg, und Jule wusste, dass es nicht daran lag, dass er nicht wusste, was er sagen sollte, sondern dass er ihr einfach Zeit ließ, um diese Frage selbst zu beantworten.

Und wirklich: Es tat Jule richtig gut, hier auf dem einsamen Feldweg ihre Gedanken laut auszusprechen, zu jammern – und letztendlich für sich ihre Emotionen zu sortieren.

Wieder blieb sie kurz stehen, legte den Kopf in den Nacken und atmete tief durch. Der Mond stand ruhig und klar am Himmel und gab Jules Blick und ihren Gedanken Halt.

So ist Mika für mich. Wie der Mond. Mein ruhender Punkt, mein Anker.

»Wusste denn sonst jemand von der Hochzeit?«, fragte Mika schließlich.

Jule schüttelte den Kopf. »Selbst ihre Eltern haben es erst nach ihrer Rückkehr erfahren. Wahrscheinlich ist es das, was Maike ausmacht: Ihr ist es wichtiger, den Menschen ins Gesicht zu sehen und ihnen von einem besonderen Ereignis zu erzählen, als eine Zeitungsanzeige zu schalten oder eine beliebige Karte zu verschicken.« Sie schaute zu Boden und setzte einen Fuß vor den anderen. Die Nacht war still, bis auf das Geräusch der Schritte und das Rascheln des Windes an den Ackerrändern.

Sanft streichelte er ihren Handrücken. »Haben Cora und Maike im letzten Jahr viel aus deinem Leben mitbekommen?«

Er hatte ein Gespür dafür, die richtigen Fragen zu stellen.

»Nein«, gab sie nach kurzer Überlegung zu. »Ich war viel zu sehr mit anderen Dingen beschäftigt. Langsam begreife ich, weshalb sich so viele Menschen aus den Augen verlieren, wenn sie nicht mehr in derselben Stadt wohnen, eine Familie gründen oder einen neuen Job beginnen. Ich könnte nicht einmal sagen, ob ich nicht genauso handeln würde wie Maike.« Sie seufzte.

»Das ist vermutlich ganz normal«, sagte Mika.

»Letztendlich merkt man wohl erst, wie man zueinander steht, wenn man sich nach langer Zeit wieder trifft. Und da hat für mich alles gestimmt. Das Gefühl zwischen uns ist noch da. Weißt du, was ich meine? Sie standen an der Tür, und es waren keine Fremden, sondern einfach meine Maike und meine Cora! Wir brauchten keine Worte, um zu wissen, was wir tun, und wir reden miteinander, als wären wir nie getrennt gewesen. Und trotzdem: Manchmal habe ich das Gefühl, ich verliere den Anschluss und verstehe nicht mehr, was in den beiden vorgeht. Vielleicht«, überlegte Jule, »ist es das letzte Treffen, das wir so vertraut miteinander verbringen. Wir haben alle einen neuen Lebensabschnitt begonnen, der uns verändert.«

Wortlos nahm Mika sie in die Arme, küsste sie und hielt dann weiter ihre Hand fest.

»Die neuen Lebensumstände machen es sicher schwieriger, den Kontakt aufrechtzuerhalten, aber letztlich habt ihr es in der Hand, wie viel Mühe euch eure Freundschaft wert ist. Und was Maike angeht: Vor gar nicht langer Zeit, da sagtest du zu mir, dass man Menschen umso schlechter kennt, je näher sie einem sind. Dass man irgendwann aufhört, Fragen zu stellen, dass man den anderen einfach so annimmt, ihn in eine Schablone presst und mit Scheuklappen sieht – und dann überrascht ist, wenn man mit einem Mal merkt, dass vertraute Menschen noch andere Seiten haben.«

»Na ja, so ähnlich könnte ich das gesagt haben.«

»Niemand kann einem anderen Menschen in den Kopf sehen. Deshalb müssen wir immer wieder versuchen, die Perspektive der anderen einzunehmen. Man vergisst schnell, dass jemand etwas nicht aus einer bösen Absicht heraus getan hat.«

Sie drückte noch einmal Mikas Hand. »Danke fürs Zuhören. Manchmal muss man einfach aussprechen, was einem auf der Seele liegt, um die Lösung zu sehen.«

»Ja, das geht mir auch immer so, wenn ich dir von meinem Kummer erzähle.«

»Du hast einiges an Kummer weniger als ich.«

»Ach«, sagte er leichthin und drückte ihr einen Schmatzer auf die Nase. »Weißt du, im letzten Jahr haben sich viele Probleme einfach in Luft aufgelöst.«

»Lass uns einander noch ganz viel erzählen, Mika.« Jule umschlang seine Finger mit den ihren. »Lass uns nie aufhören, Fragen zu stellen, uns nah zu sein und ehrlich zu sagen, was wir denken – auch wenn es manchmal schmerzt.«

Er erwiderte den Druck ihrer Finger. Ganz vorsichtig zog er ihren Kopf zu sich herüber und legte ihn an seine Brust.

»Du bist ein ganz besonderer Mensch, Jule, und du wirst niemals aufhören, Fragen zu stellen und andere Menschen verstehen zu wollen.«

Mikas Worte lösten in Jule eine warme Woge aus, die von ihrer Brust in den ganzen Körper ausstrahlte. Sie konnte nicht anders, als ihre Finger zu lösen und ihn fest mit den Armen zu umschlingen.

Eine ganze Weile standen sie so da, vergaßen den Wind, den Besuch und die ganze Welt, bis schließlich selbst das warme Gefühl nicht mehr ausreichte und Jules Zähne zu klappern begannen.

»Kakao«, schlotterte sogar der kälteresistente Mika.

»Daifuku Mochi«, schwärmte Jule. Maike hatte diese innen süßen, außen mehlig-herben japanischen Reiskuchen aus Berlin mitgebracht.

Ihre Zehen waren so kalt, dass Jule erst einmal mit den Füßen aufstampfen musste, bevor sie weitergehen konnte. »Auf dem

Rückweg muss ich aber doch noch ein wenig vor mich hin grummeln. So ganz bin ich noch nicht über diese überraschende Nachricht hinweg.«

Mika gab ihr einen schnellen Kuss auf die Wange. »Du darfst so viel motzen und entsetzt sein, wie du möchtest. Lass alles raus, und dann genießt du in aller Ruhe die zwei Tage mit deinen besten Freundinnen.«

Jule beherzigte seinen Rat nur zu gern. Am nächsten Morgen genoss sie das Chaos, das sich mit Besuch und Säugling in der kleinen Wohnung über der Lindenblüte breitgemacht hatte. Es war wie in den alten WG-Zeiten: wuselig, lebendig, improvisiert. Irgendwie hatte sie diesen familiär-freundschaftlichen Trubel ja ein bisschen vermisst. Wenig später zog das muntere Grüppchen dann los, um Jules neue Heimat zu erkunden. Maike und Timo wechselten sich dabei ab, Ron im Tragetuch die Hügel hoch und runter zu schleppen, und Jule und Cora waren mit Vorräten bepackt.

Als erstes Highlight präsentierte Jule ihnen die gerade erst wiedereröffnete Bäckerei der Wurz-Brüder. Hier stärkten sie sich mit frischen Croissants und einem kleinen Schwätzchen, bevor es weiter den Hügel hinauf ging, zu einem Aussichtspunkt, der kurz hinter einem Neubaugebiet lag. Wann immer Jule die Zeit dafür fand, fuhr sie mit dem Fahrrad hierher und fand Ruhe und Gelassenheit beim Blick über die Landschaft. Südlich von Müggebach begannen die ersten Ausläufer des Schwarzwalds. Die Hänge waren dicht von Nadelbäumen überwuchert, nur hier und da war ein Windrad oder ein kleines Gehöft zu sehen. In einiger Entfernung konnte man den Ortsrand von Nüddebach erahnen, das sich fast völlig in den dichten Wald duckte, der an dieser Stelle vor allem aus Buchen bestand, die winterliche Kahlheit zur Schau trugen. Der mit Laubwald bedeckte Hügel hinter Nüddebach hieß im Volksmund Hollerberg. Gerta schwor Stein und Bein, hier hätte sich vor langer Zeit eine Prinzessin beim Sammeln der Holunderbeeren im Wald verirrt. Sie hatte leider den Weg hinaus nicht wiedergefunden und spukte seitdem zwischen den verfallenen Mauern einer kleinen Kapelle.

Bis zur Ruine würden sie es allerdings heute nicht schaffen. Schon für dieses kurze Stück hatte das Grüppchen geschlagene eineinhalb Stunden gebraucht. Sie stellten die Rucksäcke ab. Jule und Cora blieben stehen, während Maike und Timo dankbar auf eine Bank fielen und alle viere von sich streckten. Ron schlief friedlich auf dem Bauch seines Vaters.

»Puh!« Maike schüttete eine halbe Flasche Sprudel in sich hinein. »So eine Landpartie ist doch etwas anderes, als im flachen Berlin herumzulaufen. Da merkt man erst, dass einen auch eine gelegentliche Joggingrunde im Park nicht auf eine Wanderung vorbereitet. Aber schön habt ihr es hier, Jule!«

»Ja, wirklich schön.« Cora hatte der Weg kaum angestrengt. Um die Augen herum wirkte sie müde, aber in Sachen Ausdauer steckte sie alle anderen locker in die Tasche.

»Und ganz schön warm! Uff!« Jule öffnete ihre Jacke. Vom langen Aufstieg war ihr tatsächlich warm geworden, und das Wetter zeigte sich heute gnädig, mit ein wenig Sonne. »Seht ihr die Gänseblümchen? Der Frühling hat es dieses Jahr etwas eiliger!«

Sofort kniete Cora sich auf den Boden, pflückte eins und schnupperte genießerisch daran. Sie reichte es weiter. »Es riecht schon so voller Leben, so süß wie fertiger Honig. Ist aber auch kein Wunder, dass hier schon alles grünt und blüht. Ihr habt bestimmt mehr Sonnenstunden als wir in der Eifel. Ich mag, wie hell, freundlich und offen Müggebach ist. Die Menschen grüßen, wenn man an ihnen vorbeigeht und brummeln nicht nur etwas Unverständliches zwischen zusammengebissenen Zähnen hervor.«

»Du wohnst aber auch in einer seltsamen Ecke«, befand Maike.

Jule atmete die frische Luft tief ein. »Oh, das Grüßen! Daran musste ich mich auch erst gewöhnen. Anfangs dachte ich noch, die Leute würden mich von irgendwoher kennen, aber das macht man hier halt so. Aber glaub ja nicht, man hätte mich hier nie angegrummelt. In den ersten Monaten dachte ich, jemand hätte mir einen Von-auswärts-Stempel auf die Stirn gedrückt. Außerdem befinden wir uns hier im Nordschwarzwald, also noch am Rand der Zivilisation. Wenn wir von hier aus mit dem Fahrrad ein kleines Stück in den Süden fahren, dann werden die Hügel ziemlich schnell höher, die Wälder dichter, und die Welt wird irgendwie dunkler, kleiner und geheimnisvoller. Schon verblüffend, was ein paar Kilometer manchmal für einen Unterschied machen. Wie wäre es, wenn wir uns das nächste Mal bei Cora in der Eifel treffen? Sicher gibt es da auch viel Schönes, das man nur einfach nicht mehr sieht, wenn man im Arbeitsalltag steckt.«

Coras Begeisterung hielt sich in Grenzen. »Wenn es nach mir geht, dann treffen wir uns lieber in Berlin oder in Frankfurt. Nach eineinhalb Jahren Landleben könnte ich mal wieder ein paar Tage Großstadt gebrauchen. Oder einen kompletten Ortswechsel. Wie wäre es mit London, Kapstadt, Casablanca oder Singapur?« Obwohl sie zwinkerte und lächelte, schwang leichter Wehmut in ihrer Stimme mit.

»Du vermisst Frankfurt?«, neckte Maike sie. »Warte ab. Berlin ist noch viel lauter, und es gibt noch viel mehr seltsame Menschen. Wie gesagt, du kannst mich gerne mal besuchen. Und Jule natürlich auch. Habe noch immer ein schlechtes Gewissen, weil ich so spontan und ohne euch Bescheid zu sagen geheiratet habe. Ich finde, ich bin euch mindestens eine Party schuldig.«

»Party!«, rief Jule. »Was auch immer du planst, ich komme!«

»Party!«, wiederholte Cora, breitete die Arme aus und sog die frische Luft tief ein. In ihrem weiten, blassgelben Wollponcho sah sie aus wie ein rotgelockter Engel, der sich gleich in die Lüfte schwingen würde. Dann wurde sie von einem hellen Lachanfall geschüttelt. »Oh ja, da komme ich gerne. Ihr habt ja keine Ahnung, *wie* weit draußen unser Ökohof ist! Vergesst schnell all meine Flüche über Nieder-Eschborn, Gonzenheim und Co.: Wenn ich meine Eltern besuche, fühlt es sich an, als würde ich in Weltmetropolen reisen.«

»Gonzenheim?« Jetzt kicherte auch Jule. »Maike, hast du da nicht hinter der Eisdiele …«

»Pscht!«, machte Cora und deutete mit dem Kinn auf Timo. Der warf nur einen verschmitzten Blick zu ihnen hinüber, dann zog er Maike zu sich, und die beiden begannen zu knutschen wie zwei Teenager.

»Ja, doch.« Cora verschränkte die Arme. »So in etwa war das damals auch.«

»Und so in der Art hast du damals auch geguckt, Cora«, lachte Jule.

»Ach ja?« Cora schloss abrupt den Mund.

»Kalter Veggiburger?«, wechselte Jule das Thema, breitete am Fuß der Bank eine Picknickdecke aus und richtete den Inhalt ihres Rucksacks darauf an.

»Ist er denn aus Grünkern, mit zerstoßenen Quarzkristallen bestreut, bei Mondlicht gebraten und demeter?«

»Den hat Jean zubereitet, bei Rock-'n'-Roll-Musik. Wahrscheinlich hat er dem Patty noch etwas vorgesungen. Schmeckt einfach richtig gut.«

Ein Zucken in Coras linkem Mundwinkel, vielleicht ein Lächeln. Mit den Armen beschrieb sie eine Welle, ihr Poncho wehte im Wind.

Wie Dünen in der Wüste.

Jule bemerkte den sehnsüchtigen Blick, den Cora Maike und Timo zuwarf, die glücklich lächelnd den kleinen Ron bespaßten. Sie sah mit einem Mal leicht wehmütig aus.

»Hast du etwas auf dem Herzen, Cora?«

»Hm. Ist halt alles nicht mehr so frisch verliebt wie bei Maike und dir.«

»Es wird ja nicht weniger, nur anders.«

»Ja, kann sein, dass du recht hast, aber mal ehrlich: Warst du schon einmal mit jemandem so lange zusammen, dass du diese wilde, atemlose Knutscherei der ersten Monate vermisst hast?«

»Na ja. Nicht so oft. Also, eigentlich gar nicht. Ich hatte aber auch immer ein Händchen dafür, an die falschen Kerle zu geraten. Schade, dass unser Irlandplan nicht geklappt hat.«

Maike und Timo hatten ihr Frisch-verliebt-Programm inzwischen beendet und den letzten Teil des Gesprächs offenbar mitbekommen.

»Wolltet ihr euch beim Interrailen jeder einen rothaarigen Iren schnappen?«, riet Timo. »Wildes Haar, wildes Herz und wilde Pferde?«

»Ach ja, das … war leicht zu erraten, hm?« Jule grinste.

»Hat wohl nicht geklappt, was?« Timo zwinkerte und wandte sich wieder seiner kleinen Familie zu.

Zu den Ponchowellen öffnete Cora nun auch ihr Haarband. Die rote Löwenmähne wirbelte mit dem Wind.

»Du könntest glatt als keltische Göttin durchgehen«, bemerkte Jule.

Cora schloss die Augen und lächelte vor sich hin. »Hast du schon einmal überlegt, Jule, ob wir damals nicht von der falschen Seite aus gedacht haben? Wir wollten gutaussehende irische Männer finden. Dabei haben wir übersehen, dass man Liebe nicht suchen oder finden kann, sie passiert einfach.«

Jule nickte. »Meine Güte, wie alt waren wir? Achtzehn? Neunzehn? Wir haben damals ja auch geglaubt, wir könnten uns in den Wald setzen und Geister beschwören.«

»Vielleicht ist das ein Privileg der Jugend? Zu glauben, dass man wirklich frei ist, alles tun kann und die Dinge selbst in der Hand hat?«

»Hast du mir deshalb ein Tränendes Herz mitgebracht?«

Jule hatte die Pflanze ausgepackt und an einen sonnigen Fensterplatz gestellt. Noch war sie klein, grün und unscheinbar, aber im Juni würde sie mit einem Bogen voller wunderbarer, pinkfarbener Herzchen blühen, aus denen weiße Tränen wuchsen.

»Nein, kein Hintergedanke. Ich stand einfach bei uns im Bauerngarten und wollte dir eine schöne Pflanze mitbringen. Und da musste ich an die Besuche bei deiner Oma denken. Sie hat doch den ganzen Balkon voll mit Tränenden Herzen. Es war immer schön bei ihr. Sie hat uns jedes Mal eine Geschichte erzählt und eine selbst gebackene Brezel spendiert.«

»Ich weiß gar nicht mehr, wie oft ich einfach nur in ihrem Lehnstuhl saß und zugeschaut habe, wie diese kleinen Herzen im Wind wackelten. Ich liebe Tränende Herzen! Für die suche ich einen besonders schönen Platz im Garten, und dann denke ich jeden Tag an dich.«

»Das war meine Absicht«, sagte Cora mit einem Lächeln. »Wie still es doch bei euch ist. So heilsam still. Man möchte den ganzen Tag hier stehen und sich von diesem frostigen Wind die Seele durchpusten lassen.«

Das klingt jetzt aber wirklich esoterischer, als ich Cora sonst kenne – falls ich sie noch kenne.

Ein weiterer spontaner Gedanke schlich sich auf Jules Zunge: »Weißt du was? Du hast mir einmal erzählt, dass im Februar noch nicht viel auf dem Hof los ist. Frag doch einfach die anderen, ob sie dich für ein paar Tage entbehren können, und bleib noch ein wenig.«

»Bleiben?« Coras helle Augen öffneten sich, in ihrem hageren Gesicht wirkten sie sehr groß. »Wenn ich dir nicht zur Last falle, bleibe ich gerne noch ein wenig. Es wäre wundervoll, etwas auszuschlafen.«

»Großartig!«

»Wir können leider nicht länger bleiben«, meldete sich Maike. »Ich muss übermorgen wieder zur Arbeit.«

»Es freut mich, wenn ich zumindest eine von euch noch ein wenig behalten kann. Jetzt muss ich nur noch meine alten Folk-CDs wiederfinden.«

»Und dann tanzen wir durch die Nacht!« Maike sprang auf, schnappte sich den gerade erwachenden Ron und rannte mit ihm über die Wiese.

Wie früher – nur halt mit Kind.

Kapitel 3

Mit einem Spaten über der Schulter folgte Jule ihrem Vater durch den Garten. Es war fast wie früher. Er legte ein gutes Tempo vor, als wäre nicht genug vom Tag übrig, um all das zu erledigen, was er sich vorgenommen hatte – dabei blinzelte die Sonne gerade erst verschlafen über die Häuser. Hinter Jule bemühte sich Mika darum, den Anschluss nicht zu verlieren. Auch er war zum Träger von allerlei Gartenmaterialien degradiert worden und tat sich schwer, unter den diversen Holzlatten zu sehen, wohin es eigentlich ging. Es war ein bisschen wie die Elefantenkolonne in Disneys *Dschungelbuch* mit Jules Vater als Colonel Hathi.

Als ihr Vater schließlich anhielt, tat er das so abrupt, dass Jule mit ihm zusammenstieß. Er bemerkte es kaum, fuhr sich mit seiner riesigen Hand durch die wirren, grauen Locken und zeigte auf ein unscheinbares Fleckchen, direkt an der Mauer zur Einhornbrauerei. »Hier! Perfekt.«

Jule rammte den Spaten in den Boden und stützte sich darauf. Hinter sich hörte sie ein Rumpeln, dann, wie Mika die heruntergefallenen Latten sortierte.

»Da können wir sogar zehn Quadratbeete anlegen, und die fallen in deinem großen Garten gar nicht auf.«

»Findest du das nicht ein wenig übertrieben? Ich will kein Selbstversorger werden.«

»Sieh es als etwas größeren Naschgarten.« Er setzte sein charmantestes Lächeln auf.

»Mika und Peter haben mir letztes Jahr schon zwei Hochbeete gebaut, ich komme kaum mit dem Gießen hinterher.«

»Das ist das kleinste Problem.« Das erste Stück Rasen wurde liebevoll ausgestochen und umgedreht.

»Da hinten zum Feld hin wachsen Himbeeren und Brombeeren, am Zaun wimmelt es von Johannisbeer- und Stachelbeerbüschen, wir haben Obstbäume, die jedes Jahr geschnitten werden müssen, auf den Komposthaufen kommt wieder Kürbis. Ich könnte allenfalls ein paar Kräuterbeete gebrauchen, aber bestimmt nicht noch mehr Arbeit, die mir über den Kopf wächst.«

»Gemach, gemach«, beschwichtigte sie ihr Vater. »Wenn das Gießen dein Problem ist, baue ich dir ein automatisches System. Mit Zeitschaltuhr und allem Drum und Dran. Und dieses Zquäre Fuut Gartening …«

»Square foot gardening«, korrigierte Jule reflexartig.

»Na, du weißt schon! Dieses Im-Quadrat-Gärtnern, das bringt dir bei minimalem Aufwand eine maximale Ernte. Glaub da mal einem alten BWLer. Zwanzig Quadratmeter reichen, und ihr müsst nie wieder Gemüse kaufen. Und für jedes Enkelchen dann noch einmal zehn Quadratmeter.« Sein Blick glitt durch den Garten, die Lippen bewegten sich stumm. »Also, du kannst problemlos fünf oder sechs Kinder bekommen, und ihr habt dann immer noch Platz.«

»Argh!« Jule tat, als würde sie sich mit dem Spaten vor die Stirn schlagen. Dann hob sie den Kopf und knurrte: »Mika, ich kann dich hinter meinem Rücken grinsen hören!« Sie fuhr herum, und tatsächlich erwischte sie ihn gerade noch dabei, wie er von einem zum anderen Ohr grinste.

»Das war doch nur ein Rechenbeispiel!«

»Ein sehr erschreckendes, Papa!«

Er fuhr damit fort, Rasen für die Beete auszustechen.

»Weshalb? Kinder sind was Schönes. Wir hätten gerne noch ein paar mehr gehabt und sind immer noch glücklich, dass wir zumindest mit einer so wundervoll geratenen Tochter beschenkt wurden.«

»Du machst mich ganz verlegen. Aber die Enkel, die planen wir bitte allein. Und vergiss nicht, dass wir hier in zweiter Reihe auch noch bauen wollen. So viel Platz für einen Nutzgarten bleibt da nicht mehr, wenn meine Gäste noch auf etwas anderes als auf ein Haus und Quadratbeete schauen wollen.«

»Wollt ihr das wirklich machen? Also, das Haus bauen?«

»Ja, natürlich.« Mika nahm Jules Hand. »Die Lindenblüte bleibt unten ein Café, und oben mietet der Kulturverein die Räumlichkeiten an. Wir ziehen im März in eine Übergangswohnung, und dann geht es mit der Planung los.«

»Ihr habt hier so ein wunderschönes, großes Grundstück, so einen paradiesischen Garten. Es wäre eine Schande, ihn zuzubauen.« Er seufzte. »Apropos Garten: Ich würde dir jetzt natürlich gerne richtig viele Beete aufschwatzen, aber das bringt ja nichts, wenn du damit nicht zufrieden bist.«

»Wie ich schon sagte: Kräuter.«

Von hinten umschlang Mika ihre Schulter. »Wir haben aber auch nichts gegen ein wenig mehr Gemüse.«

»Haben wir nicht?« Sie legte den Kopf in den Nacken und schielte zu ihm hin.

Er strich ihr eine Strähne aus dem Gesicht und küsste sie auf die Stirn. »Nein, gegen ein wirklich ganz klein wenig mehr haben wir nichts. Und wir wollen unbedingt dieses tolle automatische Gießsystem haben. Pflegeleicht ist das Ganze ja ohnehin.«

»Und wie!« Jules Vater strahlte. Aus der Brusttasche seiner Safariweste zog er zwei Blätter. »Hier, das habe ich für dich zusammengeschrieben. Ihr müsst also nur säen und ernten und euch keine Gedanken machen.«

»Danke«, sagte Mika und schnappte sich die Zettel. »Spinat als Vorfrucht? Gute Idee. Durch die leichte Erhöhung hat er es von unten nicht so kalt. Wächst zwar langsam, lockert aber schön den Boden.«

»Und Vlies drüberlegen? Sonst lockern die Amseln den Boden, und ihr habt nichts mehr von eurem Gemüse.«

»Und die Kräuter, die kommen später im Jahr auch in Kübel an die Terrasse und an die Regenrohre – dann haben wir die näher an der Küche dran. Außerdem wollte ich mal vertikales Gärtnern ausprobieren, und ich glaube, wir haben noch ein paar Regenrinnen, die könnten wir aufhängen und Salat oder Hängeerdbeeren setzen.«

Heißt es nicht, Töchter suchen sich einen Partner aus, der ihrem Vater ähnlich ist? Sie schaute von einem zum anderen. Beide hatten wilde Locken, beide liebten Gärten und hatten so eine gewisse verschmitzte und humorige Art. Ja, da war wohl etwas dran.

Mit düsterer Stimme grummelte sie: »Es gibt kein Entkommen!«

Die beiden Männer schauten sie an.

»Ich habe nur laut gedacht.«

»Jolanda, Spatz, du weißt, dass du deinem alten Papa sagen kannst, wenn du etwas nicht möchtest.«

»Nein, nein, baut ihr nur eure Beete, kümmert euch liebevoll darum, und ich futtere mich dann durch.«

»Ein hervorragender Plan.« Mika wandte sich Jules Vater zu. »Also, habe ich das richtig verstanden: Du und Jule, ihr entfernt den Rasen, und ich baue zwei Kisten zusammen. Ein Meter zwanzig auf ein Meter zwanzig und so Pi mal Daumen dreißig Zentimeter hoch?«

»Ja, genau. Und unten kommt dann Kaninchendraht drunter, das kennst du schon vom Hochbeet. Dann habt ihr eine schöne Arbeitshöhe und könnt mit einer guten Erde füllen. Nehmt keine aus dem Garten, dann habt ihr es zumindest im ersten Jahr mit dem Unkraut leichter.«

»Gut. Und die dünnen Latten?«

»Mit denen unterteilen wir dann die Kisten in neun Quadrate und säen nach meinem Plan ein.«

»Ah, jetzt verstehe ich das! Du mischst verschieden große Pflanzen und schaust, was wann reif wird, damit sich nicht viel Unkraut ausbreiten kann und wir den Platz optimal nutzen?«, fachsimpelte Mika.

»Genau. Und mit den Rohren bilden wir eine Kuppel über den Beeten, damit wir Vlies und Folie drübermachen können. Dann könnt ihr schon recht früh mit der Anzucht anfangen, und es braucht kein Gewächshaus.«

»Durchdachtes Konzept, gefällt mir. Ich schneide ja immer gerne Haselruten und mache dann so kleine Kuppeln, um Tomaten und Bohnen hochzubinden.«

»Das ist mein Schwiegersohn!« Er fing sich ein zweifaches Räuspern ein. »Mein zukünftiger Schwiegersohn?«

Mika nahm es mit Humor. »Nimm dich in Acht, wenn wir Urlaub in Bari oder in Gretna Green machen!«

»Na, jetzt baut erst mal und dann Enkel, und dann könnt ihr immer noch heiraten, wenn euch das Spaß macht. Jolanda, hat deine Mutter dir gesagt, dass wir doch nicht hier im Neubaugebiet einziehen?«

Das kam völlig überraschend. Noch vor wenigen Wochen hatten Jules Eltern sich um einen barrierefreien Bungalow in dem neuen Baugebiet beworben, das hinter dem Bahnhof entstehen sollte.

»Was? Nein. Wohin zieht ihr dann?«

»Deine Mutter hat sich mit diesem windigen Herrn Besen«, er kicherte, »oder wie dieser Planer hieß, nicht einigen können. Du kennst sie ja: entweder das beste Grundstück oder gar keins. Und sie hat ein Gerücht aufgeschnappt, dass der Eigentümer von Wilhelmines Wohnung das Haus verkaufen möchte. Das könnten wir herrichten und noch eine kleine Wohnung an einen Studenten vermieten. Außerdem können wir uns dann leichter um deine Oma kümmern.«

»Aber ihr zieht auf keinen Fall nach Müggebach?« Jule schwankte zwischen Erleichterung und Wehmut. Wahrscheinlich war es für sie und ihre Mutter besser, ein paar Kilometer Abstand zu haben. Aber auch schade, weil sie ihre Eltern natürlich vermisste.

»Nein, das war auch nur so eine fixe Idee, als wir das Neubaugebiet sahen. Schade nur, dass wir es dann immer so weit bis zu den Enkelchen haben werden.« Er zwinkerte gerade noch rechtzeitig.

Jule brummte.

»Lass einen alten Mann ein bisschen träumen, ich halte jetzt auch die Klappe.«

»Ist verziehen. Schwingen wir die Spaten. Wenn ihr in den nächsten Tagen, Wochen, Monaten Grünzeugs beschneidet, dann sagt mir Bescheid.«

»Bald sind die Obstbäume dran.«

»Sehr gut. Ich brauche vor allem Zweige und andere Sachen, die sich ein wenig halten.«

»Lass mich raten: Deko für das Jubiläum? Brauchst du da eigentlich noch einen zweiten Koch?«

»Danke, das sollten wir hinbekommen. Und ja: Den Grünschnitt brauche ich teilweise für die Deko. Ein wenig Natur hier und da möchte ich aber jetzt schon auf die Tische bringen. Ich habe da ein paar ganz zauberhafte Ideen.«

Er fuhr sich durch das wirre Haar. »Also, von wem du das wohl geerbt hast? Muss wohl Wilhelmine sein, deine Mutter und ich haben es nicht so mit dem üppigen Dekorieren.«

»Dann habe ich ja von jedem in der Familie etwas mitbekommen. Erzähl mir nachher mal bei einem heißen Grog, welche

Visionen du in Sachen Blumen für meinen Garten hast. Schön, pflegeleicht, essbar?«

»Duftend«, schlug er vor. »Thymian, Rosmarin, Lavendel. Ein Duftkamillenteppich. Und Rosen, Rosen, Rosen.«

»Pflegeleicht, Papa«, erinnerte sie ihn.

»Aber, Spatz, was ist schon ein Garten ohne Rosen?«

»Pflegeleicht.«

Er grollte kurz wie ein frisch aus dem Winterschlaf erwachter Bär, schüttelte den Kopf und stach dann weiter Grassoden aus.

Der Frühling klopfte mit langen Sonnenfingern an. Nach einer frostigen Woche fielen die ersten wärmenden Strahlen durch die kleinen Fenster des Dennighofs auf die verblassten Linoleumböden. Milena und ihre Familie hatten in den vergangenen Wochen schon viel Arbeit geleistet und zumindest aus dem Wohnhaus einen großen Teil der Möbel in die Scheune getragen. Jetzt begannen sie damit, die Böden vom Linoleum zu befreien. Milena, Jule und Cora knieten in einer Ecke des zukünftigen Kinderzimmers und beratschlagten.

Wieder setzte Cora den Cutter an und zog an einem schmalen Streifen. »Biestiges Zeug. Das haben die für die Ewigkeit verklebt. Hatten wir in einem der Häuser auf dem Hof auch. Und genau wie hier: Selbst mit Heißluft bekommt man das kaum ab.«

Milena seufzte. »Und wie habt ihr das Problem gelöst?«

»Unser Haus war ja aus den Sechzigern, total marode und kein bisschen charmant oder hochwertig gebaut. Wir haben uns dann nach einer laaangen Abstimmung dazu entschlossen, die Dielen komplett rauszuhebeln und durch neue zu ersetzen. Im Architekturstudium habe ich gelernt, dass es sich nicht immer lohnt, einen Riesenaufwand zu treiben, um ein paar alte Dielen zu retten.«

Dieser Gedanke traf bei Milena verständlicherweise nicht auf Gegenliebe, und auch Jule war alles andere als glücklich. »Alte

Holzböden sind so warm und lebendig und erzählen Geschichten, und gerade in diesem Haus wäre es furchtbar, wenn wir die herausreißen müssten.«

»Der Dennighof ist auch um einiges altehrwürdiger als die Nebengebäude auf unserem Hof. Die Alternative ist, dass wir hier in jedem Raum in mühevoller Kleinstarbeit erst das Linoleum abziehen und dann mit Spachtel und Föhn den Kleber abkratzen. Es gibt zwar so Kleberfräsen, aber ob die alles schaffen, weiß ich nicht. Wir haben auf meditative Handarbeit gesetzt und es nicht geschafft.«

»Mit lauter gesunden, fitten jungen Leuten, jaja.« Milena verlagerte ihr Gewicht. »Fürchterlich, was ich für eine Riesenkugel habe. Das geht bei jedem Kind früher los. Ich kann mich ja jetzt schon kaum richtig bücken.«

»Dann solltest du das auch lieber sein lassen und einen Fachmann die Grobarbeit machen lassen.« Jule sah sie streng an. Nicht, dass sie besonders viel über Schwangere wusste, aber Milena wirkte blass, und es fiel ihr offensichtlich nicht leicht, die Renovierung zu stemmen, auch wenn sie das gern überspielte.

»Das wäre auch mein Rat«, sagte Cora. »Ich kann zwar noch ein wenig bleiben und dir helfen, aber es wäre sinnvoller, wenn ich das Gesamtkonzept für die Sanierung im Auge behalte, anstatt hier tagelang auf dem Boden herumzukriechen.«

Sie saß in einer breiten Lichtbahn, ihre Locken wippten und leuchteten, während sie mit den Händen erklärte. Alles an Cora wirkte dynamisch und energiegeladen, sie hatte etwas mehr Farbe im Gesicht als bei ihrer Ankunft. Erste Sommersprossen zeigten sich.

Ein feines Lächeln schlich sich auf Jules Lippen, wie sie so dasaß und ihre Freundin beobachtete. »Du bist ganz in deinem Element, nicht?«

»Ja, das ist toll! So ein wundervolles altes Haus und so viele Möglichkeiten, hier ökologisch zu sanieren.«

Milena stand unter Ächzen auf. »Ein Glück für uns alle, dass du ein paar Tage länger bleiben kannst, Cora. Ich war ja mit den Vorschlägen dieses anderen Architekten nicht ganz zufrieden. Wenn ich früher gewusst hätte, dass Jule eine Expertin für ökologische Altbausanierung in ihrem Freundeskreis hat! Ach, wir hätten Zeit und Ärger gespart.«

»Das mache ich wirklich gern. Auf dem Hof waren es ja nur diese zwei sehr kleinen Häuser, und es fehlt mir echt ein bisschen, mich in ein altes Haus zu vertiefen. Das ist für mich, als würde ich einen wundervollen neuen Menschen kennenlernen – nur kann ich bei einem Haus wirklich fast alles herausfinden. Menschen verstecken ihre Geheimnisse tiefer.« Mit dem Cutter stocherte sie im Linoleum herum.

»Also gut.« Milena streckte sich. »Ich werde das noch mit Lars besprechen, aber ich fürchte auch, wir müssen die Dielen komplett rausholen. Wir kratzen ja schon seit Tagen, und es wird nicht besser. Drüben am Stöckle soll doch das Haupthaus abgerissen werden. Wäre doch ein Jammer, wenn die wunderschönen alten Dielen auf die Deponie kämen.«

Typisch Milena! Für alles einen Plan B.

»Na gut.« Cora warf den Spachtel von sich. »Womit machen wir dann weiter? Die Eckbank in der Stube abmontieren und dann schleifen? Das Wetter ist so gut, das schreit ja geradezu danach, draußen was mit Holz zu machen, statt hier auf dem Boden herumzurobben.«

Allein der Gedanke an die Tage auf den Knien reichte Milena wohl aus, sie griff sich mit der Hand an den Rücken und stöhnte. »Schwingschleifer habe ich schon besorgt. Farbe ebenfalls. Alles in der Scheune. Mein Traum ist ja eine Eckbank, wie Jule sie in der Lindenblüte hat. Das hast du so wundervoll hinbekommen, da werden wir aus diesem alten Monstrum doch wohl etwas ähnlich Schönes zaubern können.«

»Wie verschnörkelt ist das gute Stück denn?«, wollte Jule wissen. »Unter Umständen ist das eine Heidenarbeit.«

In ungewohnt gemächlichem Tempo führte Milena sie in die gute Stube. Bis auf die besagte Eckbank war hier alles bereits ausgeräumt und der Boden penibel gereinigt worden. »Keine Sorge, die Bank ist wirklich sehr spartanisch. So geradlinig, das ist schon wieder modern. Mein Problem ist ein ganz anderes.«

Auf den ersten Blick stand da eine sehr schlichte, schmale, aber dafür lange Eckbank. Sie war jedoch alles andere als leicht abzubauen, denn sie war fest mit der Wandtäfelung verbunden.

»Oh«, machte Jule. »Damals hat man wohl für die Ewigkeit gebaut.«

Cora kletterte auf die Sitzfläche. Ihre selbst genähte Werkzeugtasche, die sie zu Jules Erstaunen sogar mit nach Müggebach geschleppt hatte, stellte sie neben sich. »Okay, schauen wir uns das mal an, und dann machen wir einen Plan. Wenn wir das hier abhebeln können, dann finden wir vielleicht doch ein paar Nägel oder Schrauben, mit denen das Ding an der Wand befestigt ist. Wäre schade, wenn wir erst die halbe Vertäfelung abmachen müssten.«

Mit Fingerspitzengefühl und einem Gummihammer trieb sie die Spitze eines handlangen, dicken Schraubenziehers unter das oberste Brett der Bank. »Na schau einer an, das geht ja astrein.«

Jule kniete sich neben sie auf das karierte Sitzkissen und half ihr mit einem weiteren Schraubenzieher. Das alte Holz knackte, unwillig, sich nach so langer Zeit zu rühren.

»Ganz vorsichtig jetzt.« Cora legte den Kopf schief und versuchte, in der schmalen Lücke etwas zu erkennen. »Hm.«

Sie holte eine kleine Taschenlampe aus ihrem Beutel. Diese sah aus wie ein Marienkäfer und hatte eine Kurbel.

Interessiert beugte Milena sich vor. »Ach, so eine haben meine Kinder auch. Ganz tolles Ding. Leider so schnell kaputt.«

»Joah, war ein Geschenk. Wenn die hinüber ist, gibt es eine bessere Taschenlampe mit Dynamo. Die hier hat mir zu viel Plastik. Aber immer noch besser, als ständig Batterien zu wechseln.« Sie kurbelte fleißig, bis die Lampe genügend Licht produzierte. Dann spähte sie noch einmal in die Bank hinein.

»Okay, das ist wirklich ordentlich verzapft und alles. Kein Wunder, dass noch nie jemand versucht hat, das Ding abzumontieren. Und da unten drin liegt irgendwas. Vielleicht Holzreste. Also, Milena, wenn die Vertäfelung eh an der Wand bleibt, würde ich die Bank einfach stehen lassen.«

Ungehalten verschränkte Milena die Arme. »Wir befinden uns hier im Gästezimmer. Das passt einfach nicht.«

Jule schlug sich auf Coras Seite. »Warum nicht? Bevor ihr hier in die Ecke einen Schreibtisch stellt, kann doch auch die Eckbank bleiben.«

»Aber wie sieht das denn aus? Auf einer Eckbank, die nicht in der Küche steht, stellt man doch nur irgendwelche Sachen ab, die dann verstauben. Nein, die Eckbank wird das Herzstück der Wohnküche.«

»Wobei ihr noch immer die Küche verlegen könntet«, überlegte Cora laut. Jule stupste sie möglichst unauffällig in die Seite. »Ihr … äh … wollt eure Pläne nicht ändern, nehme ich an?«

Aber Milena war bereits in Fahrt und führte weiter aus, wie sie sich ihr neues Reich vorstellte: »Außerdem werde ich das Gästezimmer nutzen, um Ruhe zu finden. Yoga, Meditation, Entspannung. Das muss ein aufgeräumtes Zimmer werden, in dem die Gedanken fließen können, ohne klotzige Elemente. Meine Eltern haben vor Jahrzehnten zwei Sideboards aus Malaysia mitgebracht, dazu kommen drei Tatamimatten mit Auflagen, die werden Sofa und Gästebetten zugleich sein. Sonst nichts. Keine Bilder, kein unnötiger Kruscht. Und das Fenster hier geht nach Westen raus. Die Küche war aber schon immer der Mittelpunkt unseres Familienlebens. Die muss an die Südwestseite kommen. Da brauche ich Licht und den Ausblick auf den Hof und auf die Scheune.«

Endlich holte sie Luft. Diese Gelegenheit nutzte Jule, um die Wogen wieder zu glätten. »Setzt euch doch morgen früh gemütlich zusammen. Wäre doch gut, wenn Cora sich die Pläne eures Architekten einmal anschaut und sich deine Wünsche anhört, Milena, oder? Sie kann dann Vorschläge machen, wie sie die Sache sieht, und du kannst in Ruhe überlegen, welche Lösung dir am besten gefällt.«

Cora war sofort Feuer und Flamme. »Oh, ich bin sehr gespannt! Leitet der Kollege die Restaurierung? Kann ich ihn einmal kennenlernen? Vielleicht nimmt er mich für eine Woche als Praktikantin unter seine Fittiche, und ich kann mich wieder etwas fortbilden.«

Zögerlich nickte Milena. »Ich kann ihn morgen einmal anrufen. Ansonsten würde ich sagen: Ihr zwei fangt damit an, die Eckbank abzumontieren, und ich gehe rüber zu Wurzens und hole uns ein paar belegte Brötchen fürs Mittagessen.«

»Schokocroissant?«, hauchte Cora.

»Also für dich ein Pain au chocolat«, antwortete Milena, schon halb im Gehen. »Und für Jule?«

»Kartoffelstange mit dem, was gerade da ist«, rief Jule ihr hinterher.

Kaum war die Tür ins Schloss gefallen, blinzelte Cora hektisch. »Man muss sich erst ein bisschen an sie gewöhnen, nicht wahr?«

»An Milena? Ja, in der Tat. Sollen wir Wetten abschließen, was da hinter der Bank steckt?«

»Ein Schatz.«

»Ein alter Schuh.«

»Eine mumifizierte Ratte.«

»Wäh!«

Nach fünf Minuten gingen ihnen die Ideen aus, was sich hinter der Bank verbergen könnte, dafür hatten sie aber das Brett weit genug angehoben, um in den Spalt greifen zu können.

Jule angelte mit den Fingern nach dem Gegenstand und zog schließlich ein verstaubtes Paket heraus, in etwa so lang wie ihr Unterarm. Es war sorgfältig in Wachstuch eingeschlagen.

Ehrfürchtig nahm Cora das Paket entgegen. »Was kann das sein? Ein Hausbuch?«

»Ist ein bisschen leicht dafür. Das Hausbuch meiner Großeltern war ein mächtiges Trumm.«

»Aufmachen!« Auch Jule war jetzt wie elektrisiert.

»Einfach so?« Cora runzelte die Stirn, aber auch ihre Wangen glühten.

In diesem Moment sprang die Haustür auf, und Milena kam herein, umwölkt vom verführerischen Duft frischer Backwaren.

»Wir haben wieder einen Schatz gefunden.« Jule hielt ihr das Paket entgegen.

»Oh, da hat doch nicht etwa unser geheimnisvoller Künstler noch mehr versteckt?«

»Werden wir gleich sehen.«

Vorsichtig legte Jule das Päckchen auf die Sitzfläche der Eckbank. Nach den vielen Jahren oder Jahrzehnten in seinem Versteck war das Wachstuch brüchig und starr. Es gelang Jule kaum, die Verpackung zu öffnen, ohne sie dabei zu zerstören. Darunter kam ein feines, nur leicht verblichenes Leinentuch zum Vorschein und darunter eine Art Mappe. Zwei Kartons, mit Stoffstreifen zusammengehalten, schützten als Deckel einen Stapel Papiere.

Ganz vorsichtig öffnete Jule die Mappe. Die sorgfältig kolorierte Zeichnung einer Lupine kam zum Vorschein.

»Hundert Punkte für Milena.«

Andächtig legten sie Blatt um Blatt auf dem Fußboden aus. Es waren mehr als vierzig Arbeiten unterschiedlicher Größe, fast ausnahmslos botanische Zeichnungen von Pflanzen aus heimischen Bauerngärten. Dazu verschiedene Ansichten eines Mandel- und eines Esskastanienbaums durch die Jahreszeiten hindurch.

»Wie wunderschön!« Mit ehrfurchtsvollem Abstand folgten Coras Fingerspitzen den Konturen des Mandelbäumchens. »Ob es diese Bäume heute noch gibt? Die müssen jetzt gewaltig sein.«

»In meinem Garten stehen sie jedenfalls nicht.« Prüfend besah Milena sich Blatt für Blatt. »Oder jedenfalls nicht mehr. Der Gärtner sagt, die Obstbäumchen am Hang sind in meinem Alter. Ich schätze mal nicht, dass er mich für über achtzig hält.«

Ihr perfekt lackierter Fingernagel wies auf eine Jahreszahl in der Ecke des Bildes. 1934. Ganz kurz war Jule abgelenkt von ihren unglaublich sauberen Nägeln, denn Milena drückte sich nun wahrlich nicht davor, Tapeten abzukratzen und andere schmutzige Arbeiten im Haus auszuführen.

Ich glaube, sie hat so was wie eine Lotosschicht. An Milla perlt so einiges einfach ab.

Jule wies auf die Buchstaben neben der Jahreszahl. »Und unsere unbekannte Künstlerin hat sich vor dem Signieren gedrückt: W.S.? Und an einigen Bildern hat noch H.D. mitgewirkt? Oder lese ich das falsch? Ist das Sütterlin?«

Sie hielt sich das Blatt nah vor die Augen, und auch die anderen beiden besahen sich die Initialen ganz genau.

»Weshalb denkst du an eine Frau?«, wollte Milena wissen. »Das wäre ja glatt eine Sensation, so wenig, wie Frauen damals mit Wissenschaft und schönen Künsten zu tun hatten.«

»So sensationell auch wieder nicht«, brummte Cora leicht verstimmt. »Je nach Region waren zehn bis zwanzig Prozent der Studenten weiblich, besonders hier im Südwesten.«

»Auf dem Land war es ja meistens etwas weniger fortschrittlich«, versuchte sich Jule an einem Kompromiss. »Ich dachte einfach nur spontan an die zwei Bücher und die Randnotizen. Da erscheint mir die Handschrift so fein und zierlich, ich würde spontan raten, es könnte eine Frau gewesen sein. Zugegeben: Mit altdeutschen Schriften kenne ich mich nicht aus, das habe ich im Studium nie belegt.«

»Was machst du denn jetzt mit diesen Schätzen, Milena?« Cora betrachtete das Bild des Mandelbaums im Frühling ganz genau. Ihre Augen schienen jede Blüte einzeln aufzunehmen. »Es wäre zu schade, sie wieder zurück in diese Mappe zu stopfen, wo niemand sie sehen kann.«

»Immerhin kann sie dort nichts und niemand zerstören, auch nicht das Sonnenlicht. Natürlich gehören sie zum Dennighof, was meint ihr? Aber für meine Wand sind sie mir zu altbacken. Vielleicht zum Heimatverein? Aber da verschwinden sie auch in irgendeinem Schrank und werden nur an hohen Feiertagen rausgeholt.«

Jule wurde hellhörig. Mit einem Mal hatte sie eine Idee.

»Würdest du mir die Zeichnungen vielleicht für eine Ausstellung überlassen? Stell dir nur mal vor, vielleicht erkennt jemand die Initialen, und wir entdecken ein Stück Heimatgeschichte.«

»Aber dann wäre es doch wirklich besser, wenn Milena die Blätter dem Heimatverein gibt«, gab Cora zu bedenken. »Die wissen bestimmt, ob es noch mehr solcher Zeichnungen gibt und welche Künstler damals hier gewirkt haben.«

»Also«, verteidigte Jule ihre Idee. »Ich weiß nicht, ob wir es hier wirklich mit einem Künstler zu tun haben. Die Zeichnungen sind gut, versteht mich da nicht falsch, aber ich habe mich lange genug mit der Materie befasst, um zu sehen, dass der Stil der Bilder eher laienhaft ist. Vielleicht war unsere Künstlerin noch sehr jung oder höhere Tochter oder Lehrerin mit einem Interesse für Blumen. Jedenfalls jemand, der seine Kunst noch nicht perfektioniert hatte.«

»Also von mir aus kannst du die Bilder in der Lindenblüte ausstellen, die passen einfach nicht zu meiner Vision für dieses Haus.«

»Zu meinem Haus passen sie dagegen sehr gut.« Behutsam sammelte Jule die Zeichnungen ein. Im Geiste sah sie bereits antike Rahmen an den Wänden der Lindenblüte. Oder doch lieber schlichtes, rahmenloses Glas, um die Zeichnungen besser zur Geltung zu bringen? Jedem Bild sein individueller Rahmen oder doch Einheitlichkeit?

Jemand schnippte mit den Fingern vor ihren Augen.

»Jule?« Es war Cora. »Huhu!«

»Ja, bin da.«

Cora legte das Mandelbäumchen auf den Stoß in Jules Händen. »Ich würde sagen, wir machen das so: Ich fahre morgen mit den Bildern nach Karlsruhe und gehe entweder in einen guten Copyshop oder frage in der Landesbibliothek oder in der Uni nach, wie ich so alte Zeichnungen schonend digitalisieren kann. Dann kümmere ich mich um hochwertige Drucke, die wir bei Jule aufhängen. Das dauert sicher eine ganze Weile, und bis dahin ist auch das Problem mit den Rahmen gelöst.« Sie blickte Jule direkt in die Augen. Diese grinste zurück, weil ihre Freundin Gedanken lesen konnte.

»Und die Originale, die darf der Heimatverein prüfen und gemeinsam mit Milena entscheiden, wie weiter verfahren wird. Dann haben alle etwas davon.«

»Wunderbar!« Milena strahlte. »Dann macht es gleich doppelt so viel Spaß, die Eckbank auseinanderzunehmen!«

Jetzt wähl schon. Jule starrte das Telefon an. *Mach es einfach, sie wird dir nicht den Kopf abreißen.*

Das Telefon lag in greifbarer Nähe. Nur konnte sie sich nicht dazu durchringen, die Hand danach auszustrecken. Lieber bohrte sie mit dem Handbohrer weiter Löcher in die kleinen Treibholzstücke, die ihr Maike aus Bari mitgebracht hatte.

Die Lindenblüte hatte vor einer Stunde geschlossen, deutlich später als sonst. Eine Familie hatte gleich zwei runde Geburtstage auf einmal gefeiert und bei ihr eine geschlossene Gesellschaft gebucht. Von dem ganzen Trubel erholte Jule sich jetzt, indem sie auf der Terrasse saß, die Stille ihres Gartens genoss und mit den Händen arbeitete. Dabei wurde sie argwöhnisch von Berthe beobachtet. Das Huhn weigerte sich stur, für die Nacht in den sicheren Stall zu gehen, obwohl Jule ihr bereits ein Hölzchen zum Picken überlassen hatte.

»Du willst wohl, dass ich dir mit Brotkrumen einen Weg bis zum Stall streue, oder?«

Kaum sprach Jule das Wort »Brotkrumen« aus, kam das Huhn interessiert näher.

»Ach!«, seufzte Jule. »Beschwer dich einfach nicht, wenn der Marder vorbeikommt, und lass mir mein Treibholz.«

All dieses Geplänkel änderte nichts an der Tatsache, dass sie allmählich ihre Mutter anrufen sollte. Sie legte die fertig durchbohrten Holzstücke in eine verbeulte Gugelhupfform und griff nach dem Telefon. Ihre Finger wählten nur zögerlich die so vertraute Nummer ihrer Eltern. Sie hatte sich mit ihrer Mutter ausgesprochen, und dennoch fiel es ihr noch immer schwer, in Bad Homburg anzurufen. Wahrscheinlich würde es noch lange dauern, bis sie gemeinsam all die Jahre des Streits und des Unwohlseins aufgearbeitet hatten.

Als es in der Leitung tutete, räusperte Jule sich und konzentrierte sich ganz auf die Erinnerungen an die schönen Momente mit ihrer Mutter. Der erste Weihnachtsfeiertag im letzten Jahr, da hatten sie ganz befreit miteinander reden und lachen können. Jules Mutter war es tatsächlich gelungen, bis zu ihrer Abreise nichts, aber auch gar nichts am Leben ihrer Tochter infrage zu stellen oder ihr etwas madig zu machen, was ihr wichtig war. Auch wenn das dazu geführt hatte, dass ihre Gespräche manchmal nur etwas stockend in Gang kamen. Zum Abschied hatten sie sich umarmt. Ein Anfang, es war ein Anfang.

Vielleicht nahm Jules Mutter erst deshalb so spät ab, weil auch sie sich noch einen Moment sammeln musste. Ihre Stimme klang jedenfalls heiter, und es war nichts von dem scharfen Unterton zu hören, der bei ihr so oft mitschwang: »Schatz, wie schön, dass du dich meldest. Du hast Glück, ich bin auf dem Weg zu einem Kunden.«

»Ach, ich dachte, du bist in Rente?«

»Im Unruhestand. Für gute Freunde, für die geistige Beweglichkeit, aus Freude. Was kann ich für dich tun? Buchhaltung?«

»So weit bin ich noch nicht.« Im nachlassenden Licht des Tages betrachtete Jule die kaum noch sichtbare Maserung einer kleinen Astgabel.

»Hast du etwa noch nicht den Jahresabschluss …?«

»Nein, ich bin nur noch nicht so weit, die Buchhaltung mit dir zu besprechen. Lass uns lieber über etwas anderes reden, etwas Unterhaltsameres.«

Jetzt klang ihre Mutter doch leicht säuerlich: »Buchhaltung ist eine durchaus unterhaltsame Sache!«

»Die Gene überspringen wohl eine Generation.«

»Schatz? Möchtest du mir etwas sagen?«

Jule legte die Astgabel zur Seite und betrachtete ein anderes Treibholzstück. »Ähm. Was? Nein! War ungeschickt formuliert. Ich wollte dich eigentlich nur fragen, ob du eine Idee hast, wie ich Wilhelmine dazu bringen kann, mich endlich hier in Müggebach zu besuchen.«

»Das versuchen deine Tante und ich schon seit einem halben Leben. Ohne Erfolg.«

»Ich weiß, aber möglicherweise gibt es ja doch eine Möglichkeit? Es muss einen Grund geben, warum sie so partout nicht kommen will.«

»Lass doch eine alte Dame in Ruhe, Schatz. Sie hat das Dorf mit fünfzehn verlassen, da war Müggebach eine ganz andere Welt. Vielleicht war sie verliebt oder wollte nicht fort? Wenn wir sie zwingen, reißen wir alte Wunden auf.«

»Es heißt doch, dass man irgendwann anfangen sollte, sein Leben aufzuarbeiten, damit einen die unverarbeiteten Traumata nicht hinterrücks überfallen.«

»Ich denke, das muss sie mit sich selbst ausmachen.«

»Natürlich, ich … ich möchte sie nicht bedrängen.«

Am anderen Ende der Leitung wurde es kurz still, was seltsam war, denn Jules Mutter war niemals um eine Antwort verlegen.

Als sie wieder zu sprechen begann, schien sie ihre Worte sorgsam zu wählen: »Sie ist nicht mehr jung, Jule. Da geht alles langsamer. Das konnte ich mir selbst nie vorstellen, aber jetzt, wo ich die sechzig durchhabe, da merke ich selbst, wie es in mir arbeitet, wie verdrängte Dinge wieder hochkommen, denen ich einfach noch nicht ins Auge sehen will. Verstehst du das?«

»Ja, ja, wahrscheinlich.«

Wenn sie ehrlich war, verstand Jule es nicht wirklich. Entweder funktionierte ihre Verdrängung richtig gut, oder ihr waren niemals so traumatisierende Dinge zugestoßen, dass sie etwas aufzuarbeiten hatte.

Möglicherweise war sie auch einfach nur dreißig Jahre zu jung, um zu begreifen, was ihre Mutter meinte.

»Jetzt muss ich aber los, Schatz.«

»Oh ja, natürlich. Viel Spaß!«

Das Telefon landete auf einem Kissen. Jule seufzte. Dann fiel ihr etwas ein. Sie griff nach ihrem Handy und schrieb ihrer Mutter eine Nachricht: »Hast du die alten Fotoalben noch bei dir?«

Ein plötzliches Kratzen aus dem Wintergarten ließ sie zusammenfahren. Jemand räusperte sich vernehmlich. »Nicht erschrecken!« Cora trat an die Tür und lugte nach draußen.

»Zu spät!« Jule strich die Härchen an ihrem Unterarm glatt.

»Habe doch den früheren Zug erwischt. Die Drucke kommen in ein paar Wochen, wir können uns schon mal Gedanken über Rahmen machen. Was machst du da? Für den Kindergarten?«

Tatsächlich hatte sich für den folgenden Vormittag eine Kindergartengruppe angekündigt. Das Projekt war eine gemeinsame Idee von Jule und einer Erzieherin, zufällig entstanden bei einem Schwatz über einer Saatgutkiste, die mittlerweile auch auf der Theke der Lindenblüte stand. Im Rahmen ihres Jubiläums würden die Kinder die Lindenblüte besuchen, ihre eigenen kleinen Beete betreuen und Tricks rund um den Garten lernen. Ab und zu waren Bastelaktionen vorgesehen.

»Ja, ich teste gerade, wie gut man mit dem Handbohrer Löcher in kleine Holzstücke machen kann. Dann können wir Ketten daraus basteln und an schöne, aber nicht mehr brauchbare Gegenstände hängen. Die alte Gugelhupfform da hat Jean mir gestern in die Hand gedrückt. Er hat sich im Keller die Bestände der Linde durchgesehen, und die hier ist ja nicht mehr brauchbar, mit den ganzen Löchern und Dellen.« Tatsächlich war die Lindenblüte – oder Alte Linde, wie sie vor Jules Caféeröffnung geheißen hatte – beim Kauf von oben bis unten mit Krempel zugestellt gewesen. Der vorherige Besitzer, Mikas Vater, sammelte gern und konnte sich schlecht von Dingen trennen. Einen Teil der Krempellawine hatte Jule auf dem Weihnachtsmarkt verschenkt, einen weiteren Teil hatte sie entsorgt, und der Rest befand sich in sorgfältig beschrifteten Kisten im Keller.

»Ah. So eine Art Windspiel?«

»Jup. Und damit es ein wenig klingelt, habe ich ein halb kaputtes Windspiel auseinandergenommen. Die Klangstäbe knote ich dann einfach an die Enden meiner Gugelhupferinnerung. Ich liebe Windspiele! Wenn ich könnte, würde ich einen Schweiß-Kurs machen und den Garten mit Windskulpturen anfüllen.«

Cora ließ sich neben ihr in die alten Stuhlpolster fallen. »In ein paar Jahren kannst du das bestimmt tun, da bin ich ganz zuversichtlich. Ist dieses Windspiel schon für die neue Wohnung?«

»Ja, wir haben dort einen wunderschönen, geschützten Balkon.«

Am Vortag hatten Jule und Mika den Mietvertrag für eine Wohnung ein paar Häuser weiter unterschrieben. Da sie die Wohnung im ersten Stock der Lindenblüte bis spätestens Ende März räumen mussten, brauchten sie für die Übergangszeit eine Bleibe, bis sie endgültig darüber entschieden hatten, ob und wo sie gemeinsam ein Haus bauen würden. Außerdem würde es ihrer Beziehung guttun, den Hausbau nicht überhastet anzugehen. Was sie jetzt zu bewältigen hatten, würde zeigen, ob zwischen ihnen noch immer alles passte, wenn die rosarote Brille der ersten Verliebtheit vergangen war. Bislang gab es weder für Jule noch für Mika Zweifel. Sie waren ein gutes Team, bekamen das mit der freien und gemeinsamen Zeit gut hin, ließen sich ihre Freiräume und konnten fair und offen miteinander diskutieren, wenn sie einmal gegensätzlicher Ansicht waren. Nach all den schwierigen Beziehungen, die Jule in ihrem Leben schon geführt hatte, blickte sie dieses Mal mit viel Herzklopfen und Zuversicht in die Zukunft.

Cora dagegen betrachtete erst einmal die nahe Zukunft: »Was müssen wir noch für die Kindergartenkinder vorbereiten? Stehen die Beete schon? War Ole schon da?«

»Nein, der hat es heute nicht geschafft. Hat sich irgendwie ganz dumm den Zeh angehauen, und laut meiner Tante humpelt er zwar tapfer über den Hof und kümmert sich um alles, aber sie lässt ihn nicht Auto fahren. Vielleicht ist da etwas gebrochen. Kannst du bitte morgen früh mit dem Fahrrad zum Hof fahren und das Auto holen? Eingeladen ist ja schon alles.«

»Ich?« Cora wirkte nicht begeistert. »Ich hatte mich schon so darauf eingestellt, Kuchen zu backen und die Kinder zu begrüßen. Und Gerta hat versprochen, mir einen Trick bei der Schwarzwälder zu zeigen, das könnte zeitlich eng werden. Und bei Milena will ich auch noch vorbeischauen.«

Eigentlich hatte Jule gedacht, dass Cora die letzten Tage bei ihr richtig gutgetan hatten, aber in diesem Moment wirkte sie wieder blass und angespannt.

»Du wirkst gestresst. Ist mit dir alles in Ordnung?«

Schweigen folgte. Dann schluckte Cora. »Ich glaube, ich brauche ein bisschen meine festen Abläufe. Ich bin noch so erschöpft, es tut gut, im selben Fahrwasser zu bleiben.«

»Ist doch kein Problem.« Spontan umarmte Jule ihre Freundin. »Das kann ich gut verstehen. Dann mache ich das einfach selbst, ich war eh schon viel zu lange nicht mehr dort. Wahrscheinlich zieht meine Tante mir dafür ohnehin die Ohren lang. Sie ist zwar in vielem anders als meine Mutter, aber man merkt doch, dass die beiden Schwestern sind.«

»Sehr gut, dann kümmere ich mich hier um die letzten Vorbereitungen«, sagte Cora erleichtert. Sie zögerte einen Moment, dann fuhr sie in verändertem Tonfall fort: »Sag mal, meinst du, es ist noch etwas Material übrig, und ich kann mir auch ein kleines Beet bauen? Nur ein paar Radieschen oder Spinat. So schnell wachsendes Vorfrucht-Zeugs.«

»Klar, warum nicht?«, antwortete Jule erstaunt. »Aber wie lange kannst du überhaupt noch bleiben?«

»Also, auf dem Hof sind ein paar neue Leute angekommen, die gerade eingearbeitet werden. Da ist es sogar ganz gut, weil sie dann ein Bett mehr frei haben, bis die alten Häuschen auch innen ausgebaut sind. Und hier braucht mich Milena. Sie würde es ja nie zugeben, aber sie hat sich da kräftig übernommen, mit Schwangerschaft und Renovierung. Wusstest du, dass sie für ihren Arbeitgeber noch hin und wieder ein Gutachten schreibt?«

»Nein, wann macht sie das denn noch?«

»Eben! Vormittags fährt sie herum und prüft Anlagen, und mitten in der Nacht tippt sie die Gutachten, zwischendurch reißt sie Tapeten runter und Wände ein. Sie hat mir angeboten, dass ich mich im Dennighof einquartieren kann. Übermorgen kommen die neuen Fenster, und da die Jungs mit der Fräse das Linoleum abgekriegt haben, sind bald die ersten zwei Räume fertig. Dann falle ich euch auch nicht mehr so sehr zur Last.«

»Aber du fällst uns doch überhaupt nicht …«

Sanft berührte Cora ihren Oberarm. »Bitte, ich weiß, wie wenig Platz ihr habt. Ein Besuch schön und gut, aber irgendwann sollten Mika und du wieder eure Privatsphäre haben.«

Jule schwieg. Wie so oft in ihrer gemeinsamen WG-Zeit, lehnten sich die Freundinnen aneinander, schauten den müde dahintreibenden Wolken zu und spannen wilde Pläne, was sie alles mit Treibholz, Muscheln, Hühnergöttern und anderen natürlichen Urlaubsmitbringseln anstellen könnten.

Monatsanleitung Februar: Lindenblüten-Mocktail

»Mocktail« ist die englische Bezeichnung für einen alkoholfreien Cocktail. Frei übersetzt ist es ein: »Tut so, als wäre es ein Cocktail«-Cocktail.

Zutaten für 4 Gläser

- 2 Bio-Zitronen
- 2 EL Lindenblütenhonig
- 1 Flasche Ginger Ale
- Lindenblütenzucker
- zerstoßenes Eis

1. Den Honig sanft im Wasserbad oder in der Mikrowelle flüssig werden lassen. Die Zitronen heiß abwaschen und die Schale abreiben. Eine Zitronenscheibe abschneiden und zur Seite legen. Dann den Saft auspressen, zum Honig geben und zu einer homogenen Masse verrühren.
2. Abkühlen lassen und dann mit dem Ginger Ale vermischen.
3. Den Zucker auf eine Untertasse streuen. Die Ränder der Cocktailgläser mit der Zitronenscheibe abreiben und in den Lindenblütenzucker tauchen.
4. Zerstoßenes Eis in die Gläser geben, mit dem Mocktail auffüllen und servieren.

Kapitel 4

Von: Jolanda Moller <jule@jules_linde.de
An: Wilhelmine Arbt <Wilhelmine@mailmail.de>
Betreff: Farb-Wahl

Liebste Oma,

zwei Spinatblättchen machen noch keinen Frühling, aber frag mich nicht warum, ich habe das Gefühl, die Welt duftet schon nach Frühjahr. Weniger frostig, weniger dunkel. Es ist, als könnte ich riechen, wie die Erde langsam wärmer wird.
Ich habe mir einen besonderen Farbtupfen gegönnt: Zusammen mir Gerta habe ich einen schönen Schurwollstoff hergestellt. Okay, Hand aufs Herz: Mika hat die Hälfte davon gewebt, der stellt sich nicht ganz so ungeschickt an wie ich. Zartgrün mit sanften Streifen in Gelb und Rosa. Und aus diesem Frühlingswiesenstoff, wie ich ihn genannt habe, hat sie mir einen kuschelig-leichten Übergangsmantel für das Frühjahr genäht.

Die Kleiderwahl für die nächsten Wochen ist also schon mal recht unkompliziert. Die Bürgermeisterwahl wird dagegen nicht so einfach. Da ist zum einen eine neue Kandidatin. Sie wirkt etwas ungelenk, aber sie denkt weit über ihren Horizont hinaus – vielleicht zu weit. Letztes Jahr ist sie hergezogen und pendelt jeden Tag ins KIT, ins Karlsruher Institut für Technologie. Ich habe noch meine Zweifel, ob sie sich gut genug mit den Bedürfnissen der Leute hier auskennt.

Die Alternative ist allerdings Herr Mürle. Ich hatte dir ja von all dem Ärger mit ihm erzählt. Er kommt gelegentlich noch zum Frühstück und ist freundlich, als wäre nichts gewesen – ich schätze ihn aber auch als so einen Schwamm-drüber-Typ ein, der alte Fehden hinter sich lässt. Seine Frau kann es dagegen einfach nicht lassen, hier und da zu sticheln. Und sie kommt öfter vorbei, weil sie sich so richtig in den Kulturverein reinkniet. Das bedeutet leider auch, dass ich mit ihr über die Renovierung sprechen muss. Sie stellt da etwas ganz Tolles auf die Beine, aber menschlich ist sie einfach nur anstrengend!

Übrigens sprießt bei mir nicht nur der Spinat unter dem Vlies, sondern auch der Kaltkeimer.
Edeldistel? Buschmalve? Iris?
Weißt du es schon?

Ich küsse und umarme dich, je t'embrasse
Deine Jolanda

In aller Frühe und Dunkelheit wappnete Jule sich für eine Radtour zu Ole. Obwohl der Frühling sich mit großen Schritten näherte, war es gerade am Morgen noch immer empfindlich kalt. Gegen das feuchtkalte Wetter zog Jule einen warmen Merinopullover unter ihren neuen Übergangsmantel. In die großen Taschen passte sogar ihr Skizzentagebuch. Vielleicht konnte sie ja auf dem Weg die ersten Frühlingsboten einfangen.

In ihrem kuschelwarmen Aufzug überstand sie die Fahrt ohne Frösteln und war auf alles vorbereitet, nur auf eins nicht: auf die äußerst herzliche Begrüßung durch Hofhund Benni.

Benni war ganz und gar kein Schoßhund, sondern ein verspielter, ausgewachsener Neufundländer. Er hatte die beeindruckenden Maße und das Aussehen eines kleinen Schwarzbären, benahm sich aber, als wäre er ein zierlicher Windhund. Mit durchdringend tiefem Gebell und voller Freude über das Wiedersehen schoss er Jule entgegen, kaum dass sie vom Fahrradweg in die Hofeinfahrt abgebogen war. Ihr dicker Kleiderkokon machte sie behäbig, und so konnte sie gerade noch einen Fuß auf den Boden setzen, bevor das Riesenvieh heran war. Begeistert sprang er an ihr hoch. Jule stemmte die Hacken in den Boden, um nicht umgerissen zu werden. Mit einer Hand hielt sie das Fahrrad fest, und mit der anderen bremste sie die geballte, freudige Hundeenergie ab.

»Siiiiitz!«, brüllte Ole vom Hof her. »Benni, sitz!«

Der aufgeregte Benni tat sich sichtlich schwer zu gehorchen. Er trampelte noch kurz mit seinen Tatzen auf Jules Schultern herum und setzte sich dann auf ihren Fuß.

»Braver Bär«, sagte sie zu Benni, zog die Handschuhe aus und wuschelte ihm durch die Fellmassen. »Ja, hallo, ich habe dich auch vermisst, du liebenswerte Riesenfelldecke.«

Umständlich wurstelte sie sich vom Fahrrad und ließ es ins Gras fallen. Der Neufundländer blieb seelenruhig auf ihrem Fuß sitzen.

»Also!« Ole räusperte sich laut und deutlich. Er stand in der Hofeinfahrt, die Hände in die Hüften gestemmt. Das blonde Haar stach unter seiner Mütze hervor, seine blauen Augen blitzten durch die randlose Brille. Es war nicht ganz klar, ob er mit Benni oder mit seiner Cousine sprach. »Das üben wir noch mal. Zuerst werden die menschlichen Mitglieder des Rudels begrüßt, dann der rangniedrige Hund. Wo kommen wir denn sonst hin?«

Jule grinste. »Na, dann musst du schneller sein.« Sie befreite ihren Fuß, joggte zu ihm hin und drückte ihn an sich. »Wie geht es dir? Kannst du einigermaßen gehen?«

»Gut, gut. Ich weiß gar nicht, was ihr alle habt, der Zeh fault ja nicht ab oder so.« Er drückte zurück und knuddelte dann ebenfalls Benni, der nicht von Jules Seite wich. »Mutter übertreibt völlig, aber ich bin ja ein braver Sohn und fahre dann halt nicht Auto. Ihr zu widersprechen dauert einfach viel länger, als ihr nachzugeben.«

»Außerdem hat sie recht.«

»Awa!«

Kopfschüttelnd dachte Jule an die Erzählungen ihrer Tante väterlicherseits, die Ärztin auf dem Land war, irgendwo im tiefen Bayern. Bauern kamen wohl wirklich erst, wenn angesägte Körperteile anfingen, schwarz zu werden.

»Wie machst du das am Samstag? Schmeißt Lutz dann den Laden?«

»Ich bin dran.«

»Das war überhaupt nicht meine Frage.«

So wie Ole mit den Schultern zuckte, sah es seltsam unschuldig aus. Wie ein kleiner Junge, den man fragte, weshalb er auch mit gebrochenem Arm noch auf den Baum kletterte, von dem er gerade erst heruntergefallen war. Er grinste sie an.

»War ein Witz. Natürlich übernimmt Lutz meinen Dienst im Laden. Aber nicht, weil ich ein kleines Pflaster am Zeh habe. Sonst verpasse ich doch das Früh-Frühstück bei dir.«

Für den kommenden Samstag hatte Mika sich überlegt, mit Anja, seiner Kollegin in der Bibliothek, in der Lindenblüte zu frühstücken. Jean und Gerta würden ebenfalls dazustoßen. Jule würde diese Gelegenheit nutzen, um ein paar Ideen für das Jubiläumsfest zu sammeln.

»Und wer fährt dich?«

»Zerbrich dir doch nicht meinen Kopf, ich habe schon eine Mitfahrgelegenheit. Jetzt komm erst mal rein, ich habe noch eine kleine Ergänzung für deine Gemüsekiste.«

»Warum hast du die Kiste letzte Woche eigentlich in die Bücherei geschleppt und nicht in die Lindenblüte?«

Mika war nicht begeistert gewesen, das schwere Teil nach der Arbeit nach Hause schleppen zu müssen.

»Du warst nicht da.«

»Ach, komm! Dann stell sie mir doch einfach in die Einfahrt. Hast du doch sonst auch immer so gemacht.«

»Ich wollte das arme Gemüse nicht dem Frost aussetzen, und ich wollte mir mal anschauen, wie die Bücherei jetzt aussieht.«

Jule verschränkte die Arme vor der Brust und sagte nicht, dass sie nicht wirklich überzeugt war. Sie musterte ihren Cousin von der Seite. Er schaute stur geradeaus und wirkte ungewöhnlich steif. Womöglich lag das an dem angestoßenen Zeh. So wie Ole beim Gehen die Lippen zusammenkniff, war der Fuß alles, aber nicht in Ordnung.

Sie gingen über den Hof. Jule liebte die alten Gebäude, die Ole erst vor Kurzem tüchtig renoviert hatte. Sie wirkten ganz anders als die düsteren, seltsam riechenden Häuser, an die sie sich aus ihrer Kindheit erinnerte. Ein- oder zweimal waren sie hier zu Besuch gewesen.

Ebenfalls rundumerneuert war ein Schuppen, den Ole im Lauf des vergangenen Jahrs ausgebaut hatte. Benni trollte sich, in Innenräumen hatte er nichts zu suchen. Jule mochte die neuen, sehr großen Fenster und die helle Atmosphäre. Nachdem seine kleine Werkstatt in die Scheune umgezogen war, wollte Ole den Raum als heimeligen Rückzugsort nutzen. Noch diente er aber als Abstellkammer für alles Mögliche. Von der Decke hingen Kräuterbündel und Zwiebelzöpfe und verbreiteten einen leichten, würzigen Duft. Auf einem Tisch standen neben der Gemüsekiste zwei Schüsselchen und ein offenes Einmachglas.

»Kirschen!« Jule lief das Wasser im Mund zusammen. Langsam pellte sie sich aus ihren Kleidungsschichten.

»Ja, ein kleiner Vorgeschmack auf den Sommer. Magst du ein Glas mitnehmen? Mama hat die Hände über dem Kopf zusammengeschlagen, wie viele wir davon noch haben. Letztes Jahr war ein gutes Kirschenjahr.«

Das konnte Jule aus ihrem eigenen Garten nur bestätigen. Ihre Kirschbäumchen trugen im Abstand von zwei Wochen, und so hatte es eine ganze Zeit lang in der Lindenblüte jeden Tag verschiedene Varianten von Kirschkuchen, Muffins und Schwarzwälder Kirschtorte gegeben. Für den Vorrat war leider nichts mehr übrig geblieben. In ihrem Keller lagerten nur noch wenige Gläser der heiß geliebten Mirabellen.

»Zu einem Glas Kirschen kann ich doch nicht Nein sagen. Danke!«

»Gut, ich habe dir schon zwei eingepackt, und Mutter hat noch eins dazugestellt.«

Mit einem tiefen Stoßseufzer verdrehte Jule die Augen.

»Soll ich noch eins in die Kiste stecken? Dann gleicht sich das vom Gewicht besser aus.«

Selbst im trüben Licht des frühen Tages konnte Jule den Schalk aus seinen Augen blitzen sehen.

»Gib mir lieber noch ein paar Kartoffeln mit. Mir ist ein Rezept für Kartoffel-Pfannkuchen in die Hände gefallen, das ich unbedingt ausprobieren muss.«

»Das könnte mir auch gefallen, das klingt bodenständig. Dann brauchst du sicher mehlige. Und mit einem Schäufele dazu …«

Er zwinkerte. Ole war die Speisekarte der Lindenblüte nicht ganz geheuer. Darauf fanden sich auch vegane und Paläo-Speisen, die bei den Gästen sehr gut ankamen. Jule sah es ihm nach. Abgesehen von seinem Studium in Hohenheim, das gemeinsam mit dem nahe gelegenen Stuttgart nun wirklich keine Metropole mit hippen Essgewohnheiten war, war er noch nicht weit herumgekommen. Möglicherweise erklärte sich damit auch seine bäuerliche Sturheit, denn er ignorierte weiterhin seine Schmerzen und wollte schon die Kiste tragen. Die riss ihm Jule jedoch aus der Hand. »Sei doch mal emanzipiert und humpel mir einfach hinterher.«

Er zog nur kurz die Schultern nach oben und ließ sie gewähren. »Wozu braucht ihr eigentlich unseren Sperrmüll vom Umbau? Baut ihr mit den Kindern eine Burg im Garten?«

»Beete.«

»Aus Regenrinnen und alten Futtertrögen?«

»Das ist ein neuer Trend.« Sie drehte sich nicht um, weil sie genau wusste, wie skeptisch er jetzt dreinschaute. Das Wort »Trend« löste bei vielen Dörflern einen sofortigen Abwehrreflex aus. Ole war da keine Ausnahme. »Die kann man dekorativ an ein Geländer binden, aufhängen, auf den Tisch stellen und so weiter.«

»Man könnte auch einfach Kübel hernehmen.«

»Wir wollen den Kindern zeigen, dass man quasi in jedem Gefäß ein wenig Gemüse ziehen kann. Gärtnern muss nicht teuer sein, und nicht alles, was wie Müll aussieht, ist auch Müll. Hey, ich dachte, du bist das Landei, das nichts wegwirft und alles wiederverwertet!«

Sie waren an dem kleinen Lieferwagen angekommen. »Hm, ja. Schließlich habe ich das Gerümpel gegen den Willen meiner Mutter aufgehoben, weil ich dachte, das könnte noch mal nützlich werden. Da merkt man, dass sie den Hof erst als Erwachsene zurückgekauft hat. Uns fehlt eine halbe Generation zwischendrin, die Wissen und Sparsamkeit direkt weitergegeben hat.«

Ole zog die Tür für sie auf.

Reflexartig erwachte in Jule die Frankfurterin. »Schließt du nicht ab?«

»So weit kommt es noch, dass ich auf meinem eigenen Hof das Auto abschließe.«

»Okay, ich dachte, heutzutage …«

»… kann man durch den Wald gehen, ohne dass einen eine halb verhungerte Räuberbande in Lumpen beim Brennholzsammeln überfällt. Und um alles andere kümmert sich Benni, das ist sein Job als Hofhund. Aber sag mal, ich bin immer noch nicht über Gärtnern in Regenrinnen hinweg. Wer hatte denn die Idee? Das passt doch gar nicht zu deinem Vater oder zu Mika.«

Irgendwo zwischen dem Gerümpel fanden sie noch ein Plätzchen für die Gemüsekiste und für das Fahrrad. Die Tür rauschte zu, und Ole übergab Jule den Schlüssel.

»Das habe ich aus einem – Vorsicht, böses Wort – Lifestyle-Blog. Gerade wenn man auf einem Balkon wenig Platz hat, kann man vertikal gärtnern. Halbrunde Regenrinnen sind da nur eine Möglichkeit. Wenn man nicht so unglaublich viel Dünger dafür bräuchte, hätte ich Strohballen genommen.«

»Strohballen? Auf dem … Balkon?«

»Städter haben ein Platzproblem und suchen sich kreative Lösungen, die möglichst ressourcensparend sind. Und für jemanden, der einfach ein wenig das Gärtnern ausprobieren möchte, ohne sich gleich eine kleine Armada an Töpfen zuzulegen, ist das möglicherweise eine gute und schnelle Lösung. Am Ende der Saison ist der Strohballen zerfallen und kann kompostiert werden.«

»Wenn du meinst. Na, die Kinder werden ihr Gemüse schon lieben, egal wie sie es anbauen.«

»Da bin ich mir ganz sicher!«

Jule hatte noch nie in ihrem Leben ein Auto besessen. Eigentlich hatte sie den Führerschein damals nur gemacht, weil alle in ihrer Klasse das taten und sich deshalb gar nicht die Frage stellte, es nicht zu tun. Ab und an war er auch ganz praktisch gewesen. Immer, wenn sie bei einer Party als Fahrerin ausgelost worden war oder für einen Umzug oder eine andere Unternehmung ein Auto leihen musste. Da aber Bad Homburg bestens mit der U-Bahn an Frankfurt angebunden war und sie später durch das Semesterticket und die WG in der Innenstadt ohnehin kein Auto benötigt hatte, war ihr das Autofahren nie wirklich in Fleisch und Blut übergegangen. Geradeaus und auf der Autobahn kam sie ganz gut zurecht, aber wehe, die Straßen wurden eng oder sie war zum Wenden oder Einparken gezwungen.

Es gelang ihr deshalb leidlich gut, Oles alten Transporter vom Hof zu lenken. Die kritischen Blicke ihres Cousins machten die Sache nicht besser.

»Richtig kräftig mit der Kupplung!«, hatte er sie ermahnt. »Das Ding ist sturer als ein Ochse. Vergiss die Feinfühligkeit, richtig mit Schmackes treten!«

Und Jule trat und hebelte und fluchte und wusste einfach nicht, ob sie das Autofahren verlernt hatte oder ob es an der alten Karre lag. Immerhin, die Heizung lief hervorragend.

Eine halbe Stunde später würgte sie schweißgebadet den Motor in ihrer Einfahrt ab. Sie hatte sich für den Schleichweg über die Felder entschieden, um möglichst keinen anderen Fahrzeugen zu begegnen und die Natur noch etwas genießen zu können. Allerdings war sie zu Letzterem kaum gekommen, weil sie den alten Transporter gefühlt jeden Zentimeter des Weges entlangtreten musste. Fred Feuersteins Auto zu fahren konnte nicht anstrengender sein.

Sie hatte kaum Zeit, sich umzuziehen und von der Fahrt zu erholen, da trafen auch schon ihre Gäste ein. Die Kinder, eine aufgeweckte Bande aus insgesamt neun Vorschülern, waren in den letzten Wochen bereits gut vorbereitet worden und Feuer und Flamme für das Projekt Mini-Naschgarten. Jule und die zwei Erzieherinnen konnten sie kaum bremsen und ließen sie spielerisch die Baumaterialien erkunden. Jule beobachtete, wie sie die ersten Ziegelsteine rund um einen markierten Bereich legten. Es war lange her, dass sie mit so kleinen Kindern zu tun gehabt hatte, und diese Zeit schien mittlerweile zu einem anderen Leben zu gehören. Damals hatte sie neben ihrem Studium bei der Datenerhebung für wissenschaftliche Studien geholfen und viele Kindergärten besucht. Spracherwerb und Linguistik nicht nur in der Theorie kennenzulernen, sondern wirklich zu erleben, gehörte noch immer zu den beeindruckendsten Erkenntnissen ihres Lebens. Außerdem hatte sie seither großen Respekt vor der Arbeit der Erzieherinnen und die Gewissheit, dass sie selbst diesen Job nicht durchhalten könnte.

Etwas Kühles traf Jules Stirn. Sie blinzelte in den Himmel und streckte die Hand aus. Laut Wettervorhersage sollte es ab heute deutlich wärmer, aber auch feuchter werden. Der Himmel hing voller schwerer, grauer Wolken, und der kühle Wind roch nach Regen.

»Das Wetter wird sich doch wohl noch ein oder zwei Stündchen beherrschen können!«

»Schlechtes Wetter ist kein Problem«, betonte die eine Erzieherin, deren Namen sich Jule einfach nicht merken konnte. Lina? Lia? Linda? »Die haben alle Matschhosen und Gummistiefel. Und die Eltern hier in der Gegend, die meckern nicht, wenn sie schmutzige Kinder abholen, die meckern höchstens, wenn die Kinder nicht lange genug an der frischen Luft waren. Wenn es also nicht aus Eimern gießt, wird es höchstens für uns Erwachsene ungemütlich.«

Das Wetter hatte dann auch ein Einsehen mit den Erwachsenen, denn es blieb bei diesen wenigen Tropfen. Sie begannen also tatkräftig damit, aus den bei Stobers übrig gebliebenen Ziegelsteinen ein kleines Hochbeet zu errichten. Die halbrunden Regenrohre hängten sie in ein altes, leicht rostiges Rosentor. An dessen Seiten sollten einmal Gurken hinaufranken.

Jule stellte gerade die letzten Gefäße und Zutaten für die Samenbomben bereit, die sie später noch mit den Kindern basteln wollte, als ihr Handy mit einer ihr nur zu gut bekannten Melodie klingelte. Der erste Reflex war, das Gespräch wegzudrücken, wie sie es jahrelang getan hatte, wenn ihre Mutter sie anrief. Dann erinnerte sie sich an das letzte Telefonat, das doch friedlich verlaufen war, und beschloss, dass es Zeit war, diesen Reflex zu überwinden.

Eine andere Melodie. Ich stell einfach einen anderen Klingelton ein, auf den ich noch nicht so geprägt bin. Das wird es leichter machen.

Mit einem Seitenblick vergewisserte sie sich, dass niemand sie gerade brauchte, und ging einige Schritte um die Hausecke herum.

»Hallo Mama.«

»Sherlock. Hier ist Watson. Habe meine Hausaufgaben erledigt.«

Einen Moment war Jule versucht, die Nummer auf dem Display zu überprüfen, um sicherzustellen, dass das wirklich ihre Mutter war. »Ähm. Ich stehe auf dem Schlauch. Räumst du schon mein Zimmer aus?«

»Nicht ganz, ich stand nur ganz wehmütig vor dem Bücherregal. Du fehlst mir. Wir sehen uns zu selten.«

»Ich komme bald mal wieder zum Essen vorbei, ja?«

»Warum musstest du nur so weit weg ziehen?«

»So weit weg ist es gar nicht. Aber wenn du möchtest«, Jule grinste, obwohl ihre Mutter das gar nicht sehen konnte, »darfst du mir am Telefon etwas vorlesen.«

Bevor Jule in die Schule gekommen war, hatte ihre Mutter ihr an jedem verregneten Sonntag nach dem Mittagessen vorgelesen. Für Jule waren das besonders kostbare Stunden gewesen, an denen sie ihre beruflich oft eingespannte Mutter ganz für sich allein gehabt hatte. Bei einer ihrer Stöbertouren durch das Bücherregal ihrer Eltern hatte Jule den *Hund von Baskerville* entdeckt, und es war Liebe auf den ersten Blick gewesen. Zwei Wochen lang hatte sie das Buch hinter ihrer Mutter hergetragen und es in jedem möglichen und unmöglichen Versteck wiedergefunden, bis ihre Mutter schließlich nachgegeben und vorgelesen hatte.

»Erst mal bekommst du ein Paket von mir. Ich habe mir nach unserem letzten Telefonat nämlich ein paar Gedanken gemacht. Und da fiel mir ein, dass wir ja noch gar nicht alle Familienfotos digital haben. Also habe ich deiner Oma sämtliche Alben aus dem Kreuz geleiert, um sie einzuscannen.«

»Oh, fantastisch! Da sind doch bestimmt auch Fotos drin, die ich noch nicht kenne, oder? Hast du etwa einen Hinweis gefunden, warum Oma nicht nach Müggebach will?«

»Außer einer Menge Kindheitserinnerungen leider nichts. Deshalb schicke ich sie dir. Und da ich endlich alle Bilder gescannt habe, bekommst du die auch noch.«

»Danke, vielleicht finde ich ja in den Alben eine Antwort auf meine Fragen.« Jule fühlte bereits regelrecht das hauchdünne Trennpapier unter ihren Händen, hörte das Umschlagen der steifen Kartonseiten und roch den Lavendel, von dem Wilhelmine überall in ihrer Wohnung Säckchen verteilt hatte.

»Sag mal, wie war es eigentlich mit deinen Freundinnen?«

»Es war schön. Cora bleibt noch ein wenig länger und unterstützt mich. Aber ich muss jetzt trotzdem los und mich um meine Gäste kümmern. Freue mich schon auf die Fotos!«

»Genau. Man darf seine Kunden nie vergessen. Mach's gut, Schatz!«

Sie hatte aufgelegt, bevor Jule sich über »Schatz« beschweren konnte.

Voller Neugierde schlenderte sie zurück und schaute sich den Fortgang der Gartenarbeiten an. Das Hochbeet sah bereits einigermaßen wie ein Beet aus, und die Regenrinnen hatten zumindest schon Löcher.

Für die Kinder gab es nun zur Stärkung ein kleines zweites Frühstück und dann die nächste Aufgabe: Samenbomben herstellen. Diese einfachen Kugeln aus Erde, Nährstoffen und einheimischen Samen waren vor allem dazu gedacht, aus trostlosen Parkplatzrändern und verwilderten Verkehrsinseln blühende Insektenweiden zu machen. Natürlich konnte die bunte Blumenpracht auch auf dem eigenen Balkon eingepflanzt werden und dort für gute Laune sorgen.

Mit viel Begeisterung kippten die Kinder Tonpulver, Erde und Saatgut zusammen. Sie durften sich selbst aussuchen, ob sie lieber eine Blumenmischung für Bienen oder Gemüse und Kräuter wie Radieschen, Petersilie, Spinat oder Kresse mischen wollten. Dann wurde vorsichtig Wasser hinzugegeben, bis die Masse sich gut formen ließ. Jedes Kind hatte zwei Sandförmchen mitgebracht, um seine ganz eigenen, unverwechselbaren Samenbomben herzustellen.

Aber nicht nur die Kinder waren begeistert davon, ihre Hände im Matsch zu versenken, auch Jule glühten die Wangen.

Tonerde glitt über ihre Fingerkuppen, so fein, dass sie sich leicht ölig anfühlte. Im Kontrast dazu stand die feinkrümelige Komposterde mit ihren verschieden großen Bestandteilen. Hier und da befanden sich noch Reste einer Haselnussschale darin. Diese zwei unterschiedlichen Komponenten vermengten sich, wie beim Backen gemahlene Mandeln und feines Mehl. Nach und nach gab Jule die Samen dazu. Ringelblumen, Sonnenblumen, Schnittlauch, Mohn, Lupinen, Flachs und Malven. Während sie die noch trockene Mischung vermengte, wuchsen die Blumen vor ihrem inneren Auge bereits in den Ecken ihres Gartens, auf dem Balkon ihrer Großmutter und an dem traurigen Bäumchen auf dem Bahnhofsvorplatz. Sie sah die von den Bienen so geliebten kugeligen, lilafarbenen Blüten des Schnittlauchs, roch den herben Duft. Daneben sah sie den roten Mohn und später im Jahr die Köpfe der Sonnenblumen, an denen sich dann die Vögel gütlich tun konnten.

Als alle Samenkugeln fertig waren, öffnete Jean die Durchreiche, und die wertvollen Stücke wurden auf Backbleche gelegt. Sie mussten möglichst zügig getrocknet werden. Bei diesem Wetter konnte das leider nicht im Freien passieren, aber der Backofen in der Küche war noch warm vom morgendlichen Kuchenbacken. Jule freute sich immer, wenn sie diese Wärme noch für einen anderen sinnvollen Zweck nutzen konnten als den, Apfelscheiben anzutrocknen und als Snack zu verspeisen.

Gegen Mittag verabschiedeten sich die sehr schmutzigen und sehr glücklichen Kinder und freuten sich bereits darauf, in zwei Wochen wiederzukommen, um weiter an ihrem Minigarten zu arbeiten und dazu noch ein Insektenhotel zu bauen. Die Samenbomben würde Ole bei seiner nächsten Gemüsekisten-Tour mit in den Kindergarten nehmen.

Wie so oft galt bei Jules Mutter: Gesagt, getan. Am nächsten Tag kam am frühen Vormittag eine Ankündigung per SMS, und eine Stunde später stand Jules Vater mitsamt den Fotoalben, einem USB-Stick mit den Scans, dem *Hund von Baskerville* und jeder Menge Rotkohl vor der Tür. Er werkelte bis zum Abend vergnügt im Garten, erweiterte den Auslauf für Berthe und Gefährtinnen und fuhr dann wieder nach Bad Homburg zurück. Für ihn, das beteuerte er mehrmals, war das keine Arbeit, sondern eine Art Kurzurlaub. Er machte auch keinerlei Anstalten, länger als diese paar Stunden zu bleiben. Jule freute sich, dass jemand freiwillig und mit Spaß das Unkraut aus ihren Quadratbeeten holte und die Obstbäume beschnitt.

Eigentlich hatte sie gleich am Abend einen Blick in die Alben werfen wollen, doch ihr blieb keine Zeit dazu, denn allmählich mussten ihre und Mikas Habseligkeiten sortiert und verpackt werden. Das war natürlich nicht in ein oder zwei Stunden zu schaffen, aber da steter Tropfen den Stein höhlte, packten sie jeden Abend ein bis zwei Umzugskisten und entschieden, welche der alten Möbelstücke sie wirklich noch behalten wollten. So wanderten Mikas halb kaputte Schränke aus Kindertagen endgültig in den Sperrmüll, während die Küchenschränke bald im Schuppen für mehr Ordnung sorgen sollten. Danach war sie zu müde, um noch in den alten Alben zu stöbern, und ging früh ins Bett.

Am Samstag deckte Jule gerade den Tisch, als Cora hereinschaute und um die alten Zeichen-Lehrbücher bat, die Milena gefunden hatte. Sie wollte die Fotografien, die sie von den Bildbeschriftungen angefertigt hatte, in Ruhe mit der Handschrift aus den Büchern vergleichen. Jetzt saß sie mit einem Notizbuch auf der Eckbank am Basteltisch, hatte die Beine hochgelegt und machte sich akribisch Notizen. Sie hatte auf diesem Platz bestanden, die

Poufs, sagte sie, waren für ihren Geschmack zu weich, um bequem zu sitzen und produktiv zu sein. Außerdem konnte sie hier, beim Licht der zwei Unterbauleuchten, gut arbeiten. Schließlich war es noch früh am Tag und noch nicht ganz hell.

»Magst du denn gleich beim Früh-Frühstück dabei sein?«, fragte Jule. »Oder willst du es dir irgendwo in Ruhe bequem machen?«

Cora hob kaum den Kopf. »Wenn ich euch nicht störe, bleibe ich einfach hier sitzen und höre etwas mit. Falls ihr mich braucht, bin ich da.«

»In Ordnung. Brauchst du noch etwas?«

»Danke, nur kurz deine Meinung.«

Sie setzte sich aufrecht hin und schob Buch und Notizen in Richtung Jule.

»Hier, schau mal. Ich habe mir die Bilder, die wir hinter der Eckbank gefunden haben, mal etwas genauer angesehen, als ich sie zum Kopieren gebracht habe. Auf den Pflanzenbildern sind doch die einzelnen Pflanzenteile beschriftet, und da dachte ich mir, es wäre gar nicht dumm, diese Schriftproben zu vergrößern.«

Mit dem Bleistift tippte sie auf einen kleinen Papierstoß. Darauf waren Teile der Handschriften zusammenkopiert. Um viele Buchstaben hatte Cora Kringel und Vierecke in unterschiedlichen Farben gezogen.

Jule zog sich einen Stuhl heran und setzte sich. »Wow! Du bist ja Sherlock Holmes und Watson in einer Person, Cora.«

Coras Wangen röteten sich. »Nun, ich habe gerade Zeit, und wann hat man schon mal die Gelegenheit, sich als Detektivin zu betätigen?«

De-tek-tiv ist auch so ein Wort. Es rollt ganz eckig über die Zunge.

Aufmerksam überflog Jule Coras Aufzeichnungen. Ihr Blick flog zwischen den Kopien und den Randnotizen hin und her.

Sie verglich die von Cora markierten Stellen miteinander, und plötzlich fiel ihr etwas auf. »Seltsam, als wir die Bilder gefunden haben, dachte ich erst, dass die Besitzerin der Bücher und die Zeichnerin der Bilder ein und dieselbe Person sein müssten, aber die Schriften sind unterschiedlich, oder? Zwar beides eher Frauenhandschriften, aber nicht dieselbe.«

»Ja, genau das wollte ich von dir wissen. Also, ob du das genauso siehst.«

»Wenn wir also beide von zwei Frauen ausgehen, dann wird es richtig spannend. Wer waren sie? Kannten sie sich? Den Jahreszahlen nach dürften sie zur gleichen Zeit gelebt haben, also ist es nicht unwahrscheinlich. Haben sie die Sachen selbst versteckt, oder landeten sie erst in den Jahren danach da, wo wir sie gefunden haben?«

»Sehr wahrscheinlich haben sich die beiden gekannt«, mutmaßte Cora. »Freundinnen, Schwestern, Lehrerin und Schülerin – es gibt eine Menge Möglichkeiten. Vielleicht haben sie sich ja heimlich zum Zeichnen getroffen und mussten ihre Werke verstecken, weil jemand etwas dagegen hatte? Die Eltern oder so?«

»Wäre möglich, aber genau können wir es nicht wissen. Wir sollten uns im Heimatmuseum umschauen. Es könnte dann ja noch eine zweite Mappe geben, mit den Zeichnungen der Frau, die auch die Notizen in den Büchern gemacht hat. Ah, ich glaube, ich habe da gerade Gerta an den Fenstern vorbeihuschen sehen. Wir machen ein andermal weiter, ja?«

Es war tatsächlich Gertas Schopf gewesen, den Jule gesehen hatte. Die Tür öffnete sich, und die ältere Frau kam herein. In den Händen hielt sie das amüsanteste Bouquet der letzten Jahre: frisch geernteten Spinat.

»Ein Frühstückstisch sieht immer schöner aus, wenn er angemessen geschmückt ist«, meinte sie nur und drapierte den Spinat in der noch leeren Vase. Dann legte Gerta den Poncho ab und richtete ihre Frisur. Für Jule blieb es ein ewiges Rätsel, wie viele Haarnadeln sich eigentlich in diesem Dutt versteckten. Er hielt und hielt, und dennoch standen Gertas feine Haare ständig ab wie flaumiges Elsterngefieder.

»Na dann … und hinterher essen wir den Strauß auf?«

Aus der Küche kam Mika, das Geschirrtuch noch über der Schulter. »Ach! Dein Spinat wächst bei diesem Wetter? Unserer ist noch ganz klein.«

Gerta stemmte die Hände in die kräftigen Hüften. »Wann habt ihr den denn gepflanzt? Meinen habe ich doch schon im alten Jahr gesetzt mit Glas über dem Beet. Und dann die Temperaturen vergangene Woche! War ja fast schon warm. Das haben die Blättchen gut genutzt. Ich dachte, wir schauen sie noch ein wenig an, freuen uns, und nachher wird das mein Pesto zu den Nudeln. Gigantische Mengen sind das ja derzeit noch nicht.«

»Also, kein Bouquet, sondern ein Bouquet garni?« Stolz darauf, diesen Begriff zu kennen, schaute Jule sich um. Allerdings reagierte nur Jean, der mit einem Tablett in den Raum kam. »Bouquet garni ist ein Kräutersträußlein, kein Spinat!«

»Eh, ja. Ich glaube, mein Scherz hat nicht funktioniert.«

Mika nahm das Tablett entgegen und deckte auf. »Na ja, vielleicht ist das einfach keine Allgemeinbildung. Ich habe keine Ahnung, worum es geht.«

»Der Kräuterstrauß wird mitgekocht«, meinte Jean trocken. Aus der Küche schleppte er ein weiteres Tablett an. Im Nu war der Tisch überfüllt mit all den Körbchen mit Kartoffelstangen, Brötchen und Croissants und den Töpfchen mit Marmelade, Honig, veganem Kräuteraufstrich, kleinen Würstchen, Joghurt und Rührei. Und als wäre das alles nicht genug gewesen, hatte Jean sich noch die Mühe gemacht, einen Haferflocken-Kirsch-Auflauf mit den eingelegten Kirschen der Stobers vorzubereiten.

Ole und Anja, die gerade gleichzeitig hereinschneiten, staunten nicht schlecht.

»Wie viele Gäste kommen denn noch?«, fragte Anja.

Jule ging ihnen entgegen. »Ach, das ist ja ein Zufall. Kam der Bus heute früher?«

»Bus? Ach, jetzt nimm mir doch nicht die Jacke ab, ich bin nicht krank!«, moserte Ole.

Jule bedachte ihn mit einem tadelnden Blick.

»Anja ist meine Mitfahrgelegenheit. Ich habe dir doch gesagt, ich organisiere das, und du musst dir keine Sorgen um mich machen.«

Das interessierte jetzt auch Mika. »Hast du dir doch ein Auto gekauft, Anja?«

»Ach, von welchem Geld denn? Nein, Johanna war so nett, mir anzubieten, dass ich bei ihr übernachten kann, damit ich mir die Zugfahrt spare.«

»Johanna Stober?« Sein Blick glitt etwas zu aufmerksam zwischen Ole und Anja hin und her. Als keine Reaktion erfolgte, hakte er nach: »Auf dem Stober-Hof?«

»Ja, das war total nett. Johanna war neulich in der Bibliothek, und wir haben uns unterhalten, und da hat sie sich daran erinnert, wie ich auf dem Weihnachtsmarkt die schönen Alpakasachen bewundert habe. Und da hat sie mich eingeladen, die Alpakas besuchen zu kommen und bei der Gelegenheit gleich zu übernachten. Sonst hätte ich heute unendlich früh aufstehen müssen. So hatte ich einen schönen Abend mit den Alpakas und …«

»Benni.« Ole setzte sich so weit weg von ihr, wie er nur konnte. »Benni hat sie auf Anhieb in sein riesiges, bäriges Hundeherz geschlossen. Es dauert ja noch ein paar Tage, bis Anja in ihre neue Wohnung kann, und wir haben so viel Platz, und man hilft sich doch gegenseitig. Apropos gegenseitig!« Er klatschte in die

Hände. »Anja hat erzählt, ihr wollt die Bibliothek für das Jubiläum um noch mehr Papier erleichtern. Erzählt! Ich fange schon mal an, mich vollzustopfen.«

Jule übernahm. »Wir haben überlegt, wie wir das verbinden können: Bücher – draußen – Frühling – selber machen.«

»Draußen lesen?«, schlug Ole vor, während er Rührei auf seinem Teller anhäufte. »Sorry, bin da eher praktisch, hab's nicht so mit der Kreativität.«

Gerta verkniff sich ein Grinsen. »Ist aber auch keine schlechte Idee. Jule, das solltest du dir auf jeden Fall notieren. Für die Jubiläumswoche kann ich mir so richtig schön vorstellen, wie du überall im Garten lauschige Leseplätze einrichtest. Und dann machen wir mal am Abend auf.«

»Das könnte man auch in ganz Müggebach veranstalten«, schlug Anja vor. »Ganz unabhängig von der Lindenblüte. Ich kann mir vorstellen, dass viele Geschäfte das ebenfalls reizvoll fänden, am Abend zu öffnen, und dann liest entweder jemand vor, oder man kann sich aus einer kleinen Auswahl von Büchern bedienen.«

Mika hob schließlich die Hände. »Also, für das Jubiläum finde ich das etwas viel. Sorry, aber so große Sachen muss man ordentlich organisieren, und das wäre jetzt zu knapp. Behalten wir das mal im Hinterkopf, das kann man nächstes Jahr zusammen mit der Kulturinitiative, Bibliothek und den kleinen Geschäften veranstalten. Bleiben wir beim Thema: Jubiläum der Lindenblüte. Den Lesegarten habe ich notiert. Mit den alten Büchern könnte es zwischendurch einen Workshop geben. Ich denke da an Möbel und alten Kleinkram, der mit verschiedenen Papiertechniken wieder Pep erhält.«

Er zeigte auf einen der Rahmen um die Tageskarte. Jule hatte diesen mit Papier und Tapetenkleister in ein kleines Kunstwerk verwandelt.

Gerta hob den Arm. »Wir brauchen kulinarische Ideen.«

»Ein besonderes Sandwich«, überlegte Jean laut. »Mit frischen Gartenkräutern. Dazu Spinatsalat. Wir könnten auch eine Woche vorher Tongefäße auf die Tische stellen und Kresse säen. So eine Art Countdown bis zum Fest.«

»Na, das klingt doch gut.« Jule kritzelte mit dem Kugelschreiber auf ihrem Block herum. Abrupt hörte sie damit auf. »Du und der Kindergarten, ihr bringt mich auf eine Idee.«

»Heraus damit!«

»Ein Countdown! Kulinarische Köstlichkeiten, bei deren Entstehung die Gäste zusehen können. Wir servieren Gerichte, deren Zutaten hier im Garten angebaut werden. Schaut doch die Regenrinnen an, da können wir noch ein paar anbringen. Und bestimmt gibt es noch die eine oder andere Spezialität, die vor den Augen der Gäste auf dem Fensterbrett reifen könnte – wie die Kresse.«

»Blüten«, warf Gerta sofort in den Ring. »Blütenzucker, Blütensalze, Blütenessig, Sirup. Spinatsalat mit Rosenblütenessig, Kassler mit regionalem Honig und selbst angesetztem Thymianöl. Die meisten Sachen kann man in schönen Flaschen dekorieren. Abgedeckt mit alten Spitzendeckchen oder schnell gesäumten Stoffresten.«

Nachdenklich rieb Jule sich das Kinn. »Das klingt doch alles schon ziemlich gut. Und mir kommt noch eine Idee: Lindenblütenhonig. Bestimmt kann ich einen Imker dafür begeistern und der könnte gleich noch mit dem Kindergarten …«

»Langsam!« Mika hob die Hand. »So schnell kann ich ja gar nicht schreiben, wie hier die Ideen purzeln.«

»Was macht ihr, wenn es regnet?«, wollte Anja wissen.

Jule grinste und erlaubte sich einen Scherz: »Na, dann feiern wir drüben, in der Einhorn-Brauerei.«

Am besten fange ich jetzt schon an, sämtlichen Wettergeistern zu opfern!

Kapitel 5

Der März hauchte Jule seinen warmen Atem ins Gesicht. Sie saß auf einem schiefen Campingstuhl unter den Kirschbäumen und gab sich redliche Mühe, an nichts zu denken, außer vielleicht, wann die dicken Knospen sich endlich öffnen würden, um den Garten in ein Blütenmeer zu verwandeln. Nach den langen, dunklen Wochen des Winters tat es ihr einfach gut, sich der warmen Sonne hinzugeben. Um ihre Füße herum wuselte die nach wie vor üppige Hühnerschar. Geschützt von den Zweigen der Kirschbäume, hatte das Federvieh heute Auslauf im hinteren Teil des Gartens – und hoffentlich guten Hunger auf junge Nacktschnecken und andere Schädlinge. Nebenbei vertikutierten sie mehr oder weniger sinnvoll den vermoosten Rasen.

In den vergangenen Tagen hatte Jule so viel geackert und geschafft, dass sie sich diese Mini-Auszeit redlich verdient hatte. Sie und Mika hatten fleißig ihren kleinen Hausstand in Kartons verpackt. Zwischen dem Tagesbetrieb in der Lindenblüte und den Planungen für das Jubiläum blieb ihr nur noch wenig Zeit, um sich zu entspannen. Mittlerweile stand sie so früh auf wie noch nie in ihrem Leben und wunderte sich höchstens, wie leicht ihr das fiel. Nur die Dunkelheit, die machte ihr zu schaffen. Aber das würde bald vorüber sein, es wurde mit jedem Tag spürbar heller und wärmer. Mit dem wiederkehrenden Licht spürte Jule ein Kribbeln in ihrem Inneren, das sie hinaustrieb, in die erwachende Natur. Deshalb gönnte sie sich wenigstens diese paar kostbaren Minuten, bevor in einer halben Stunde das Frühstück begann.

Die ersten Frühlingsgäste ziehen schon ein, dachte sie. Dabei schaute sie zu den noch leeren Insektenhotels und Nistkästen hinüber, die Gertas Mann angefertigt hatte – in seiner Scheune betätigte er sich als Hobbyschreiner. Seine Passion waren Larven aus Holz, die von den Narren und Hexen zur schwäbisch-alemannischen Fastnacht getragen wurden. Da Fasching nun vorbei war, beschäftigte Gerta ihn mit anderen Holzarbeiten, bis es Zeit wurde, die Larven für das nächste Jahr zu entwerfen und zu schnitzen.

Der milde Wind raschelte in den kahlen Beerensträuchern und spielte mit den langdornigen Zweigen der ebenfalls noch kahlen Schlehenbüsche, deren Blütenknospen sicherlich in dieser Woche in weißer Üppigkeit aufbrechen würden. Die Schlehen bildeten ein blickdichtes Bollwerk zwischen Jules Zaun und dem Radweg dahinter. Durch eine kleine Hinterpforte im Zaun konnte Jule schnell hinausschlüpfen und über die Feldwege schlendern oder innerhalb einer Viertelstunde zu Ole radeln – jedenfalls, wenn sie sich bald darum kümmerte, die frischen Ausläufer der hartnäckigen Schlehen zu entfernen. Das Gebüsch war lebensnotwendig für eine große Zahl an Tierarten, unter anderem stärkte der Nektar seiner frühen Blüte die gerade erwachten Bienen und Hummeln. Dennoch durfte man nie vergessen, wie schnell Schlehen und der verwandte Weißdorn innerhalb kürzester Zeit große Gebiete vollkommen vereinnahmen konnten.

Ich wollte mich doch entspannen und an gar nichts denken.

Sanft zupfte der Wind an ihren Haaren. Es kostete sie keine Mühe, ihm nachzugeben und ihm jede innere Unruhe einfach mitzugeben. Nur ein Gedanken ließ sie nicht los: Es fiel ihr von Tag zu Tag schwerer, sich im hinteren Teil des Gartens anstelle dieser Idylle ein kleines Häuschen vorzustellen, und besonders dieser Moment bestärkte sie darin.

Eine Bewegung im Wintergarten riss sie aus ihren Überlegungen. Cora. Mit viel Elan warf ihre Freundin Schuhe, Socken und Jacke hinter sich und stürmte über den Rasen. Ihr rotes Haar flatterte mit ihrem langen Kleid um die Wette. Die Hühner flatterten ebenfalls, und zwar voller Empörung über so viel Aufregung. Sie stoben auseinander, und nur Berthe ließ sich Zeit, um sich dann in sicherer Entfernung aufzuplustern.

»Post für die Tigerin! Post für die Tigerin!«

»Bringst du mir Blumen mit, Cora?«

»Oh ja.« Cora grinste. »Eine ganze Mappe voller Blumen. Die Drucke sind endlich da!«

In der Küche bereiteten Jean und Gerta alles für den Tag vor, Jule und Cora konnten sich ganz auf die Drucke der alten Zeichnungen konzentrieren, die endlich eingetroffen waren und nur darauf warteten, in die schmalen, schlichten Rahmen eingefasst zu werden.

Cora nahm den ersten Rahmen aus der Verpackung. »Also doch ›Kirsche antik‹. Schön, ich finde, das passt gut zu den Bildern und zu deinen Möbeln. Die Natur hat doch die schönsten und wärmsten Farbtöne.«

»Ich habe sehr lange überlegt, ob ich nicht alte Rahmen wiederverwenden oder etwas basteln soll, aber das wäre mir zu unruhig. Diese Bilder sind so alt und so etwas Besonderes, sie verdienen einen Rahmen, der ihnen die Aufmerksamkeit nicht nimmt. Und so ein warmer Kirschton, der fügt sich gut hier ein. Wie würdest du dich eigentlich einrichten, wenn du könntest, wie du wolltest?«

»Öhm …« Fahrig schob Cora ihre Lockenpracht in den Nacken und spießte sie dort mit einem Bleistift zusammen. »Ich glaube, ich bräuchte mehrere Häuser an verschiedenen Orten.«

»Der Ökohof also lieber am Bodensee als in der Eifel?«

»Muss ja nicht der Ökohof sein«, lachte Cora. Einige wenige Sonnentage hatten ausgereicht, um die Sommersprossen auf Coras Gesicht regelrecht explodieren zu lassen. Zusammen mit ihren nun nicht mehr ganz so spitzen Wangen gab ihr das einen verschmitzten und leicht geheimnisvollen Gesichtsausdruck.

»In einem Architekturführer habe ich mal ein ganz minimalistisches Häuschen in den Bergen gesehen. Das wäre momentan etwas für mich. Aber mit natürlichen Formen oder eine alte Hütte umbauen. Diese eckigen Klötze mit den eckigen Möbeln drin, die sind für meinen Geschmack zu kalt, ich mag organische Formen, die sich in der Landschaft auflösen. Moderne Architektur erinnert mich immer an Weltkriegsbunker. Auf jeden Fall muss es ein Panoramafenster geben, vielleicht so ein riesiges Bullauge, durch das man bis in die Unendlichkeit schauen kann.« Sie hielt sich einen Rahmen vor das Gesicht. »Oder so ein Fenster, das mit der Wand verschmilzt. Hundert Prozent Wirklichkeit ohne störende Ränder.«

»Oh, wow! Und dein Zweithaus? Dritthaus?«

»Gar kein Haus. Eine kleine Wohnung. Kann auch eine Etagenwohnung sein. Eine gemütliche Höhle. Die dann aber minimalistisch eingerichtet. Ja, ich weiß, ich habe gerade gesagt, dass ich kahle Wände und klare Kanten doof finde. Aber so eine Wohnung, in der man nur das Allernotwendigste hat, das stelle ich mir toll vor, um für ein paar Wochen vollkommen in der Arbeit zu versinken. Keine Ablenkung, außer einer täglichen Tour durch die Stadt. Jeden Tag ein anderes Viertel erleben. Und der einzige Farbklecks in der Wohnung, das ist ein gigantisches Bücherregal voll mit Architekturschwarten! Hm. Träume. Unerfüllbare Träume. Dann setze ich noch einen drauf: als Drittwohnsitz dann doch ein kleines Cottage in Irland. In Connemara.«

»Wo auch sonst?«

»Die Isle of Skye wäre auch nicht verkehrt. Oder auf Island.«

»Ein Traum, oh ja! Und vor dem Cottage dann die Hühner, Kühe und Schafe?«

Coras Augenbrauen vereinigten sich zu einer steilen Falte. »Hm.«

Vorsichtig legte Jule den ersten Rahmenhintergrund auf einen Druck. »Keine Sehnsucht nach dem Bauernhof?«

»Momentan nicht.« Cora fuhr damit fort, die Bilderrahmen auszupacken und die Verpackungen fein säuberlich zu trennen. Jedes Fitzelchen Folie knibbelte sie vom Karton ab. Während ihre Finger beschäftigt waren, schien sie mit den Gedanken ganz woanders zu sein.

Schließlich nahm sie einen der Rahmen hoch, hielt ihn vor ihr Gesicht und schaute hindurch. Ihr Blick fiel auf die Wand, an der Jule Wörter und Phrasen sammelte, die ihr besonders schön oder interessant erschienen. »Ich schenke dir ein neues Wort: Pa-no-ra-ma.«

»Das Geschenk nehme ich nur zu gerne an. Panorama, das klingt schon so nach Weite, nach dem Fehlen eines Rahmens, einer Einschränkung, einer Grenze.«

»Und es lässt mich an Panama denken, *Oh wie schön ist Panama*.«

»Ein richtiges Sehnsuchtswort. Schreib das auf, das müssen wir bei nächster Gelegenheit ergänzen.«

»Obwohl der richtige Rahmen natürlich auch etwas für sich hat.« Sie legte sich auf den Rücken, hielt den leeren Rahmen über sich und betrachtete die Lindenblüte durch ihn hindurch. Mal hielt sie den Rahmen in Richtung der Origamiblumen, mal schaute sie die Theke an und schließlich Jule. »Wir Menschen sind doch eigentlich unfähig, mehr als einen kleinen Ausschnitt der Wirklichkeit zu erfassen. Wir brauchen Rahmen, um uns zu orientieren und um uns geborgen zu fühlen. Und gleichzeitig wehren wir uns mit aller Kraft gegen diese Grenzen.«

Jule nickte bedächtig. »Darüber haben wir an der Uni gesprochen. Ich hatte ja Vorlesungen über Fotojournalismus und Propaganda. Trügerische Bildausschnitte, die genau den Teil der Wahrheit zeigen, der einem gerade in den Kram passt. Und heute muss ja jedes Nachrichtenmagazin auch noch alles dafür tun, Leser an sich zu binden. Da bleibt kaum Zeit für wahre und unspektakuläre Bilder. Lass uns einfach beide Wörter an die Wand schreiben. Rahmen gegen Panorama, ein Wort umrahmt das andere, sie können nicht miteinander und nicht ohneeinander.«

»Romeo und Julia des Bedeutungswörterbuchs.«

Leidenschaftlich presste Cora den Bilderrahmen an ihre Brust.

Während sie ein Bild nach dem anderen rahmten, alberten sie noch eine ganze Weile weiter. Dann hängten sie die Drucke an die Ostwand, wo sie sehr gut zum Webstuhl und zu den Eckbänken passten.

Gerta schloss gerade die Tür auf, als Jule den letzten Rahmen um einen Millimeter in seiner Position korrigierte. Sie hüpfte von der Eckbank und besah sich das gemeinsame Werk aus der Entfernung.

»Schön. So richtig heimelig.«

Gerta trat zu ihnen. »Endlich darf ich auch einmal gucken. Typisch für die Dennig-Erben, dass sie sich so gar nicht für ihre Vorfahren interessieren – jedenfalls nicht, solange es nicht in der Kasse klingelt.«

Jule verstand sehr gut, weshalb Gerta, die sonst so ausgeglichen war, derart nachtragend auf den Erben herumhackte. Schließlich hatten sie damals die Handarbeitsgruppe einfach so hinausgeworfen, um den Hof möglichst gewinnbringend zu verkaufen.

»Ich bin sehr gespannt, ob der Heimatverein etwas zu den Originalen herausfindet. Auf den ersten Blick scheinen das keine verschollenen Frühwerke einer regionalen Berühmtheit zu sein.«

Gerta schüttelte den Kopf. »Die Dennigs waren einfache und anständige Leute. Arg katholisch und bescheiden, nach allem, was man hört. Kein Wunder, dass die Malerin die Sachen hat verstecken müssen. Da hat bestimmt ein strenger Vater den Riegel vorgeschoben.«

»Vielleicht ist die Künstlerin ja ausgebüxt und hat in der Ferne das Glück gefunden?«

»Ach, ich weiß nicht. Wir sind auf dem Land, die mussten alle schwer arbeiten, und der Krieg kam ja auch noch. Das waren vielleicht nur Jungmädchenträume, die dann unter den Steinen vergessen wurden. Viele Menschen begraben ihre Träume ja irgendwann.«

Cora hob ihren gelben Wollponcho von der Eckbank auf und wickelte sich darin ein. »So wie du das sagst, Gerta, klingt es unheimlich traurig.«

»Ja nun.« Gerta hob die Schultern und ließ sie wieder fallen. »Das Leben ist gelegentlich traurig. Man muss dann halt das Beste draus machen und wieder fröhlich werden. Ich geh die Bestellungen aufnehmen.«

Gerta war eine kleine, ein wenig mollige Frau mit viel Humor, einem bunten, kernsanierten Bauernhaus und einer Vorliebe für opulente Strickkleidung in munteren Farben.

»Eine etwas in die Jahre gekommene Pippi Langstrumpf« hatte Ole sie einmal liebevoll genannt und ihre Zustimmung dazu erhalten.

Nicht nur Jule versank in stiller Bewunderung der alten Zeichnungen. Auch die meisten Gäste warfen zumindest einen kurzen Blick auf die Drucke, manche blieben auch länger stehen.

Ein älterer Herr trat neben Jule. Sie kannte ihn vom Sehen, noch vor einem Jahr hatte er energisch auf Seiten der Bürgerinitiative gefochten. Mittlerweile kam auch er regelmäßig zum Frühstück in die Lindenblüte und focht lieber für den Zusammenhalt im Dorf.

»Sind das Originale?«, wollte er wissen. Er hob seine Brille leicht an, um die Texte zu entziffern.

»Sehr gute Kopien. Die Originale untersucht gerade der Heimatverein.«

»1932, 1934«, murmelte er. »W.S. und H.D., Prunus dulcis, Mandelbaum.«

»Sie können das lesen?«

»Nicht gut, aber es geht. Ist die Eckbank heute frei?«

Jule nickte.

»Dann schaue ich mir einfach in Ruhe weiter Ihre kleine Ausstellung an. Bringen Sie mir doch bitte das Kroxong-Frühstück. Ich kann die Beschriftungen gerne übertragen, dann können Sie zu den Bildern kleine Täfelchen hängen, damit jeder weiß, was dort steht.«

»Das wäre eine Bereicherung. Frühstück kommt sofort.«

Sie drehte sich auf den Fersen um und wäre um ein Haar über einen Golden Retriever gestolpert. Gerade noch rechtzeitig fing sie sich. Der Hund war ein alter und friedvoller Geselle und ließ sich nicht aus der Ruhe bringen.

»Oh, das tut mir leid.«

Die Besitzerin des Hundes reagierte nicht, sondern schaute die Bilder an. Sie war sehr alt, und jedes Mal, wenn Jule sie und ihren Hund sah, war sie wieder gerührt. Bei der Eröffnung war diese Frau die erste Person gewesen, die ihre Nase zur Tür hereingestreckt und ganz ohne Vorurteile das neue Café betreten hatte. Ja, sie hatte sich damals richtig gefreut, dass die alte Schankwirtschaft Linde in diesem liebevollen Gewand wiederbelebt worden war. Nun stand sie wieder hier, trat näher an die Bilder heran und hatte feuchte Augen.

»Wunderschön, nicht?«

Die alte Dame nickte. Sie schluckte, und Jule wurde das Gefühl nicht los, sie könnte jeden Augenblick in Tränen ausbrechen.

»Entschuldigen Sie, Frau Moller«, sagte sie leise und mit zitternder Stimme. »Ich fühle mich heute nicht wohl und komme besser an einem anderen Tag zum Frühstück.«

Jule wollte noch etwas sagen, sie nach ihrem Befinden fragen oder ihr etwas einpacken, da beanspruchte der ältere Herr wieder ihre Aufmerksamkeit: »Ach, Fräulein, kann ich zu meinem Frühstück auch einen Orangensaft haben und keinen Kaffee Olé?«

»Ja, das ist kein Problem.«

Sie hatte nur für einen Moment weggesehen, doch als sie sich wieder umdrehte, war die alte Frau verschwunden.

Endlich Feierabend.

Jule räumte den letzten Stoß Geschirrtücher in den Schrank und schloss die Tür. *Wo habe ich denn die Fotoalben hingelegt?*

Sie wollte auf einen Sprung bei Milena vorbeischauen. Seit Cora auf den Dennighof gezogen war und dort mit anpackte, hatte Jule sie kaum noch gesehen. Neben ihrem eigenen Umzug hatte sie sich und Mika wieder etwas mehr Zeit miteinander gegönnt. Aber irgendwer blieb immer auf der Strecke – diesmal leider Cora und Milena.

Aber heute würde sie endlich hinfahren. Bei der Gelegenheit wollte sie den beiden die alten Fotoalben ihrer Oma zeigen. Das würde die Freundinnen sicher interessieren, und außerdem sahen sechs Augen mehr als vier. Sie hatte zwar zwischendurch immer mal kurz in einer ruhigen Minute in einem der Alben geblättert, aber nichts finden können.

Sie hoffte wirklich auf einen Hinweis in den Fotos, weshalb Wilhelmine nicht mehr nach Müggebach kommen wollte. Und wenn nicht, lohnte es sich auf jeden Fall, diesen kleinen Schatz immer wieder anzusehen. Denn anders als in vielen anderen Familienalben gab es hier nicht nur Bilder von Hochzeitspaaren, Kommunionskindern oder Neugeborenen, sondern ebenso Bilder aus dem Dorfleben. Von diesen wusste Jule mit Sicherheit, dass Wilhelmine sie gemacht hatte, denn ihre Oma hatte einmal erwähnt, dass ihr Vater zu Müggebacher Zeiten im Besitz eines Fotoapparats gewesen war – für den sich seine Tochter dann mehr begeisterte als er selbst. Den Blick für ein gutes Bild hatte Jule bestimmt von ihr geerbt, wenn auch nicht die Leidenschaft für die Fotografie.

Sie wollte gerade die Treppe hochsprinten, um die Alben zu suchen, da klingelte das Telefon der Lindenblüte. Normalerweise ging sie nach Feierabend nicht mehr ran, aber mittlerweile buchten die Leute gerne Tische für Geburtstage oder Familienfeiern bei ihr, und auf diese Zusatzeinnahmen konnte sie nicht verzichten, also nahm sie doch ab.

Komisch, eine Nummer aus Hessen, dachte sie noch, da meldete sich der unbekannte Anrufer schon mit einem lässigen: »Hi Jule!«

Sie runzelte die Stirn. Die Stimme war ihr nicht vertraut.

»Kann ich Cora sprechen?«

»Im Moment nicht. Wer …«

Er sprach so schnell weiter, dass sie keine Chance hatte, ihren Satz zu beenden: »Wann ist sie denn zurück?«

»Mit wem spreche ich eigentlich?«, fragte Jule hastig, damit sie nicht erneut unterbrochen werden konnte.

»Mit Fred! Hast du mich nicht erkannt?«, rief er erstaunt.

»Ah. Ähm, du, so oft haben wir uns nicht gesehen.«

»Einmal, ja, stimmt. Ich vergesse immer wieder, dass nicht jeder ein so gutes Gedächtnis für Menschen hat wie ich. Ganz viele Menschen sind ja auch gesichtsblind. Aber da kann man etwas tun. Komm uns doch mal besuchen. Ein paar Sitzungen bei Spilly werden dir guttun.«

Jule atmete tief durch und fixierte ein Bild an der Wand. Es zeigte ein Tränendes Herz. Ja, jetzt erinnerte sie sich an Fred, der ihr damals etwas anstrengend erschienen war. Er hörte sich gerne reden und hatte immer eine Lösung für die Probleme anderer Leute parat.

»Also, wenn du Cora suchst«, unterbrach sie ihn, »dann sage ich ihr Bescheid, dass sie dich anrufen soll.«

»Fein. Sie hat so schlechten Empfang, ich kann sie nicht auf dem Handy erreichen.«

Jule wartete. Am anderen Ende der Leitung blieb es jedoch still. »Soll ich ihr noch etwas ausrichten?«

Er brummte kurz. »Nein, das sage ich ihr alles selbst. Danke dir, Jule. Tschüss.«

»Tschüss«, murmelte Jule und legte auf.

Kopfschüttelnd verließ sie die Lindenblüte, setzte sich auf ihr Fahrrad und fuhr los. Zwei Häuser weiter fiel ihr ein, dass sie über das Telefonat ganz vergessen hatte, die Fotoalben mitzunehmen. Also drehte sie um und sauste wieder hinein.

Ein Besuch in Milenas neuem Heim war normalerweise mit einer Fahrradtour und mit einem Besuch bei den Wurz-Brüdern verbunden. Zum Glück war Jule mittlerweile recht fit. Den Anstieg, den sie noch vor einem Jahr nur mit viel Mühe und pfeifendem Atem genommen hatte, bewältigte sie jetzt mit vollen Fahrradtaschen. Sie hatte sogar noch ausreichend Muße, um links und rechts des Weges Ausschau nach Motiven für die nächste Zeichnung zu halten. Doch ganz so frei, wie sie wollte, konnte sie ihren Blick nicht schweifen lassen. Die Nebenstraße mit den kleinen Geschäften war zwar verkehrsberuhigt und wenig befahren, dafür wurde am Straßenrand geparkt, vor allem von Kunden, die schnell in einen der Läden huschen wollten. Ein Geschäft für Gardinen und Heimtextilien, das gleichzeitig die Postfiliale war, ein Zeitungskiosk, der noch allerlei Schreibwaren und Geschenke führte, und eine Wäscherei und Änderungsschneiderei. Mehrere Ladenlokale standen leer. Der Metzger war schon vor Jahren mit dem Supermarkt zusammen in ein Gebäude gezogen und befand sich nun beim Neubaugebiet am Ostrand des Dorfes. Immerhin hatte ein Verkehrsplaner mitgedacht, und selbst von hier aus war der Supermarkt gut mit dem Bus zu erreichen. Vom Bekleidungsgeschäft war nur das verblichene Schild geblieben, und die Floristin hatte die Filiale geschlossen und unterhielt nur noch ein kleines Geschäft beim Friedhof.

Und dann entdeckte Jule plötzlich etwas Neues und konnte gerade noch einem Kleinwagen ausweichen, der ohne zu blinken losfuhr. Im ehemaligen Blumenladen waren die Scheiben mit Packpapier abgeklebt, und von drinnen drang der kreischende Klang einer Säge nach draußen. Neugierig stieg Jule ab und versuchte, einen Blick durch einen winzigen Spalt zu erhaschen, konnte aber nichts sehen.

»Die verrode nix«, grummelte ihr ein dick in seinen Mantel eingewickelter Herr zu. Sein Rauhaardackel schnupperte interessiert an Jules Schuhen. Mit seinem Spazierstock zeigte er auf das Schaufenster. »Wenn do so e Bräunungsschtudio neikommt, dann geht's endgültig bergab mit unserem Dorf. Oder noch schlimmer: Nägelesbemalerinne. Braucht do koi Mensch!«

»Ach, die Straße belebt sich, da wird schon ein ordentliches Geschäft reinkommen«, entgegnete Jule, obwohl sie selbst keine Ahnung hatte. Ihre Zunge war schneller als ihr Verstand, und die Gewohnheit, miesepetrigen Zeitgenossen sofort energisch zu widersprechen, ließ sich nicht einfach so abstellen. Und leider machte ihre Zunge munter weiter: »Ich würde mich sehr über ein Studio für Thaimassage freuen.«

»Na, Sie sin jo a aussem Hessische.« Mit diesen Worten zog er seinen Hund weiter und lief brummelnd die Straße hinunter.

»Ich muss wohl doch zu den Landfrauen«, grummelte Jule leise. »Dann bin ich in zwanzig Jahren vielleicht nicht mehr die ›Zugezogene‹.«

Ihre Laune besserte sich zum Glück gleich wieder. Der muffelige Herr konnte den vermeintlichen Niedergang herbeireden, wie er wollte, auch er hatte eine Tüte der wiedereröffneten Bäckerei Wurz in Händen gehalten. Jule wusste noch ganz genau, wie sie durch Zufall auf die Brüder gestoßen war, die zu dieser Zeit nur noch zweimal im Monat ihre Backwaren direkt in der Backstube verkauft hatten, weil sich der reguläre Betrieb eines Ladens nicht gelohnt hatte. Heute nahm Jule den Seiteneingang für die Lieferanten nur noch, weil sie die Brüder gut kannte und wusste, dass in der Backstube schon ein Pain au Chocolat auf sie wartete, wenn am Nachmittag noch einmal für die Pendler gebacken wurde, die sich für den Feierabend eindeckten. Dem Prinzip der Bestellung waren die Brüder treu geblieben – wer am Abend spontan noch ein Brot haben wollte, konnte nur selten ein übrig gebliebenes ergattern. Das vermied Überproduktion, und es bekam auch wirklich jeder, was er haben wollte. Entsprechend hatte auch Jule bei der morgendlichen Anlieferung der Backwaren ihren Wunsch für den Spätnachmittag geäußert. Sie grüßte kurz, freute sich, dass Hamza, der neue Auszubildende, noch immer durchhielt und diesem anstrengenden Handwerk nicht den Rücken gekehrt hatte, und versorgte sich mit den Neuigkeiten aus dem Dorf. Leider wusste man auch hier nichts über das neue Geschäft, dafür Klatsch und Tratsch über die Kandidaten für das Bürgermeisteramt. Der interessierte Jule allerdings wenig, und so machte sie sich auf zu Milena.

Jule leckte sich noch Schokoladenreste aus den Mundwinkeln, als sie beim Dennighof ankam. Hier war die Arbeit in vollem Gange, und sie musste sich mit dem Fahrrad an einem Kleinlaster vorbeiquetschen, der Paletten mit Baumaterial auf dem Hof ablud, begleitet von den neugierigen Blicken einer Kinderschar, die sich an der Scheune herumdrückte. Auf Anhieb erkannte Jule Milenas Töchter. Die Große würde bald ihren sechsten Geburtstag feiern, die Jüngere war vor Kurzem vier geworden. Der Rest der munteren Bande wohnte bestimmt in der Nachbarschaft und wollte sich das Spektakel nicht entgehen lassen, zumal dort, wo einmal die Terrasse entstehen sollte, ein Minibagger stand und auf seinen Einsatz wartete. Zwischen den Kindern wuselte Gerta umher und passte auf, dass niemandem etwas passierte. Mit ihrem leuchtend zitronengelben Schal war sie nicht zu übersehen. Jule winkte und stellte ihr Fahrrad neben der Haustür ab. Gerta half nicht nur in der Lindenblüte aus, sondern bespaßte außerdem als Ersatzoma und Babysitterin Milenas Nachwuchs mit liebevoller Strenge. Immer, wenn Jule sie zusammen mit den Mädchen sah, ging ihr das Herz auf, und sie war mehr als froh und dankbar, dass Gerta und Milena ihre Differenzen als Nachbarinnen schon lange beigelegt hatten.

Das Innere des Hauses hatte sich vollkommen verändert. Im Obergeschoss glänzten die restaurierten Dielen, die Wände waren frisch verputzt, sämtliche Türen abgeschliffen und geölt, und so wie die Einbaustrahler leuchteten, war bereits die Elektrik neu verlegt worden. Anscheinend war der Denkmalschutz auf die Fassade beschränkt, denn auch der Grundriss hatte sich verändert, war heller und luftiger geworden. Ebenso hatten die Kienings einen Teil der Decke entfernen lassen. So war ein großzügiger Wohn- und Essbereich entstanden, in dem Cora und Milena gerade letzte Hand an die Küchenmöbel legten.

»Hey, ihr Fleißigen!«

»Du kommst zur rechten Zeit, Jule.« Mit der Hand auf dem unteren Rücken richtete Milena sich auf.

»Endlich!« Cora umarmte sie stürmisch. Ihre Augen glitzerten lebhaft, und sie sah sehr gesund und zufrieden aus. »Ich weiß einfach nicht, wie ich Milla davon abhalten soll, Möbel zu schleppen.«

Milena hob galant ihre gepflegten Augenbrauen. Dann stakste sie steif zur steinernen Spüle. »So fleißig, wie wir heute waren, haben wir uns einen von Gertas fabelhaften Kräutertees verdient.« Umständlich begann sie damit, zwischen Dosen in einem Umzugskarton herumzukramen.

Cora beugte sich zu Jule hinüber. »Stur«, hauchte sie. »Sie muss sich echt mal ausruhen.«

»Ich höre dich sehr gut. Ich bin schwanger und nicht krank! Wer vorher schon fit war, muss sich nicht schonen, ganz im Gegenteil!«

Ertappt zuckte Cora zusammen. »Du weißt, wie ich das meine. Aber in diesem Tempo ein komplettes Haus sanieren und richtig massive Möbel schleppen, das ist auch für junge und gesunde Kerle keine Leichtigkeit.«

»Und wie ihr seht, ergebe ich mich freiwillig.« In jeder Hand eine Dose, zuckte Milena mit den Achseln. »Ich kann einfach nicht verstehen, weshalb ich beim dritten Kind und trotz meiner Bauchmuskeln so schlapp bin und eine solche Kugel mit mir herumschleppe. Das Ding ist irgendwie explodiert. Bei den Großen hatte ich immer so einen niedlichen Fußball bis zur Geburt. Lars will dieses Mal gar nicht mehr Maus sagen. Wisst ihr, wie er das Kind nennt? *Elliot*, wie das Schmunzelmonster. Der hat ja gut lachen und muss es nicht noch monatelang mit sich herumschleppen.« Milena schnappte nach Luft und stürzte sich dann auf die Teeblätter, die sie haargenau abwog. Jule, die sich nicht mit

Schwangerschaftsbäuchen auskannte, fand die kleine Wölbung unter der Latzhose nicht besonders riesig.

»Wann ist es eigentlich so weit?«

»Ende Mai«, antwortete Cora an Milenas Stelle.

»Anfang oder Mitte Juni«, korrigierte sie. »Wir überziehen. Ich bin zwar nicht katholisch, aber ich finde es schön, wenn Geburtstag und Namenstag zusammenfallen. Ende Mai gefällt mir da nichts!«

Während Milena anfing, Heiligennamen aufzuzählen, legte Jule die Fotoalben auf den Tisch.

»Ach übrigens, Cora, ich soll dir von Fred ausrichten, dass du ihn zurückrufen sollst. Er hat vorhin bei mir in der Lindenblüte angerufen und nach dir gefragt.«

Cora schüttelte die Medusamähne. Die roten Locken verbargen ihr Gesicht. »Er weiß doch, dass ich hier keinen Empfang habe.«

»Deshalb hat er es bei mir versucht.«

»Das Netz hier ist wirklich untragbar!«, warf Milena ein und widmete sich weiter akribisch ihrem Teeritual.

»Morgen früh komme ich bei dir vorbei und rufe ihn an. Ich würde sagen, wir schieben jetzt lieber den Tisch und die zwei Regale da an die richtige Stelle, und dann machen wir es uns mit deinen Alben in der Loggia gemütlich.«

Sofort packte sie den schweren, aus massiven Holzbohlen gezimmerten Tisch und beschwor Jule mit den Augen, es ihr nachzutun, bevor Milena zugreifen konnte. Zügig rückten sie die Möbel zurecht und machten es sich dann gemütlich.

Die Loggia war früher ein kleiner Balkon auf einem Anbau gewesen, nun aber komplett verglast und beheizt. Milena hatte sich einen sehr bequemen und in allen möglichen und unmöglichen Positionen verstellbaren Sessel an eine der Scheiben gestellt. Daneben hatten noch zwei robuste Sofas Platz gefunden.

Jule schob sich zwei der unglaublich vielen Kissen unter den Po, um bequem sitzen zu können. Die Fotoalben legte sie vor sich auf den niedrigen Couchtisch. Milena servierte den Tee in blauen, handgetöpferten Bechern, dem Stil nach von Herrn Abrecht, der im Dorf eine winzige Töpferwerkstatt unterhielt. Wahrscheinlich würde der rührige alte Herr bis zu seinem letzten Atemzug an der geliebten Töpferscheibe sitzen.

»Also, ein paar Bilder kennt ihr bereits. Die hatte ich mir letztes Jahr schon eingescannt, weil ich ab und an im Dorf herumgehe und für Wilhelmine an derselben Stelle ein neues Foto schieße. Das Projekt ist über der Lindenblüte allerdings ein bisschen eingeschlafen.«

»Ja, hier den Brunnen, den kenne ich.« Milena beugte sich so weit vor, wie Bauch und Sessel es ihr erlaubten. »Und die Schule natürlich. Schaut deine Großmutter die Bilder denn an? Wenn du von ihr erzählst, klingt es immer so, als wollte sie mit Müggebach nichts zu tun haben.«

»Sie liebt ihre Erinnerungen.« Cora hatte sich quer über das Sofa gelegt. »Sie hat uns immer Geschichten aus ihrer badischen Heimat erzählt, wenn wir bei ihr waren. Weißt du, ihre Schränke sind vollgestopft mit skurrilem Zeugs. Ich glaube, das ist wie mit Zöliakie. Jemand, der kein Gluten verträgt, will unbedingt ein Baguette essen, obwohl es ihm nicht guttun wird.«

Jule schaute auf. »Was für ein Vergleich!«

»Aber man versteht ihn sofort.« Cora zwinkerte.

»Ich weiß nicht … ich habe das Gefühl, sie zieht sich stärker zurück, seit es konkret wird. Wisst ihr, was ich meine? Vorher war es so eine Bewunderung aus der Ferne. Sie hatte ganz viel Interesse daran, was in der alten Heimat passiert, las den Regionalteil, stieß Projekte an. Aber seit Ole und ich ihr zu verstehen geben, dass sie uns besuchen soll, will sie immer weniger von Müggebach wissen.«

Inzwischen hatte Milena die Augen geschlossen. Sie lag seitlich in ihrem Sessel, die Arme eng um den Körper geschlungen. Erschöpfung zeichnete sich auf ihren Wangen ab. Jule war heilfroh, dass Cora bei dem Großprojekt Umbau mithalf.

»Das ist sehr menschlich«, murmelte Milena. »Deshalb fehlt vielen Menschen auch die Traute, ihre Träume zu verwirklichen, denn die Wirklichkeit wird immer anders aussehen als der Tagtraum. Davor haben sie Angst, das lähmt sie.« Sie gähnte. »Und manche Menschen wissen das und geben sich damit zufrieden, den Tagtraum zu genießen.«

Es wurde kurz still. Ihre Worte bewegten in allen etwas. Cora starrte aus dem Fenster hinaus in die beginnende Dämmerung. Unter der Loggia dröhnte jetzt der Minibagger.

»Und es gibt diese Träume«, begann Jule, »die man nur ganz vage träumt, und die Wirklichkeit überstrahlt dann alles.«

Ein kleines Lachen platzte aus Cora heraus: »Eine rosarote Brille gegen Buchhaltung?«

»Na ja, so ein paar Schattenseiten hat doch jeder Traum. Wirklichkeit ist ja kein Reisekatalog, aber trotzdem schön.«

Cora zog das Fotoalbum näher. »Hat Wilhelmine eigentlich die Schattenseiten mit abgebildet oder sich auf das Schöne beschränkt?«

»Also, ich habe den Eindruck, sie wollte vor allem dokumentieren, die meisten Bilder sind recht nüchtern und sachlich. Aber so wirklich üblich war es damals natürlich nicht, die Schmuddelecken zu zeigen.«

»Jedenfalls aus unserer heutigen Sicht.« Milena öffnete die Augen und beugte sich leicht vor. Mit wenigen Handgriffen verstellte sie ihren Sessel und konnte nun halb im Liegen in die Alben schauen. »Für uns sieht das nach ländlicher Idylle aus. Ich schaue mir die Bilder an und denke an die ›gute alte Zeit‹. Dieses romantische Pferdefuhrwerk da, mit dem ganzen Heu drauf! Schaut euch mal die Schulmädchen in ihren ordentlichen Kleidchen an und die Jungs in den kurzen Hosen! Und dann sehe ich, wie schlank die Menschen sind! Und dann sehe ich die Bilder plötzlich aus einem anderen Blickwinkel: wie hungrig die Augen mancher Kinder aussehen, wie mühselig so eine Heuernte damals war, ohne Traktoren, wie umständlich es war, die Kleider zu waschen und zu trocknen. Habt ihr übrigens bemerkt, wie verschwommen der Kopf des Pferdes ist? Man sieht, dass Wilhelmine kein Profi war, ich finde das liebenswert. Sie wird sich darüber geärgert haben. Wusstet ihr, dass es 1934 eine kleine Hungersnot in Süddeutschland gab, weil das Wetter nicht mitspielte? Kein Wunder, dass man kaum dicke Menschen auf den Fotos sieht. Wie gerne würde ich deine Oma fragen, welche Geschichten in diesen Bildern stecken.«

»Ach, Milena!« Jule rutschte auf dem Kissen herum. »Lass uns ein wenig Romantik bewahren und nicht daran denken, wie kratzig damals die Socken waren.«

Cora summte unterdessen ein Lied vor sich hin, das Jule nur zu gut kannte: die Ballade *Sehnsucht,* das von einer kleinen Folk-Band vertonte Gedicht von Schiller. Romantisch, schwermütig, sehnsüchtig. Ihre Beine hatte sie im Lotussitz gefaltet und eins der Alben darauf gebettet. Sie blätterte sorgfältig um und betrachtete jedes Bild lange in der Abendsonne.

»Kostbarkeiten«, sagte Cora andächtig. Das Wort allein klang in Jules Ohren wie ein Schatz und erinnerte sie daran, dass sie genau das gerade in Händen hielten. »Seit ich dreißig bin, überlege ich, warum dieses Alter die Menschen anscheinend so schreckt. Dabei fange ich doch erst jetzt an, Dinge zu verstehen, die ich früher gar nicht wirklich begriffen habe. Zum Beispiel was für einen Schatz deine Großmutter durch ihre Geschichten an uns weitergegeben hat.«

»Das stimmt«, sagte Jule nach einem kurzen Moment des Nachdenkens. »Aber ich glaube, wir haben es damals mit dem

Herzen verstanden. Wenn ich diese Alben ansehe, fühle ich wieder, was ich als Kind fühlte. Ich konnte schon damals stundenlang dasitzen und sie mir ansehen. Die Erwachsenen haben noch Kuchen gegessen, ich durfte schon aufstehen. Das Zimmer roch nach Sahne, Kirschen und Bienenwachskerzen.« Unwillkürlich schloss sie die Augen und atmete tief ein. Ja, sie konnte wirklich den Geruch von damals wahrnehmen.

Sie blickte wieder auf das Album vor sich und bemerkte, dass eine der Seiten einen langen Knick aufwies. Plötzlich tauchte eine andere Erinnerung in ihrem Geist auf, und sie runzelte die Stirn.

»Ich kann mich an einen dieser Nachmittage erinnern, an dem meine Mutter vorschlug, gemeinsam ihre Schwester in Müggebach zu besuchen. Oma, die auch Geld beigesteuert hatte, um den Hof zurückzukaufen, wollte aber nicht. Sie haben sich gestritten, und am Ende riss Oma mir die Alben aus den Fingern, knallte sie ins oberste Regal und murmelte, dass man die Vergangenheit besser ruhen lässt. Schau, hier, der Knick, der ist von damals.«

»Dann ist es doch nicht unwahrscheinlich, dass irgendwo in diesen Alben tatsächlich eine Antwort auf deine Frage steckt«, überlegte Cora. »Was denkst du?«, sagte sie in Millas Richtung, doch die war über ihrem Album eingenickt.

»Hm«, machte Jule und blätterte aufmerksam weiter. »Mir ist damals nie aufgefallen, wie wenige Bilder es von Oma gibt. Klar, sie hat meistens fotografiert, aber trotzdem schade.«

»Deine Oma ist eine bemerkenswerte Frau. Mit fünfzehn auf dem Dorf und dann durfte sie fotografieren. Das war doch sicher sehr teuer.«

»Sie hat immer sehr liebevoll über ihren Vater gesprochen. Vielleicht hat er ihr das alles ermöglicht und sie gefördert? Schau mal, da ist sie als Baby, in ihrem Taufgewand. Und das hier, das könnte die Konfirmation gewesen sein.«

Das Foto zeigte Wilhelmine mit langen, dunklen Zöpfen und einem Strahlen, das sie ganz sicher von ihrem Vater geerbt hatte. Das Mädchen neben ihr war jünger, etwas rundlich, und auf dem Kopf trug es eine seltsam verschlungene Zopf-Frisur. Ihr Lächeln zeugte von ihrer Frohnatur.

»Halten die da Händchen?«, spekulierte Jule.

»Ist das Wilhelmines Schwester?«

»Nein, sie hat keine. Oma hatte zwei kleine Brüder, aber die kamen erst in Frankfurt zur Welt«, erklärte Jule und nahm das Bild genauer in Augenschein. Plötzlich stockte sie. »Irgendwas an dem Bild ist merkwürdig.«

Vorsichtig nahm Jule das Bild aus den Fotoecken und drehte es herum. Es hatte ein seltsames Format im Vergleich zu den anderen Bildern, beinahe quadratisch. »1934. Schade, dass die Schrift so verwischt ist, ich kann nicht entziffern, was da steht.«

Jetzt, wo sie das Foto in der Hand hielt, fiel ihr auf, dass die rechte Kante sich glatter anfühlte als die linke. Sie sah genau hin. »Schau! Da wurde etwas abgeschnitten!«

»Lass mal sehen«, sagte Cora und beugte sich hinüber. Sie musterte das Foto einen Moment, dann zeigte sie auf einen kaum zu sehenden Klecks an Wilhelmines Gürtel. »Das ist doch eine Hand, oder?«

»Du meinst, links von ihr hat vielleicht noch jemand gestanden?«

»Vielleicht hat Wilhelmine der Person das Stück des Fotos geschenkt, als sie wegzog? Wie ein Freundschaftsherz, das man zusammensetzt, wenn man sich wiederbegegnet.«

»Meinst du?«

»Na ja, kann natürlich auch sein, dass sie sich mit der Person gestritten hat. Wer hat denn nicht schon mal seinen Ex aus einem Foto gerissen?«

Da musste Jule nicht lang überlegen. »Diese aufgeblasene Knalltüte Ben!«

»Ja, genau! Wir sind nie wieder in dieses schnuckelige kleine Programmkino gegangen, in dem er gearbeitet hat.«

»Na ja, es ist nur ein Kino, nicht mein Heimatort«, wiegelte Jule ab. »Meinst du, Oma hatte einen Freund? Vielleicht wollte sie ihn vergessen, oder es war nicht schicklich, ihn ins Familienalbum zu kleben.«

»Wir können nur raten. Denkst du, du kannst sie danach fragen?«

Jule schnaubte und legte das Kinn auf die Brust. Ihre Haare fielen ihr vors Gesicht. »Wie fragt man nach alten Narben?«

»Tja.« Cora zuckte mit den Schultern. »Ich glaube, wir sollten vorsichtig herausfinden, wer das auf dem Foto war und was damals passiert ist. Wenn wir das wissen, wissen wir auch, wie wir am besten mit Wilhelmine sprechen können. So einfach mit der Tür ins Haus zu fallen ist vielleicht wirklich nicht so klug.«

»Aber hinter ihrem Rücken in ihrer Vergangenheit stöbern, das will ich auch nicht.«

Cora rückte näher und legte einen Arm um Jule. »Wir schlagen zwei Fliegen mit einer Klappe, würde ich sagen. Ich wollte morgen mal beim Heimatverein vorbeischauen, ob die mir mit den alten Büchern und den Zeichnungen weiterhelfen können. Im Archiv lässt sich bestimmt eine Klassenliste von damals finden, vielleicht sogar ein Foto mit Namen? Und du rufst Wilhelmine an und redest einmal ganz locker mit ihr über die Fotos. Lass sie ins Erzählen kommen!«

»Ach, Cora!« Jule lehnte sich an ihre Freundin. »Das hört sich alles so einfach an.«

»Es ist einfach. Du musst es nur tun.«

»Machen wir das anders.«

»Wie?«

»Kati, meine Aushilfe, ist mit den Abiprüfungen fertig, sie kommt morgen wieder ins Café. Das verschafft mir mehr Luft, und ich kann dich ins Archiv begleiten. Wir versuchen gemeinsam, etwas herauszufinden. Danach rufe ich Oma an.«

»Gut. Dann lassen wir jetzt Milena schlafen, und ich bringe dich und die Fotoalben nach Hause. Ich brauche mehr frische Luft.«

»Dann lass uns Montag früh mal eine kleine Wandertour machen.«

»In den Wald? Versprochen?«

Cora hielt ihr die Hand hin, und Jule schlug ein. »Versprochen.«

Monatsanleitung März: Insektenhotel

Insekten im Garten, das bedeutet nicht nur Stechmücken und Blattläuse, sondern auch Artenreichtum, Singvogelspeise und Nützlinge. Wer freut sich nicht über Hummeln und Wildbienen, die sich auf den Blüten tummeln und die Tomaten bestäuben?

Um die Nützlinge zu unterstützen, reicht es oft schon, ein einfaches Insektenhotel selbst zu bauen, in dem die Tiere brüten und überwintern können. Der wichtigste Grundsatz dabei: auf Plastik und Glas verzichten!
Für den Start reichen schon ein kleiner, unlackierter Setzkasten oder einige zusammengenagelte Bretter als Rahmen. Drei oder vier unterschiedliche Bereiche für unterschiedliche Arten dürfen es schon sein.
In diesem Rahmen füllt man dann einen Bereich mit Kiefernzapfen und einen Bereich mit Holzspänen – Kaninchendraht schützt vor dem Herausfallen.
In den dritten Bereich kommt ein Stück Ziegel- oder Ytongstein. Die Hohlräume dieser Steine werden am besten mit einem Gemisch aus Lehm und Wasser ausgegossen. Nach dem Aushärten bohrt man mit einem dicken Strohhalm wieder Löcher hinein.
Den vierten Bereich füllt man mit Querschnitten von dicken Ästen oder kleinen Baumstämmen, in die mit der Bohrmaschine fingerlange Gänge von ca. 4 mm Durchmesser gebohrt werden.

Und schon können mit wenig Aufwand die ersten Insekten einziehen!

Ich wünsche allzeit ein offenes Auge für die schönen Dinge des Lebens.

Jolanda

Kapitel 6

Von: Jolanda Moller <jule@jules_linde.de
An: Wilhelmine Arbt <Wilhelmine@mailmail.de>
Betreff: Herz ist Trumpf!

Liebste Oma,

der Kaltkeimer ist ein Tränendes Herz? Das nenne ich mal einen Zufall! Da ziehe ich blind aus der Saatgutbox und erwische deine Lieblingspflanze. Aber gut, bei einer Bauerngartenpflanze war das recht wahrscheinlich, nicht? Auf den Fotos, die ich letzten Sommer auf meinen Fahrradtouren geschossen habe, sieht man sie auch oft.
In der Samenbombe, die ich dir geschickt habe, ist eine andere Mischung drin.

Eine Frage: Auf meinen Touren rund ums Dorf habe ich ja viele Orte besucht, die du in deiner Jugend fotografiert hast. Das würde ich gerne weiterführen, kann aber nicht alle Bilder zuordnen. Ich habe beispielsweise ein Foto gefunden, das dürfte dem Datum nach kurz vor eurer Abreise entstanden sein. Im Hintergrund sieht man ein Haus und eine Regentonne, aber es scheint nicht euer Hof zu sein. Neben dir steht ein Mädchen. Sag mal, fehlt da ein Stück des Bildes? Das Format ist irgendwie seltsam. Und der Heuwagen: Das ist doch dein Vater mit seinem Bruder, oder?

Da Mama und ich mittlerweile alle Bilder digitalisieren konnten, habe ich uns ein kleines privates Blog mit einer Galerie eingerichtet. Es würde uns sehr viel bedeuten, wenn du zu den Bildern etwas schreiben könntest. Viele Notizen kann man leider nicht mehr entziffern. Darf ich Ole und der Familie den Link geben? Du kannst auch gerne Annemarie dazubitten. Ist sie das Mädchen auf dem abgeschnittenen Foto? Wann ist sie eigentlich nach Kanada ausgewandert?

Ach, ich erschlage dich ja mit Bitten und Wünschen! Besser, ich kümmere mich ein wenig um die Setzkästen auf unserem wundervollen Balkon. Dort werde ich dann wohl die Tradition fortsetzen und mein Tränendes Herz einpflanzen.

Ich küsse und umarme dich, je t'embrasse
Deine Jolanda

Bereits Ende März war die neue Wohnung bezugsfertig, und pünktlich zum 1. April hatten Jule und Mika sich einigermaßen komfortabel eingerichtet. Sie hatten Glück gehabt und eine frisch renovierte Wohnung ganz in der Nähe gefunden. Von hier musste Jule keine fünf Minuten bis zu ihrem Café gehen, und Mika konnte entweder seinen gewohnten Bus oder das Fahrrad zur Arbeit nehmen.

Die Wohnung im mittleren Stockwerk war gut geschnitten, mit vier Zimmern fast ein wenig groß für sie beide, aber sie besaß etwas, das Jule nicht missen wollte: einen Balkon mit Südausrichtung. Das Haus befand sich in zweiter Reihe, und die Geräusche der Hauptstraße waren kaum zu hören.

»Jetzt weiß ich, was mir in der Wohnung drüben gefehlt hat«, seufzte sie. Ihr Blick ging über die Pflanzkästen hinweg, in denen das kleine Tränende Herz von Cora neben einigen Küchenkräutern wuchs. Im Hof stand ein alter Magnolienbaum in voller Blüte. Unter seinen knorrigen Armen spielten fünf Kinder mit Blütenblättern und übten Seilspringen.

Jule seufzte und räkelte sich. »Diese Freiheit, draußen zu sitzen, wann immer ich das möchte.«

Mika lag halb unter einer Bank, bei der er einige Schrauben nachzog. Das skeptische Stirnrunzeln war aus seiner Stimme gut herauszuhören. »Wo ist der Unterschied zur Lindenblüte? Da hast du sogar noch den Garten und die Hecken mit den Vögeln.«

Jule griff wieder nach den dünnen Weidenästen, die vor ihr auf dem Campingtisch lagen, und suchte zum x-ten Mal nach einer Möglichkeit, sie zu einem perfekten gleichschenkligen Dreieck zu arrangieren.

»Das ist vermutlich doch der kleine Rest Stadtpflanze, der in mir steckt. Dieses Gefühl, mit dem Sonnenuntergang auf Augenhöhe zu sitzen, die Welt von oben zu sehen und mit all dem

Gewusel da unten mal nichts zu tun zu haben, das finde ich unheimlich entspannend.«

»Fehlt noch das Viertele in der Hand, gell? Reichst du mir mal den Akkuschrauber? Das Scheißdreckle will nicht so wie ich.«

»Was kannst du mir denn empfehlen?«

»Den Aufsatz, der am meisten nach Kreuzschlitz aussieht. Für das Viertele: Grauburgunder und Gewürztraminer.«

»Habe ich ehrlich gesagt noch nie probiert. In Frankfurt hatten wir meistens französische Weine oder Met.« Andächtig beschnupperte sie einen der noch frischen Äste. Er roch süß und bitter zur gleichen Zeit und erinnerte Jule ein ganz klein wenig an den weichen Geruch des Honigweins.

»Die Spargelsaison geht los, Jolanda. Da brauchen wir einen leichten, hellen Wein.«

»Für den Balkon tut es für mich ein Glas Latte macchiato. Zum Spargel gab es bei uns immer Riesling.«

»Sodele.« Ächzend und fluchend kroch er unter der Bank hervor. »Was steht als Nächstes auf der Liste?«

»Ein paar Minuten Pause. Oder ein paar Minuten mehr, je nachdem, ob du mir mit dem Diorama helfen willst oder nicht.«

Er setzte sich zu ihr, nahm vorsichtig einen Ast und rollte ihn zwischen zwei Fingern. »Einmal Pause pur, bitte. Dafür fehlen mir die Geduld und die Feinmotorik.«

»Genehmigt. Was wären für dich Gründe, um nach Japan zu reisen?«

Das Diorama, an dem Jule werkelte, entstand in einer alten Weinkiste und sollte den Balkon verschönern. Das war praktikabler als ihre ursprüngliche Idee, einen Miniaturteich mit einer großen Seerose darauf anzulegen. Die Vorbereitungen hatten gedauert, aber jetzt wusste sie sicher, dass sie so viele Japan-Erinnerungen wie möglich darin arrangieren wollte. In der Konsequenz hatte sie sich dafür ein Arrangement nach den Regeln des Ikebana vorgenommen, und die besagten: Die Spitzen der Elemente müssen ein perfektes gleichschenkliges Dreieck ergeben. Nun schwankte sie zwischen dieser spannenden Herausforderung und dem Bedürfnis, sich die Sache einfacher zu machen.

»Kirschblüten«, sagte Mika nur. »Die gefallen mir. Und die alten Tempel. Also so rein aus touristischer Perspektive würde ich gerne einmal nach Japan reisen. Außerdem hätte ich ja die beste Reiseführerin der Welt.« Er hauchte ihr einen Kuss zu.

Jule errötete und fing den Kuss mit der Hand. »Ja, Sakura. Wie gerne wäre ich jetzt in Japan und würde noch einmal dieses intensive Pink der Blüten erleben!«

»Für nächstes Jahr könnten wir uns zumindest einen Kurzurlaub zur deutschen Kirsch- oder Apfelblüte genehmigen. Vielleicht im Alten Land? Und im Herbst würde ich mit dir gerne in eine Besenwirtschaft einkehren und dem jungen Wein frönen.«

»Herbst!« In gespieltem Entsetzen hob sie die Augenbrauen und wandte ihr Gesicht dann der Sonne zu. »Du bist auch der Einzige, der an den Herbst denkt, kaum dass die Sonne genügend Kraft hat, um einen endlich richtig aufzutauen.«

»Nein, ich liebe den Frühling! Der Herbst kommt noch früh genug. Mein grüner Daumen juckt, ich kann es gar nicht erwarten, mehr zu pflanzen und zu ernten. Donnerstag gehe ich auf den Markt und hole uns ein schönes Bund Spargel. Und wir brauchen Sonnencreme.«

Da hatte er nicht unrecht, denn nach einigen eher trüben, aber wenigstens warmen Tagen war heute kein Wölkchen zu sehen.

»Also, Spargel und …? Hm? Mich überfällt da eine Idee. Weißt du was: Morgen gehe ich mit Cora spazieren. Wir halten im Wald Ausschau nach Bärlauch, und dann mache ich uns den besten Spargel, den du je gegessen hast.«

»Hm, ich kann ihn schon schmecken und riechen! Und bald gibt es wieder Erdbeeren und Erbsen und frischen Spinat aus dem Hochbeet, und dann muss ich schon daran denken, die nächsten Sachen auszusäen.«

Endlich konnte Jule sich für einen Ast entscheiden und befestigte ihn an der Seitenwand der Kiste. Aus rosafarbenem Origamipapier faltete sie Kirschblüten.

»Ich glaube, ich gestalte jetzt für jede Jahreszeit so eine Papierarbeit und dekoriere mein Diorama um. Das macht einfach gute Laune, und im Winter können wir wieder die Schneeflocken verwenden, die du damals ausgeschnitten hast.«

»Jetzt denkst du schon an den Winter«, neckte er sie. Er rutschte näher zu ihr und schaute ihr aufmerksam zu.

Ein milder Westwind wehte durch die Hinterhöfe Müggebachs. Nur wenige davon waren in zweiter Reihe bebaut, in manchen standen noch kleine Scheunen oder Werkstätten, die meisten waren in Gärten umgewandelt worden. Die Luft trug keinen Frost mehr in sich, sondern sogar schon den Duft eines frisch gemähten Rasens.

Auf Jules Zunge kribbelte es, aber sie fand keine Worte, um dem Ausdruck zu verleihen, was sich da gerade in ihrem Inneren tat. Sie fühlte sich ganz ruhig, glücklich und zufrieden.

Kurz ließ sie ihre Bastelarbeit ruhen und sah zu, wie der Wind mit den Magnolienblüten im Hof spielte und Mikas Locken zum Wippen brachte. Er spürte ihren Blick und drehte den Kopf. Die Sonne ließ seine grünen Augen leuchten. Sein Gesicht drückte jene Entspannung aus, die Jule selbst in ihrem Inneren fühlte. Ihr Mundwinkel zuckte, weil er sie für einen kurzen Augenblick an Baghira, den schwarzen Panther aus dem *Dschungelbuch,* erinnerte.

Und mit einem Mal hüpften ihr die richtigen Worte auf die Zunge: »Ich glaube, wir sind angekommen.«

Der Wald schmückte sich mit dem ersten, zarten Grün des Frühlings. Noch waren die Blätter der Buchen winzig, weich und sehr verletzlich. Dem Waldboden entströmte ein Duft nach Moos und trockenem Laub, vermischt mit einer herben Note. Einige Meter weiter hangabwärts konnte Jule diesen Geruch zweifelsfrei identifizieren: »Hier riecht's wie in einer Pizzeria. Der Bärlauch kann nicht mehr weit sein.«

»Ich glaube, ich sehe ihn.« Auch Cora schnupperte aufmerksam.

Je weiter sie gingen, umso intensiver roch die Luft nach Knoblauch.

Schließlich deutete Jule auf einen grünen Fleck zwischen den Bäumen und rief erfreut: »Ich sehe ihn!«

So schnell es in dem unebenen Gelände ging, folgten die Freundinnen dem ausgetretenen Pfad den Hang hinunter. Der Buchenwald lichtete sich; und zwischen den Blättern kamen Gras und der Bärlauch in Sicht. Wenige Schritte weiter plätscherte es. Ansonsten war der Wald still unter den mächtigen Buchenstämmen, die sich hoch in den Himmel streckten wie die Säulen einer Kathedrale.

Das gute Wetter hatte sich gehalten, wenn es auch nicht mehr ganz so heiß und sonnig war. Jule und Cora hatten ihre Fahrräder am Bahnhof abgestellt und waren dann durch das verlassene Gelände einer ehemaligen Holzfabrik gestiefelt. Die Natur hatte sich hier bereits einige Flächen zurückgeholt, doch das würde nicht von langer Dauer sein, denn die Planungen für ein Neubaugebiet liefen. Dank der guten Bahnanbindung an das boomende Karlsruhe stieg die Nachfrage nach Wohnraum in der heilen Welt der Dörfer im Nordschwarzwald. Noch gab es Diskussionen über die Art der Bebauung, und Jule machte drei Kreuze, wenn sie nur daran dachte, dass die Gemeinde sich endlich gegen den Investor Besmer entschieden hatte, der bevorzugt moderne Bauten hochzog, für die sich die Müggebacher so gar nicht erwärmen konnten. Nicht nur die Bürgerinitiative hatte deutlich gemacht, dass etwas regionaler Charme gewünscht war, um den Charakter des Dorfes zu erhalten.

Hinter der Brache stieg das Land an und führte zu dem Wald, den man durch die Fenster des Dennighofs sehen konnte. Wenn man dem Wanderweg nach Süden folgte, gelangte man hier auf verschlungenen Waldwegen bis nach Nüddebach. So weit wollten Jule und Cora heute gar nicht gehen. Sie hatten einen ausgetretenen Pfad entdeckt und waren diesem über einen Hügel gefolgt, auf dem einige mächtige Eichen wuchsen, die ihre schützenden Äste über die ersten zarten Wildlinge, die Jungpflanzen aus den Eicheln des Vorjahres, ausbreiteten, die nun überall ihre grünen Keimblätter aus den aufgesprengten Eichelhälften streckten.

»Wie das duftet!« Als würde ihr nicht bereits eine ordentliche Wanderung über Stock und Stein in den Knochen stecken, hüpfte Cora behände auf einen Baumstumpf und breitete die Arme aus. Das war eine Körperhaltung, die Jule von früher nicht an ihr kannte. Seit Cora in Müggebach war, machte sie das öfter: Sie stellte sich auf eine erhöhte Position und hob die Arme.

Im Wallen des hellblauen Leinenponchos lag etwas von Freiheit und seltsamerweise auch etwas Trauriges.

Melancholie? Oder macht sie das, um wieder einen klaren Kopf zu bekommen?

Jule konnte den Finger nicht darauf legen.

Doch Cora schien ihre Gedanken zu lesen: »Ich spüre den Frühling überall um mich herum. Ich kann hören, wie der Wald aus seinem Schlaf erwacht und zu leben beginnt. Ist das nicht die herrlichste Jahreszeit von allen, Jule?«

Mit einem Satz war Cora vom Baumstumpf heruntergesprungen und rutschte geschickt ein steiles Stück Hang hinab.

Ein Blickwechsel zwischen den Freundinnen reichte aus, und sie ließen den Bärlauch fürs Erste links liegen. Sie begannen ein waghalsiges Wettrennen, sprangen über einen Baumstamm und balancierten auf Ästen. Über dem Bach entdeckte Jule etwas.

»Ich bin Erste am Seil!«, rief sie.

»Seil?«

An der Uferböschung stoppte sie. Da ragte tatsächlich ein massiver Buchenast über den Bach, an dem jemand ein Seil mit einem dicken Knoten am Ende befestigt hatte. Mit einem schnellen Griff testete Jule den Halt, dann nahm sie Anlauf und schwang sich hinüber.

»Ahuuuuu!«, versuchte sie sich an einem wenig glaubwürdigen Tarzan, dann rutschten ihre Sneaker schon vom gegenüberliegenden Böschungsrand, und sie pendelte zurück. »Auwehhhh!«

Lachen erfüllte den Wald. Jule war so vertieft in diesen befreienden Schwung, dass sie zunächst gar nicht bemerkte, dass nicht nur Cora lachte, sondern auch sie selbst aus vollem Hals.

Mutig setzte sie sich auf den Knoten und verlagerte das Gewicht. Es funktionierte mäßig, aber immerhin gut genug. Beim nächsten Schwung gelang es ihr, die Schuhspitze unter eine hervorstehende Wurzel zu schieben und sich auf festen Boden zu ziehen.

Hups! Das letzte Mal schaukeln ist auch schon eine Weile her. Da muss ich wohl häufiger zum Übern herkommen.

Immer noch lachend, gab sie dem Seil einen Schubs, der es in die Hände der wartenden Cora pendeln ließ. Die hatte offenbar noch seltener auf einer Schaukel gesessen oder war unglücklich abgesprungen, denn sie verfehlte ebenfalls den Böschungsrand und hing Sekunden später über dem dahinplätschernden Bach.

»Mein Poncho ist ein Bremsschirm!«

»Halt dich fest, ich hole dich da runter.« Jule suchte nach einem geeigneten Ast.

Währenddessen hatte Cora ganz andere Ideen: »Sagt nicht jeder Ratgeber, man solle sich einfach fallen lassen und schauen, was das Leben für einen bereithält?«

»Nicht, wenn es ein kalter Bach im Wald ist. So warm ist es heute nun auch wieder nicht.« Der erstbeste Stock passte schon ganz gut. Damit versuchte Jule, Cora zu erreichen, aber Cora wollte sich nicht wirklich retten lassen und machte keine Anstalten, nach dem Stock zu greifen.

»Sind wir so erwachsen und vernünftig?«, fragte sie. Ein trauriger Tonfall schwang in ihrer Stimme mit.

Dieser Satz machte Jule nachdenklich. Wie viele Jahre ihres Lebens hatte sie sich immer und immer wieder bemüht, gegen den Strom zu schwimmen? Zwischendurch etwas Verrücktes zu tun? Sich bemüht, dem Alltag das Besondere zu entreißen? Im Herzen jung zu bleiben?

Nein, sagte sie sich. *Es ist ganz und gar nicht falsch, erwachsen zu sein. Nicht, wenn die Alternative bedeutet, dass man krampfhaft versucht, der Vergangenheit hinterherzurennen.*

Sie schmunzelte. »Erwachsensein hat seine Vorteile. Wir wissen, wann es einfach nur dumm ist, loszulassen, und wann es wirklich befreit. Dieser Spaziergang tut mir gut, ich will durch den Wald tanzen, über Bäume springen, singen … aber nicht zurücklaufen, weil du nasse, kalte Schuhe hast. Lass uns lieber beim nächsten Regen Badesachen anziehen und durch Pfützen springen.«

Der Hauch eines Lächelns spiegelte sich auf Coras Gesicht, wich aber sofort einem ernsten Ausdruck. Es war wieder einer dieser Momente, die nicht so recht zu ihr passten. Gerade so, als wäre sie gerne jemand anderes und nicht Cora, die Anständige, die Exakte, die Vorausschauende.

»Mir musst du nichts beweisen, Cora.«

»Nein, das muss ich wirklich nicht.« Das scheue Lächeln kehrte zurück. Sie seufzte und legte den Kopf in den Nacken. Durch die winzigen, frischen Buchenblätter leuchtete die Sonne in ihrem Haar. »Dann hilf mir, ich kann ich mich nicht mehr halten.«

Jule streckte ihr noch einmal den Stock hin, und Cora holte Schwung, löste eine ihrer Hände und griff danach.

Mit einem Ruck zog Jule ihre Freundin auf die Böschung. Dort hielten die beiden sich kurz umklammert.

»Woah, Jule, lass uns mal wieder ins Kino gehen!«

»Fluch der Karibik, Teil … ach-keine-Ahnung!«

»Genau den meine ich! Aber jetzt … weiterüben!«

In Windeseile angelte Cora nach dem Seil und war über dem Bach, noch bevor Jule ihr ein aufmunterndes »Du spinnst!« hinterherrufen konnte. Für eine ganze Weile sausten sie über den Bach, lachten viel und vergaßen völlig die Zeit.

Erst, als das Sonnenlicht sich allmählich in ein warmes Orange färbte und eine klamme Feuchtigkeit aus dem Boden stieg, tauchten sie wieder aus diesem kleinen Universum auf. Während Jule, die nun wirklich viel mit dem Fahrrad unterwegs war, um Luft rang, konnte Cora noch lachen.

»Wow, du bist so fit, Cora! Wie machst du das?«

»Na«, Cora zwinkerte, »ich renne ja nicht nur den ganzen Tag durch den Dennighof und schleppe Werkzeug herum, ich gönne mir auch jeden Morgen eine Joggingrunde von Nüddebach bis hierher. Da gibt es auch so einen ganz wunderbaren geheimen Schleichweg mit einem herrlich federnden Waldboden.«

»Du joggst jeden Morgen nach Nüddebach und zurück?«

Schnell überschlug Jule die Entfernung. Unter zehn Kilometern für die einfache Strecke war das bestimmt nicht zu machen – mit vielen Steigungen.

»Von hin habe ich nichts gesagt.« Cora zwinkerte. »Ich habe ein Monatsticket für den Bus. Der ist ja um die Zeit und in diese Richtung leer.«

Gemächlich überquerten sie den Bach einige Meter weiter.

Jule kniete sich an den Rand der Bärlauchkolonie. »Nur ein Blatt von jeder Pflanze, sagt Gerta.«

»Zum Glück braucht man ja nicht viel.«

»Und ich kann ihn wie Spargel in ein feuchtes Tuch wickeln, hat sie gesagt. Na ja, und zwei Pflänzchen buddle ich mir aus, die hätte ich gerne im Garten. Wir haben ja zum Glück keine Herbstzeitlose oder Maiglöckchen, da können wir das nicht verwechseln. Mal schauen, wie ich dafür sorge, dass er nicht alles überwuchert.«

Cora war zurückgeblieben. Sie legte sich auf einen Baumstamm, den wohl ein Herbststurm gefällt hatte, und hielt die Fingerspitzen in den murmelnden Bach.

»Zwölf Jahre«, murmelte sie. »Wir saßen in eurem Garten, weißt du noch? Es war April und total warm, und wir haben gefeiert, dass das schriftliche Abi endlich rum ist. Der Grill war noch nicht heiß und dunkel genug für den Film war es auch noch nicht. Wir vertrieben uns die Zeit mit diesem scheußlichen Bier.«

Automatisch nickte Jule. »Grimbergen.«

»Aber es war ja cool, belgisches Bier zu trinken. Auf Geschmack kam es nicht immer an.« Mit ihren Fingern durchkämmte sie das Wasser. »Und ich weiß noch genau, wie ich das Gerüst anschaute, das eure Nachbarn am Haus hatten, um die Wände zu dämmen.«

»Stimmt. Du hast die ganze Zeit rübergestarrt und ganz plötzlich sagtest du …« Sie sprachen es gleichzeitig aus: »Architektin. Leute, ich werde Architektin!«

Sie lachten.

»Ach, Jule! Es war der magische Blitz.«

Jule pflückte eifrig Bärlauch und sah hin und wieder über die Schulter. Sie wälzte Coras Worte in ihren Gedanken hin und her, bis die erste Frage in ihr aufstieg: »Man sieht richtig, wie du auf dem Dennighof aufblühst. Es hat dir gefehlt, oder?«

»Ja, irgendwie schon.«

Cora zögerte, und Jule versuchte, sie weiter am Reden zu halten. Was auch immer mit Cora los war, Jule wollte nichts mehr, als ihrer Freundin diese Last zu nehmen. »Du warst mit Frankfurt ja nie zufrieden. Erst die ewige Suche nach einem Job, dann dieses windige Architekturbüro und dann die Hochglanzfuzzis, bei denen du auch nicht glücklich geworden bist.«

Cora nahm jetzt ihre Hand aus dem Bach und rollte sich auf den Rücken. »Die ›Hochglanzfuzzis‹ machen schon tolle Sachen. Von denen habe ich einiges gelernt, aber du weißt ja, wie diese bedingungslose Hingabe an die Firma und die Arbeitszeiten mich fertiggemacht haben. Ich wollte Häuser bauen, die ökologisch sind und in denen die Menschen gerne wohnen. Das meinte ich vorhin auch mit dem Nicht-erwachsen-werden: In mir brennt einfach noch dieser Wunsch, die Welt zu verbessen. Wie oft saß ich schon in einem Büro, in einer Wohnung oder in einem Klassenzimmer und habe mir gewünscht, dass jeder Architekt dazu verdonnert würde, sein eigenes Bauwerk mindestens zwei Wochen lang zu nutzen. Eine Woche im Winter und eine Woche im Sommer. Und dann alle fünf bis zwanzig Jahre wieder in den eigenen Bau rein, um zu sehen, wie er sich über die Jahre verändert, wie die Menschen ihn verändern, wie er die Menschen verändert. Erst dann kann man doch wirklich und wahrhaftig von sich behaupten, man habe Erfahrung, oder? Was hätten wir heute für eine menschenfreundliche Architektur, wäre das der große Leitgedanke beim Hausbau! Aber das hat bislang einfach kein Arbeitgeber so gesehen. Ich weiß noch, wie wir an meinem achtundzwanzigsten Geburtstag am Tisch saßen, und plötzlich kamen die Tränen und hörten nicht mehr auf.«

»Oh Mann, ich erinnere mich nur zu gut.« Jule hatte ihren Beutel in der Zwischenzeit gefüllt. Sie legte sich ins kühle Gras. »Ich war gerade aus Japan zurück, und es fiel mir so schwer, mich wieder in Deutschland einzuleben. Und plötzlich brach es aus dir heraus, dass es doch besser sei, Träume nie zu verwirklichen, sondern sie Träume sein zu lassen …«

»… damit man immer etwas hat, woran man sich festhalten kann, ja. Nach diesem Abend habe ich die Architektur gesteckt und versucht, mir diese verlorenen Träume wiederzuholen. Habe mir etwas gesucht, wo Menschen das Zusammenleben, die Umwelt und die Art des Wohnens als ganz natürlich sehen. Mensch und Haus, eine Einheit. Ich dachte, ich könnte einfach wieder an den Punkt zurückgehen, an dem mich diese unerfüllten Träume glücklich gemacht haben. Aber ich habe nun einmal Architektur studiert.«

Jule rutschte über das weiche Moos bis an den Rand des Bachs. Sie hielt ihre Hand hinein. Das Wasser war um diese Jahreszeit wirklich noch eisig kalt. Dennoch schmiegte es sich um ihre Finger und liebkoste ihre Haut. »Es ist eine Passion, Cora. Die kannst du nicht so einfach unterdrücken. Die wird immer wieder aus dir herausbrechen.«

Jetzt stippte auch Cora ihre Finger ins Wasser. Sie lächelte müde. »Wahrscheinlich hast du recht. Ich nutze die Zeit hier, um meinen Frieden mit mir zu machen und eine Lösung zu finden. Es ist, als wäre ich in den vergangenen Jahren jemand anderes gewesen.«

Vor Jules innerem Auge tauchten Bilder auf.

Cora, bevor sie auf den Ökohof zog.

Cora, bei ihrer Ankunft in Müggebach.

Cora, die sich hier so wohlfühlte, dass sie immer wieder einen Grund fand, um ihre Abreise hinauszuschieben.

Cora auf dem Baumstamm.

»Ich glaube an dich«, sagte Jule sanft.

Cora nahm die Sache mit der Verwandlung sehr ernst. Jule spürte, dass der Abend im Wald ihr Zuversicht gegeben hatte, als Cora am Mittag des folgenden Tages kurz auf einen Spinatsalat mit Croutons und warmem Feta in der Lindenblüte vorbeischaute. Sie schien von innen heraus zu leuchten.

»Wir haben das Hühnergehege jetzt fertig. Ansonsten kann ich gerade auf dem Dennighof nichts tun, was die Handwerker nicht besser könnten. Ich vergrabe mich gleich in der Bibliothek, und ich habe überlegt, ob ich danach noch beim Heimatverein vorbeischaue. Kommst du nach?«

Jule nickte. Sie hakte noch einmal kurz nach, ob Milena denn bald ihre Zwergseidenhühner zu sich holen würde – ja, das hatte sie vor –, und verabredete sich dann mit Cora für den Abend. Das versüßte ihr den Arbeitstag zusätzlich zu dem milden Wetter, das ihre Gäste nutzten, um im Garten zu essen.

So verging die Zeit wie im Flug.

Die Lindenblüte von außen abzuschließen war noch immer seltsam, aber auch sehr befriedigend. Es fiel ihr leichter, eine Grenze zwischen Beruf und Privatleben zu ziehen. Außerdem gelang es ihr nun wesentlich besser und effizienter, ihre Tageslisten abzuarbeiten, weil sie genau wusste, dass nach Feierabend keine Gelegenheit mehr bestand, Vertrödeltes nachzuholen. Schon nach diesen wenigen Tagen spürte sie ganz deutlich, wie viel mehr sie ihr kleines Café liebte, jetzt, wo es nicht mehr Arbeits- und Wohnraum gleichermaßen war.

Ja, Jule war wirklich glücklich über die Lösung, die Lindenblüte nun nur noch als Arbeitsplatz mit einem Schrebergarten dahinter zu sehen. Leichten Herzens drehte sie den Schlüssel, verstaute ihn gut und holte dann ihr Fahrrad aus dem Schuppen.

Wieder ein Punkt, der dagegen spricht, im Garten zu bauen.

Der Tag war so warm, dass sie keine Jacke mehr brauchte und ihr in ihrem leichten Pullover selbst auf der kurzen Fahrt zum Heimatverein warm wurde. Das Bach-Georgle war eins der ältesten Häuser Müggebachs. Es roch schon beim Eintreten nach vergangenen Zeiten, nach Holz, Lehm und Leder. Im Flur des niedrigen Fachwerkhauses sorgten alte Steinfliesen für eine angenehme Kühle. Noch war der Heimatverein nicht mit seinem kleinen Museum fertig, aber man konnte bereits erahnen, wie die Menschen vor hundertfünfzig Jahren gelebt hatten, mit winziger Vorratskammer, Waschzuber, guter Stube und einer Holzbank um den Kachelofen herum. Zu Jules Überraschung saß auf der Bank ein fitter Mittvierziger, den sie nur allzu gut kannte: Herr Mürle, seines Zeichens Favorit bei der Wahl zum Bürgermeister. Er studierte einen dicken Aktenordner und war so vertieft, dass er sie kaum zur Kenntnis nahm. Eine Zeit lang war er Stammgast in der Lindenblüte gewesen, mittlerweile kam er seltener.

Jule war heilfroh, dass er nur ein knappes Nicken andeutete und sie nicht in ein Gespräch verwickelte, auf das sie gerade so gar keine Lust hatte.

Cora hatte den großen Esstisch für sich in Beschlag genommen und studierte Fotos und Listen. Sie stand auf und umarmte Jule kurz, die Augen leicht verschleiert, so versunken war sie in ihre Arbeit.

»Hey, das sind ja Klassenfotos!«

»Ja, Schulfotos. Ich habe den Jahrgang eingrenzen können. Schau mal, da stehen alle Schüler beisammen. Wenn du mich fragst, ist das hier«, sie tippte mit dem Bleistift auf ein Mädchen in der Mitte, »deine Oma. Man erkennt sie kaum, so klein ist das. Und achte auf die Mädchen links und rechts von ihr. Das sieht aus, als würden wir drei da stehen, du, ich und Maike.« Cora zeigte auf drei Mädchen im Grundschulalter. Sie grinsten breit, während alle anderen ernst und gesittet dreinschauten. Zu Wilhelmines Rechter stand das gleiche Mädchen wie auf dem abgeschnittenen Foto, wahrscheinlich Annemarie. Das zarte, blonde Mädchen ganz links wirkte jünger und hielt Wilhelmines Hand umklammert. War sie die Person, die auf dem abgeschnittenen Foto fehlte? Cora hatte recht, die drei sahen wie beste Freundinnen aus. Es war also durchaus möglich.

»Außerdem habe ich die Klassenlisten gefunden. Leider kann man die Namen nicht den Kindern auf den Fotos zuordnen.«

Jule setzte sich und bekam eine Liste unter die Nase geschoben. »Da, schau mal.« Zügig fuhr Cora mit dem Zeigefinger über die Namen. »Annemarie und Wilhelmine.«

»Wahnsinn, wie viele Familien heute noch im Ort leben. Stober, Abrecht, Dennig, Raupp, Einhorn.«

»Stober sogar zweimal, aber da habe ich nur den Taufeintrag von Wilhelmine gefunden.«

»Ja«, ergänzte Jule, »Die anderen Stobers sind Zugezogene. Da kann dir Gerta einiges dazu erzählen. Ach, ich wünschte, ich könnte genauso viel dazu sagen! Aber Oma stellt sich stur. Meine Frage nach dem abgeschnittenen Bild hat sie einfach ignoriert. Und Annemarie kann sich die Fotos auf dem Blog wohl nicht ansehen, weil sie es auf ihre alten Tage nicht einsieht, sich mit dem Internet zu beschäftigen.«

»Dann hat Annemarie wahrscheinlich auch keine Mailadresse?«

»Nein, aber Mama hat die Postadresse. Oma hat sie ihr gegeben, als sie über Weihnachten zu ihr nach Kanada geflogen ist. Zur Sicherheit halt. Die lasse ich mir geben und schreibe Annemarie einen Brief!«

»Das ist so schön, dass sie sich nach all den Jahren wiedergesehen haben!«

»Meinst du, aus Wilhelmines Klasse lebt noch jemand und könnte uns weiterhelfen? Nur für den Fall, dass Annemarie da ebenso stur ist wie Oma.« Prüfend schaute Jule die Liste durch.

»Hm.« Cora sortierte Blätter. »Das hatte ich auch schon überlegt. Ein paar Todesanzeigen haben die mir hier herausgesucht – vor allem von den Jungs sind ja einige im Krieg umgekommen. Dann sind viele fortgezogen, und die Spuren verlieren sich. Die Hungersnot 1934 hat Müggebach wohl ziemlich erwischt. Nicht nur dein Urgroßvater hat damals den Hof aufgegeben und ist in die Stadt gezogen, auch viele andere haben ihr Glück in der Welt gesucht. Warte, ich frag mal nach. Herr Wegener?« Cora neigte sich nach links und rief in eine angrenzende Kammer hinein. Im Türrahmen erschien ein rüstiger Rentner in Jeans, die an den Knien leicht staubig waren. Auf dem Kopf trug er eine Baskenmütze. Jule grüßte ihn mit einem Nicken.

»Hallo. Schon ebbes gefunden, Fräulein?«

»Ja klar! Sie haben mir da gute Sachen rausgesucht. Das Klassenfoto ist ein Volltreffer. Wir haben uns jetzt gefragt, ob es eigentlich noch Zeitzeugen gibt.«

»Aus dem Jahrgang?« Er griff nach der Liste und rückte seine Brille zurecht. »Der nicht, der auch nicht, die nicht. Also, der alte Abrecht, der lebt noch. Der sitzt öfter bei seinem Sohn in der Werkstatt. Bekommt nimmer viel mit, aber an so alte Sachen aus der Kindheit erinnert er sich vielleicht noch. Und die Dennig, die gibt's a noch. Helene Dennig. Die anderen sind entweder tot oder man weiß es nicht.«

»Annemarie Schöberg lebt in Kanada«, ergänzte Jule. »Ich wollte ihr in den nächsten Tagen einen Brief schreiben. Wo können wir Helene Dennig denn finden?«

Herr Wegener zuckte mit den Schultern, die Brille rutschte ihm bis fast zum Schnurrbart hinunter. »Da würde ich bei Wurz nachfragen. Sie hat lange in der Bäckerei gearbeitet. Bestimmt holt sie dort noch immer ihre Weck.«

»Wurz?« Jule und Cora sahen sich an. »Da kommen wir öfter vorbei. Und den Abrecht, den kennt Gerta ganz gut.«

»Kann ich mir die Klassenliste kopieren?«, wollte Cora wissen. »Und kann ich einen Abzug des Fotos haben?«

»Natürlich. Gehen wir doch nach nebenan.«

Sie folgten ihm über eine schmale Treppe hinauf ins Dachgeschoss. Hier ging das Museumsflair weg von der alten Bauernstube und hin zu einem heimeligen Büro im Stil der Fünfzigerjahre. Ob sich der Heimatverein nun keine neuen Möbel leisten konnte oder ob diese leicht angestaubte Atmosphäre nicht selbst schon heimatkundlichen Wert besaß, konnte Jule auf den ersten Blick nicht sagen. Ihr gefielen jedenfalls die hölzernen Schränke, durch deren Scheiben Bücher, Aktenordner und Kladden blitzten, die ungeheure regionale Schätze bargen.

In einem Sekretär versteckt befand sich ein Arbeitsplatz mit Laptop und Multifunktionsdrucker. Herr Wegener brauchte die Klassenliste nicht zu kopieren, sie und das Foto waren bereits digitalisiert und konnten einfach ausgedruckt werden. Während er noch auf das Hochfahren des Computers wartete, deutete er auf einen breiten, völlig überfüllten Schreibtisch.

»Wegen der Zeichnungen such ich immer noch. Falls ich etwas finde: Soll ich es Ihnen in die Linde bringen?«

»Hm?« Jule schielte zu Cora hinüber.

Die schien wirklich umfangreich nachzuforschen. Sie lächelte glücklich. »Nur, wenn es für Sie kein Umweg ist! Ich komme nächste Woche auf jeden Fall wieder her. Und die Kuchenspende für das Fest des Heimatvereins vergesse ich auch nicht!«

Er drückte ihnen die Kopie in die Hand und winkte ab, als Cora ihm beim Aufräumen helfen wollte. »Is' scho gut. Da schau ich noch einmal drüber und digitalisier das. Stückle für Stückle, und irgendwann ist das ganze Archiv online.«

Sie bedankten und verabschiedeten sich, Cora hakte sich unter, ihre Laune war bestens.

»Was ist das für eine Sache mit den Zeichnungen?«

»Wir hatten ja schon darüber gesprochen, die Zeichnungen und die Bücher dem Heimatverein zu zeigen und sie ihm zu überlassen. Herr Wegener war gleich Feuer und Flamme. Der ist im Herzen auch so ein Sherlock Holmes wie ich. Seither versucht er, etwas über unsere geheimnisvolle Künstlerin herauszufinden. Er will jetzt einmal schauen, was er alles an alten Tagebüchern und Aufzeichnungen um 1932 finden kann. Vielleicht haben wir Glück und stoßen auf eine Handschriftenprobe aus dieser Zeit.«

Jule klappte den Fahrradständer hoch. Wieder einmal fiel ihr auf, wie nachlässig sie mit dem Abschließen geworden war, seit sie in Müggebach wohnte. Hier klaute niemand einfach ein Fahrrad.

Sie stieg nicht auf, sondern lief neben Cora her, in Richtung Höflesiedlung. Für einen Besuch bei den Wurz-Brüdern war es heute Abend schon zu spät. Falls morgen nicht wieder der Azubi auslieferte, sondern einer der Brüder, würde sie allerdings die Gelegenheit beim Schopf packen.

»Ich finde es klasse, dass du dich da so reinhängst, Cora. Danke dir.« Ganz spontan blieb Jule stehen und umarmte ihre Freundin. »Und du hast schon so viel herausgefunden.«

»Ich würde ja gerne mal ein bisschen feiern, was wir beide in letzter Zeit erreicht haben, aber wenn es irgendwas an Müggebach zu meckern gibt, dann, dass wir nicht spontan irgendwo einen Cocktail trinken gehen können!«

Sie kamen an den Räumen der ehemaligen Zeitungsredaktion vorbei. Ole betrieb hier mit einigen anderen Bauern einen kleinen Laden für regionale Produkte. Hier wurden auch die Kisten mit Gemüse und anderen Waren gepackt. Deshalb fand Jule es auf den ersten Blick nicht ungewöhnlich, dass aus dem Inneren des Ladens Licht in einer breiten Bahn auf den Gehsteig fiel.

Cora dagegen blieb stehen. »Sag mal, arbeitet Ole noch?«

»Na ja, eigentlich packt er die Kisten frühmorgens, aber so wie ich ihn kenne, hat er keine Ruhe, bevor alles vorbereitet ist.«

Der Laden selbst war nicht beleuchtet, das Licht kam aus der winzigen Teeküche. Jule spähte zwischen den vielen Aushängen an der gläsernen Eingangstür hindurch. Das Bild eines entflogenen Nymphensittichs, Werbung für Vereine, Ankündigungen für Feste und so weiter. Sie musste ihre Nase schon ziemlich platt drücken, um etwas zu erkennen.

»Wenn du so nahe rangehst, sieht man dich von drinnen!«, flüsterte Cora.

»Macht doch nichts«, warf Jule ein, sah aber im nächsten Moment, wer drinnen stand, und wich doch lieber ein Stück zurück. »Ole und Anja.«

»Ach, ist der Zeh noch immer nicht in Ordnung?«

»In Ordnung genug, um Auto zu fahren. Und Anja ist in ihre Wohnung eingezogen.«

»Hm …«

Jetzt stellten sie sich beide auf die Zehenspitzen und versuchten, etwas zu erkennen, ohne aufzufallen.

Jule hielt die Hand über die Augen. Trotz der beginnenden Dämmerung sah sie nur die Spiegelung ihres eigenen Gesichts. »Ich seh nix.«

»Ich leider auch nicht.«

»Und ich darf fragen, was Sie da machen?«, fragte eine Männerstimme hinter ihnen streng.

Ertappt fuhren Jule und Cora zusammen. Auf der anderen Straßenseite ging Herr Mürle, unter dem einen Arm einen Aktenordner, am anderen eingehakt seine Frau.

»Ähm«, war Jules nicht besonders schlagfertige Antwort. Dazu spürte sie auch schon die Röte auf ihrem Gesicht. »Wir haben Licht gesehen und dachten, wir schauen mal nach dem Rechten.«

Frau Mürle legte den Kopf schief und musterte Jule auf eine seltsame Art und Weise. Ein wenig so wie jemand, der überlegt, wo er einen Dartpfeil am besten platzieren kann. Dieser Blick und das anklagende Schweigen machten Jule sehr nervös. Sie verspürte das Bedürfnis, etwas zu sagen, sich zu rechtfertigen und zu erklären, aber die Situation war so eindeutig, sie hätte sich bloß um Kopf und Kragen geredet.

»Oh, das ist ja liebenswürdig«, flötete Frau Mürle und garnierte ihre Sätze mit einem koketten Lächeln. »Nur brauchen Sie sich da gar keine Sorgen zu machen. Als ich vorhin vorbeischaute, waren Herr Stober und das Fräulein aus der Bibliothek bei bester Laune dabei, die Gemüsekisten für morgen zu richten.«

Ihr Blick pinnte Jule fest wie eine Nadel einen Schmetterling. Als diese nicht reagierte, legte sie nach: »Junge Liebe ist so rührend, nicht wahr? Einen schönen Abend wünsche ich noch.«

Sie zog ihren Gatten weiter, der die recht einseitige Unterhaltung nur mit gerunzelter Stirn verfolgt hatte und sich nun mit einem knappen Nicken verabschiedete.

Kaum waren sie außer Hörweite, platzte es aus Jule heraus: »Junge … was? Hast du das gewusst?«

»Kein bisschen. Geahnt vielleicht, aber seit wann … seit wann ist das denn jetzt konkret?«

»Warum weiß die das und ich nicht?« Sie schauten sich an und dann wieder zur Scheibe. »Oh Mann, wir sollten klopfen und einfach fragen, aber ich traue mich nicht.«

»Wir sind aber nicht mehr fünfzehn, Jule, wir brauchen uns da nicht zu genieren.«

»Dann klopf du doch.«

Ein albernes Glucksen kam aus Coras Kehle. »Okay, wir sind beide über dreißig und schaffen es einfach nicht, deinen Cousin zu fragen, ob er eine Freundin hat. So viel zum Thema Erwachsenwerden!«

»Ostern schnappe ich ihn mir. Und dann will ich wissen, warum ausgerechnet die Mürle das spitzbekommen hat.«

»Mach das. Ich habe jetzt sowieso zu viel Hunger, um mich mit dem Dorfklatsch zu beschäftigen.«

Arm in Arm schlenderten sie weiter zur Lindenblüte.

Hier ist Platz für Ihre Ideen:

Kapitel 7

Am Karfreitag schlenderte Jule mit einem Korb voller Korkenzieherhaselzweige um die Lindenblüte herum, ging das kleine Sträßchen zwischen ihrem Grundstück und einer Siedlung mit neueren Doppel- und Reihenhäusern entlang und schritt durch Gertas Einfahrt. Tulpen und Osterglocken säumten den Weg. Die Büsche schmückten sich bereits mit zartem Grün.

Villa Kunterbunt, dachte sie nicht zum ersten Mal beim Anblick des kleinen, etwas verrückt renovierten Häuschens. Gerta saß auf der Bank davor und pustete Eier aus. Die zwei Frauen begrüßten sich mit einer Umarmung.

»Schön, dich zu sehen. Bevor ich es vergesse: Du besuchst doch den Abrecht hin und wieder.«

»Ja. Aber momentan kann er keine Aufträge mehr annehmen. Seinem Vater geht es wohl schlechter, und er kümmert sich ganz liebevoll um ihn. Da wirst du auf deine Teller warten müssen.«

Das stimmte Jule traurig. Nicht wegen der Teller. Sie dachte an ihre Großmutter. Auch Wilhelmine würde irgendwann nicht mehr so fit sein wie im Moment.

Und doch klingt es schön, wenn Gerta davon spricht, wie sich der Sohn kümmert. Bestimmt kann der alte Abrecht zu Hause bleiben und muss nicht in ein Heim. Wie gut, dass Mama zu Wilhelmine zieht.

Sie spürte richtig, wie ihr bei diesem Gedanken ein Stein vom Herzen fiel.

»Oh. Das tut mir leid. Nein, es geht gar nicht um Teller. Ich wollte ihn bloß fragen, ob er noch die Gesichter auf dem Klassenfoto zuordnen kann – oder ob er sich noch an meine Oma erinnert.«

»Er lebt seit Jahren in seiner eigenen Welt, aber gerade an so frühe Sachen erinnert man sich dann ja. Nächste Woche gehe ich auf einen Besuch vorbei. Wenn du eine Kopie hast, zeige ich sie ihm gerne, vielleicht hat er ja etwas zu erzählen.«

»So machen wir es! Und ich lege noch ein paar andere Bilder aus der Zeit dazu. Cora und ich suchen gerade Wilhelmines Klassenkameraden. Eine Helene Dennig scheint ebenfalls noch hier zu leben. Weißt du, ob sie auf dem Dennighof gewohnt hat?«

»Das ist schon lange her. Der Hof ist über ihren Onkel vererbt worden. Aber jetzt, wo du sie erwähnst, fällt mir auf, dass sie schon lange nicht mehr in der Lindenblüte war. Wie schade, ich hoffe, es geht ihr gut.«

»Sie war Gast bei uns?«

»Ja, Stammgast! Diese stille alte Dame mit diesem friedlichen Golden Retriever.«

Etwas ruppiger als beabsichtigt stellte Jule den Korb auf dem Tisch ab. »Das ist Helene Dennig?« Tatsächlich war ihr nicht aufgefallen, dass die alte Dame schon eine Weile nicht mehr gekommen war. Wenn sie so über die vergangenen Wochen nachdachte, kam ihr ein seltsames Gefühl. So, als hätte sie etwas vermisst, ohne wirklich den Finger darauf legen zu können, was es war.

»Sie hat die Bilder gesehen und geweint«, murmelte Jule.

»Du sprichst in Rätseln.«

»Ich …« Jule rieb sich die Nase. In ihrem Kopf schwebten Gedanken herum wie die Teile eines Puzzles, aber noch fügten sie sich nicht vollständig zusammen. »Diese Bilder, die wir auf dem Dennighof gefunden und in der Lindenblüte aufgehängt haben. Helene Dennig hat sie gesehen und wurde plötzlich traurig. Ich hatte mich noch gewundert, dachte erst, sie wäre gerührt oder hätte einen schlechten Tag. Sie ist einfach gegangen und nicht mehr wiedergekommen. Aber ich weiß, wo wir sie finden können.«

Gespannt sah Gerta sie an. Sie hatte die Eier beiseitegelegt und knetete mit der einen Hand die Knöchel der anderen.

»Na, sagen wir mal, ich weiß, wo wir sie wahrscheinlich finden können. Sie hat damals bei Wurz gearbeitet, und die Brüder wissen bestimmt, wo sie steckt.« Sie atmete tief durch. »Nächste Woche gehe ich dort in aller Ruhe vorbei und halte einen Plausch.«

Gerta lehnte sich vor. »Du machst mich richtig neugierig! Dann werde ich auch mal die Augen und Ohren offen halten, ob ich noch etwas erfahre. Erzähl mir noch ein bisschen von euren Funden, während wir die Ostereier fertig machen. Du hast ja so schöne Zweige mitgebracht!«

Jule nickte und begann ihren Korb auszupacken. »Die konnte ich einfach nicht wegtun, als Mika die Haselnuss beschnitten hat. Bis dahin wusste ich gar nicht, dass es Haselsträucher gibt, bei denen die Äste so gedreht und gewunden sind. Ich freue mich schon, sie in einer Vase zu sehen und mit den ausgeblasenen Eiern zu behängen! Und hier habe ich den versprochenen Nagellack. Maike hat mir ja ihre Sammlung vermacht.«

Sie stellte die bunten Fläschchen auf den Tisch. Bei einigen konnte sie sich sogar noch daran erinnern, wann Maike die jeweilige Farbe getragen hatte.

Gerta las es ihr offenbar von der Nasenspitze ab. »Erinnerungen?«

»Ja. Ich habe vorgestern kurz mit ihr telefoniert. Sie meinte auch, dass es so leicht und locker klang, wie sie mir da über das Handy versprochen hat, mir ihre Sammlung zu schicken – und dann fiel es ihr doch schwer, sich zu trennen. Jetzt denke ich bei diesem grünen Nagellack an ihren dreißigsten Geburtstag. Das war der Tag, an dem ich glaubte, mein Glück hätte mich endgültig verlassen, bis Maike mich schließlich beschwatzt hat, die Lindenblüte zu kaufen.« Mit einem Ruck war das Fläschchen offen. Jule seufzte und pinselte sich einen Farbklecks auf den Fingernagel des Daumens.

Das steht mir so was von überhaupt nicht!

»Und dieser beerenrote da, den hat sie mir geliehen, als wir in eine neue Cocktailbar gegangen sind. Da lernte ich dann meinen Ex kennen … trotzdem eine schöne Farbe. Woher das Wort Erinnerung wohl kommt? Von den ver-rinnen-den Augenblicken?«

Gerta sah hoch. »Für mich hat das viel mehr mit dem Inneren zu tun, mit ver-innerlichen. Meine Hände und die Augen erinnern sich an jedes Muster, das ich gestrickt habe. Und wenn ich in den nächsten Jahren diese Ostereier hervorhole, dann werde ich mich bestimmt an das Strahlen der Sonne erinnern, an die frechen Amseln, die mir da hinten unter den Rosen den Rindenmulch wegscharren, und an die Dinge, über die wir gesprochen haben.«

»Also sollte ich besser darauf achten, was ich jetzt sage?« Jule schmunzelte. Dann musterte sie den alten, gesprungenen Teller, der auf einer Warmhalteplatte stand und auf dem farbige Wachstropfen schwammen. »Was haben wir heute Schönes vor?«

Gerta stippte eine Nadel in die Wachskleckse. Sie waren noch nicht vollständig geschmolzen. »So einiges. Ich war in der Bibliothek und dort im Internet.« Stolz stand in Gertas Augen. »Mika hat mir geholfen, neue Ideen für die Ostereier zu finden. Da gibt es eine sorbische Tradition, die Eier mit kleinen Wachstupfen zu verzieren. Noch besser gefällt mir, Muster einzuätzen oder mit Wachs und Säure zu arbeiten.«

»Das klingt ein wenig komplizierter, als die Eier nur mit Nagellack zu marmorieren. Das haben wir als Kinder gemacht. Wie geht das mit dem Wachs? Soll ich noch Pinsel holen? Ach ne, die verkleben zu sehr, schätze ich.«

»Ich wollte es mit Stecknadeln versuchen. Früher hat man das wohl mit Gänsekielen gemacht, Säure aufgetragen und Wachs getupft. Und ich wollte ausprobieren, ob es mit Nagellack ebenfalls funktioniert. Vielleicht sogar besser? Jedenfalls legen wir die Eier anschließend in Essig, und der Schutz wird hoffentlich die Muster bewahren, während der Rest der Schale weggeätzt wird. Und jetzt komm!« Sie klopfte einladend auf das Schaffell neben sich. »Setz dich zu mir.«

An Jules tadelndem Blick störte sie sich nicht. Stattdessen begann sie damit, einen Kreis aus gelben Wachspunkten auf eins der Eier zu tupfen.

Es war eine ruhige und meditative Arbeit. Fasziniert schaute Jule Gertas geschickten Händen zu, nahm sich schließlich selbst ein Ei und trug rotes Wachs in Form winziger Blütenblätter auf.

Ostern ist ein Fest der Farben, kam es Jule in den Sinn, *eine Woche des Frühlings, der Gerüche und Geräusche. So viel Leben hier draußen.*

Am Ostermontag war Jule nervös. Ihr ununterbrochenes Geplapper ging ihr selbst auf den Wecker, aber sie konnte sich einfach nicht bremsen. Schließlich fuhr Mika das Auto an den Rand des Sandhasen-Wegs, der von der Landstraße aus zum Stober-Hof und zu einigen weiteren Höfen führte, und hielt an. Er kurbelte die Fensterscheiben herunter. Eine warme, milde Brise wehte herein. Es wurde still im Auto. Nur der Schrei eines jagenden Falken hallte über die Felder, auf denen die Gerste bereits handbreit in die Höhe stand. Jule starrte durch die Windschutzscheibe hinaus. Ihre Oberschenkel waren leicht verkrampft, weil sie darauf einen Behälter mit Rhabarbertorte balancierte und zwischen ihren Füßen ein weiterer Behälter mit Erbeertorte stand. Sie waren auf dem Weg, den Ostermontag gemütlich im Kreis der Familie zu begehen.

»Was ist denn heute mit dir los?«

»Nichts. Bis wir da sind, bin ich wieder entspannt.«

»Das kommt mir nicht so vor.« Mika war im Gegensatz zu ihr sehr entspannt, lehnte sich ein wenig zurück, strich sich durch das Haar und machte keine Anstalten, weiterzufahren.

»Es ist sooo peinlich …«

»Was denn?«

»Das mit Ole und Anja. Dass ich das nicht mitbekommen habe – und dann haben mich ausgerechnet die Mürles beim Spionieren erwischt.«

»Ach, mach dir keinen Kopf. Selbst wenn die Mürle getratscht hat …«

»Ja, natürlich hat sie! Meinst du, sie lässt sich so eine Gelegenheit entgehen? Brühwarm schmiert sie es allen gerade aufs Brot: ›Die Moller, die schaut heimlich in die Fenster – und ach, falls ihr es noch nicht wusstet, sie ist die Einzige im Dorf, die nicht blickt, dass ihr Cousin mit der netten Bibliothekarin zusammen ist.‹ Mensch, Mika, warum hast du mich nicht eingeweiht?«

Wieder fuhr er sich durch die Locken. »Habe ich dir schon gesagt: Ich dachte, du wüsstest, dass die zwei zusammen sind. Zumal sie ja doch recht offensichtlich miteinander geflirtet haben.«

Jule presste die Lippen fest aufeinander, sie sah aus wie jemand, der in eine Zitrone gebissen hatte.

Mit dem nächsten Luftzug lehnte Mika sich zu ihr hinüber. »Sei nicht so streng mit dir.« Seine Finger strichen über ihre Schulter, seine grünen Augen leuchteten. Brummelnd legte Jule ihre Wange auf seine Hand. »Du siehst Ole und Anja nicht so oft wie ich. Weißt du, ich fand es einfach nicht erwähnenswert, dass Ole ständig in der Bibliothek aufkreuzt.«

Jetzt musste sie lachen. »Eigentlich hätte ich mir ja denken können, dass es einen Grund gibt, warum er die Gemüsekiste immer bis zu dir geschleppt hat, selbst wenn du sie gar nicht auf dem Fahrrad mitnehmen konntest. Mensch, ich muss mal an meiner Schlagfertigkeit arbeiten, dann wäre ich vor der Mürle nicht so dumm dagestanden.«

»Jeder macht doch ab und zu etwas Dämliches. Ole nicht ausgenommen. Wir haben alle unsere kleinen Fehler.«

»Hm«, machte Jule, die gerade wieder ein spannendes Wort erhascht hatte.

»Wo bist du mit deinen Gedanken?«

»Weshalb heiß es eigentlich *däm*-lich und *herr*-lich?«

»Tja. Wer weiß, von welchen Wörtern sich das herleitet. Du hast drei Minuten, um darüber zu grübeln.« Er legte den Gang ein, zwinkerte ihr zu und fuhr los. »Denk dran: Ich bin Bibliothekar, ich habe keine Ahnung, ich weiß nur, wo ich es nachschlagen kann.«

In der Einfahrt wuselte ihnen heute nicht Benni entgegen, sondern einige ausgebüxte Hühner. Als Jule ausstieg, kamen sie angelaufen, um herauszufinden, ob sich unter der Tortenhaube nicht auch etwas für sie befand.

»Nix gibt's!«, machte Jule ihnen klar und hob den Kuchen ein Stückchen höher. Dann gurrte sie kurz: »Ole, Ole, Ole. Puttputtputt!«, und die Hühner gackerten zurück.

Mika reckte und streckte sich wie nach einer sehr langen Fahrt. »Das ist das Paradies!«

Sie trat neben ihn und legte ihren Arm um seine Hüfte. Der Frühlingswind spielte mit den Zweigen des Mandelbaums. Es war ein majestätischer alter Baum, dessen ausladende Krone weit über das Dach reichte. Noch waren die Blätter nicht zu sehen, nur ein Meer zartrosafarbener Blüten hob und senkte sich im Spiel des Windes. Aus dem Stall schaute der massige Kopf eines Schwarzwälder Kaltbluts heraus. Sein Fell glänzte nussbraun in der Sonne, die flachsfarbene Mähne fiel ihm bis zu den Nüstern. Mit diesem freundlichen Riesen ging Jules Onkel immer noch in den Wald, um Holz zu rücken. Vergangene Woche hatte sich das mächtige Pferd leicht am Huf verletzt und musste für einige Tage im Stall bleiben und gesund werden. Am Zaun neben dem Stall standen drei Alpakas und musterten die Besucher neugierig. Hier löste sich auch das Rätsel um den verschwundenen Benni: Ole hatte ihn zu den Alpakas auf die Weide gesperrt.

Rund ums Haus hatte Jules Tante klassische rote und gelbe Tulpen gepflanzt, die mit den Narzissen um die Wette leuchteten. Der Stober-Hof hätte in diesem Augenblick tatsächlich aus einem Prospekt für Bauernhofferien sein können.

Behutsam nahm Mika Jule den Kuchen ab. »Jetzt mach schon. Die werden uns in den nächsten Minuten nicht vermissen.« Er küsste sie auf die Nase und setzte sich auf die Bank unter dem Mandelbaum.

Schnell holte sie ihr Zeichenbuch heraus. »Und du genießt noch ein wenig die Ruhe und die Sonne, gell?«

Es war als Scherz gemeint, doch Jule konnte gar nicht anders, als all die Wärme in diesen Satz legen, die in ihrem Herzen war. Er kannte sie so gut.

Sie setzte sich im Schneidersitz auf einen Flecken mit Gras und hielt mit schnellen Strichen die Bilder fest, die durch sie hindurchströmten.

Das Zeichnen fühlte sich heute noch vertrauter an als sonst. Als hätte sie dieses Bild schon einmal festgehalten. Es ging ihr leicht von der Hand, ihre Gedanken trieben mit dem lauen

Frühlingswind herum. Die ruhigen Geräusche des Bauernhofs, das Gackern, das Scharren, das Windrascheln, erdeten sie vollkommen.

Sie genossen eine ganze Weile die ruhige und dennoch lebendige Atmosphäre auf dem Hof, Mika mit den Armen auf der Bank, das Gesicht der Sonne zugewandt, Jule im Schneidersitz, tief im Zeichnen versunken, bis schließlich Ole um die Ecke geschlendert kam. Seine Hände steckten in den Hosentaschen, er stellte sich breitbeinig hin, seine blauen Augen blitzten hinter der Brille.

»Sodele!«, verkündete er. »Falls ihr euch nicht reintraut, hätten wir dann doch langsam gerne wenigstens den Bärlauch.«

»Ähm«, machte Jule, die jetzt erst auf die Uhr sah. Auch Mika schien aus einem Tagtraum zu erwachen. Sein Blick auf das Handy endete ebenfalls mit hochgezogenen Augenbrauen. »Wir haben eigentlich gar nicht …« Schnell packte sie ihre Zeichensachen ein und ging auf ihren Cousin zu. »Es ist zu gemütlich bei euch.«

Oles strenge Miene hellte sich zu seinem schelmischen Lächeln auf. »Na, dann macht es euch doch endlich mit uns zusammen gemütlich. Nur vorher ein bisschen Küchendienst.«

»Für dich immer.« Sie wollte ihn zur Begrüßung umarmen, merkte aber bereits, als sie die Arme ausbreitete, dass es sich seltsam anfühlte. Mit hochrotem Kopf blieb sie vor ihm stehen.

Ole dagegen ignorierte ihre Unsicherheit vollkommen und schloss sie in seine Arme. Jovial klopfte er ihr auf den Rücken. »Lass uns endlich kochen, damit wir umso schneller auf mich und Anja anstoßen können.«

»Ihr hättet mir mal was sagen können!«, murrte Jule.

»Ach komm!« Ole ging voraus, um das Haus herum und zur hinteren Terrasse. »Man schickt doch keine Nachricht, dass man endlich den richtigen Menschen gefunden hat! Und außerdem war das doch so offensichtlich. Wenn, dann waren Anja und ich die Letzten, die das mitbekommen haben.«

Da ihr nicht wirklich einfiel, was sie antworten sollte und das Gefühlschaos sich ohnehin längst in der Frühlingssonne aufgelöst hatte, brummte Jule nur kurz. Das genügte sowohl ihr als auch Ole. Für eine längere Unterhaltung war eh keine Zeit, denn zwischen der offenen Küchentür und Oles umgebauten Gartenhäuschen pendelten Anja und Oles ebenso blonder, großer und kräftiger Cousin Jonas. Die Verwandten ähnelten sich sehr, wobei Ole die schlanken, langbeinigen Gene abbekommen hatte. Wahrscheinlich von seiner Mutter, die das groß gewachsene Pendant zu Jules eher kleiner Mutter darstellte. Jule selbst hatte die Gene irgendwo in der Mitte von allen erwischt. Gerade trat Johanna unter den Türsturz, um aus der Küche heraus Anweisungen zu erteilen. Ihr seidiges, dunkelbraunes Haar und ihre Gesichtszüge ähnelten denen ihrer Schwester sehr.

»Da seid ihr ja endlich!«, war ihre zackige Begrüßung. »Frohe Ostern, und jetzt rein mit dir in die Küche, Jolanda Moller.«

»Seit wann ist deine Mutter so unemanzipiert, Ole?«, flüsterte Jule.

»Seit sie weiß, dass Mika sogar Spiegeleier ungenießbar macht«, gab der zurück, gerade so laut, dass Mika es hören musste.

»Na, dann lasst euch mal davon überraschen, wie gut ich Spargel schälen kann!«, nahm dieser die unausgesprochene Herausforderung an.

Oles Grinsen verriet seinen Triumph – ganz offensichtlich hatte er sich gerade erfolgreich vorm Küchendienst gedrückt. Bevor irgendwer das rückgängig machen konnte, rief er: »Top, die Wette gilt!« und schob Mika ins Haus. Er selbst gesellte sich zu denen, die augenscheinlich ähnlich charmant aus der Küche hinauskomplimentiert worden waren und nun Stühle, Sitzkissen und andere Dinge schleppten. Jule bekam noch mit, dass Anja Ole einen Kuss auf den Mund und einen Besen in die Hand drückte, dann stand sie auch schon in der großen Wohnküche mit der niedrigen Decke. Seit ihrer Kindheit war hier die Zeit stehen geblieben. Wenn man den Raum durch das Haus betrat, war der Blickfang noch immer das Büffeele, ein alter Büfettschrank, in dessen Glasvitrinen einige Erbstücke standen, unter anderem ein abgewetzter, gesprungener Fingerhut, der Wilhelmines älteren Bruder durch den Zweiten Weltkrieg begleitet hatte und den Jule als Kind nie hatte anfassen dürfen.

Ebenfalls in der Zeit stehen geblieben war die Küche mit ihren klapprigen, zitronenfaltergelben Möbeln aus den Siebzigern und der hölzernen Eckbank, die immer knarrte, wenn man sich darauf setzte, bei der aber niemand auch nur im Traum daran dachte, sie jemals von der Wand zu lösen und durch eine neue zu ersetzen. Wobei, einer träumte davon, nämlich Ole, aber der hatte in dieser Sache nichts zu sagen, solange der Hof seiner Mutter gehörte.

Mika schob sich auf die ebenfalls hellgelben Sitzkissen der Bank und tat, als hätte er Ärmel zum Hochkrempeln. Vor ihm standen mehrere Schüsseln mit grünem und weißem Spargel.

»Du musst den grünen nicht …«, begann Jule, aber Mika hob nur die Hand. Auch Tante Johanna schien keinerlei Zweifel an seinem Schäl-Talent zu haben, denn sie beachtete ihn nicht weiter, sondern interessierte sich vielmehr für die mitgebrachten Torten und für den Inhalt von Jules Korb.

»Wart ihr denn heute früh schon im Wald?« Staunend hielt sie sich ein Bündel Bärlauch unter die Nase und hob eine Augenbraue. »Der ist ja frisch gepflückt.«

»Den haben wir tatsächlich gestern in aller Ruhe geerntet. Letzte Woche habe ich getestet, wie ich ihn über längere Zeit frisch halten kann, und dann habe ich ihn gut in ein feuchtes Küchentuch und eine Tüte eingewickelt.«

Johanna schüttelte ungläubig den Kopf und legte den Bärlauchberg neben die Spüle. Behutsam sortierte sie die Blätter, fand aber nichts, was sie auslesen musste.

»Hervorragend. Mir vergammeln die Kräuter ja immer, wenn ich sie in Plastiktüten in den Kühlschrank lege. Habe mal irgendwo gelesen, das würde funktionieren. Dann probiere ich es das nächste Mal mit deiner Methode, anstatt wieder zu trocknen.«

»Mir ging das ja genauso.« Jule gesellte sich zu ihr. »Und dann habe ich es so probiert, wie Oma immer die Möhren und den Spargel einpackt, also die Kräuter gut abtrocknen und dann ab in ein feuchtes Küchentuch. Ich finde, das bringt sogar das Aroma über zwei Tage.«

»Das kann man wohl sagen.« Ihre Tante nickte anerkennend. Sie hob einen riesigen Topf auf den Herd. Dann stellte sie Jule ein großes Holzbrett und ein Wiegemesse hin. »Ich bin sehr gespannt auf deine Bärlauchkruste. Und mit den restlichen Blättern lege ich jetzt die Auflaufform aus, ja?«

»Schon eingefettet? Dann ja.«

Eine Weile werkelten sie vor sich hin. Johanna legte zwei Auflaufformen mit den Blättern aus, und Jule hackte den Bärlauch erst zu einer breiigen Masse, dann vermischte sie ihn mit Olivenöl, angerösteten Pinienkernen und einigen Gewürzen zu einem aromatischen Pesto. Dieses würde sie grob auf dem Spargel verteilen, wenn er vorgekocht in den Formen lag. Dazu kamen dann noch Fetawürfel zum Überbacken.

Irgendwann fiel Jule auf, dass Mika bereits zum zweiten Mal mit einer großen Handvoll Spargel zum Topf ging und ihn hineinfallen ließ.

Ungläubig hielt sie mit dem Wiegemesser inne. »Du kriegst kein Spiegelei hin, aber du kannst Spargel kochen?«

»Nein, ich kann ihn schälen und in den Topf werfen. Und dann stelle ich einen Wecker, und ihr kümmert euch um den Rest.«

Das entlockte der strengen Johanna ein kleines Lächeln. »Ach, ich erinnere mich so gerne an die Spargelessen in der Alten Linde.« Sie schaute Mika beinahe zärtlich an.

»Es war immer so schön, wenn die Tische alle draußen standen und die Tischdecken im Frühlingswind flatterten. Du und dein Bruder, ihr habt damals immer um die Wette geschält.«

»Fünfzig Pfennig gab es pro Kilo, das war kein schlechter Ansporn.«

Offenbar ist Spargelschälen wie Fahrradfahren: Man verlernt es nicht.

Bewundernd schaute Jule ihm dabei zu, wie er ruckzuck die letzten weißen Spargelstangen schälte und dann damit weitermachte, den grünen Spargel nur unten ein wenig zu häuten.

Mit einem kleinen, spitzen Messer prüfte Johanna, wie weich der Spargel bereits war, wischte sich die Hände an einem Geschirrtuch ab, das aus einer Tasche ihrer Kittelschürze hing, und wandte sich an Jule: »Möchtest du etwas trinken? Und den Brief lesen?«

Sie schüttelte den Kopf und fragte: »Brief?«

»Ole hat dir doch eine Nachricht geschickt?« Streng schaute die Tante über den Rand ihrer Brille.

Mit gerunzelter Stirn kramte Jule ihr Handy aus der Hosentasche. Der Akku war leer.

»Im Zweifel für den Angeklagten«, murmelte Johanna. Sie nahm einen Brief von der Anrichte des Büfettschranks und drückte ihn Jule in die Hand. »Und ich habe mich schon gewundert, weshalb du nicht gleich danach gefragt hast.«

»Aus Kanada?« Jule staunte nicht schlecht. Erst las sie die Empfängeradresse, dann den Absender: »Frau Jolanda Stober, Sandhasenweg … na, da hat Annemarie wohl etwas verwechselt.«

Beim Öffnen des Umschlags leistete Johannas Messer gute Dienste. Aufgeregt faltete Jule den Brief auseinander.

My dear Jolanda,
nach dem Besuch deiner Großmutter hat mich dein Brief sehr gefreut. Man vergisst so viel über die alte Heimat, es ist eine Freude, viele gute Nachrichten zu hören. Schön, wenn die jungen Leute ins Dorf zurückziehen und einen frischen Wind mitbringen.
Wenn ich dich richtig verstanden habe, fragst du dich, warum Wilhelmine Müggebach meidet? Leider kann ich dir diese Frage nicht beantworten.
Es ist so lange her, ich erinnere mich nur noch dunkel. Bei Wilhelmines Besuch haben wir zwar viel über die alte Zeit gesprochen, aber wenn es um ihren Abschied aus Müggebach ging, hat sie meist schnell das Thema gewechselt. Weißt du, ich wusste gar nicht, dass sie ihre alte Heimat nicht mehr sehen möchte, sonst hätte ich sie bestimmt danach gefragt.
An was erinnere ich mich nach all den Jahren?
An unseren Lehrer, den Simmens. Dem haben wir damals immer mit seinen Pflanzen geholfen. Er hat an ihnen geforscht, das war eine spannende Zeit.
Dann erinnere ich mich an den hübschen Abrecht, dem wir damals alle hinterhergeschaut haben.
Und an einen Streit zwischen Wilhelmine und Helene. Ich war nicht dabei und weiß nur, dass die zwei sich nicht mehr in die Augen sehen konnten, an dem Tag, an dem Wilhelmine in die Stadt gezogen ist. Vielleicht haben sie auch einfach den Abschied nicht gut verkraftet. Was auch immer der Grund war, keine der beiden wollte damals mit mir drüber reden.

Ich werde schauen, ob ich noch Dinge aus dieser Zeit finde und dir zuschicken kann.
Ich hoffe sehr, dass du Wilhelmine davon überzeugen kannst, die alte Heimat zu besuchen.
Ich verabschiede mich, wie wir es damals unter uns Freundinnen immer getan haben – ganz heimlich auf Französisch: Je t'embrasse, ich umarme dich.
Annemarie

Gegen Ende hatte Jule kaum noch geatmet. Sie konnte sich Annemarie durch die Zeilen so unheimlich gut vorstellen. Ja, das passte zu dem Foto, das Wilhelmine ihr aus Kanada geschickt hatte – eine freundliche alte Dame, die sehr viel Herzenswärme ausstrahlte. Und sie war auch so freundlich gewesen, ihr eine ganze Menge neuer Puzzlestücke in die Hand zu drücken.

Helene? Womöglich Helene Dennig? Könnte sie H. D. sein? Hat sie deshalb beim Anblick der Zeichnungen geweint und kommt daher nicht mehr in die Lindenblüte? Und wenn meine Oma sich mit ihr gestritten hat, ist sie dann etwa auch die fehlende Person auf dem Foto?

Jule musste so bald wie möglich mit Helene Dennig sprechen! Sie las den Brief ein zweites Mal.

Und der Abrecht. Vielleicht weiß er wirklich etwas. Ob ich Gerta begleiten sollte, wenn sie ihn besucht? Und der Lehrer? Simmens. W. S.?

Sie griff zum Smartphone und schickte Cora eine Nachricht: »Kannst du herausfinden, wie der Lehrer Simmens mit Vornamen hieß?«

Was, wenn er die Pflanzen gemalt hatte und Helene heimlich in ihn verliebt gewesen war? Jule versuchte sich an den Tag zu erinnern, an dem Helene Dennig die Lindenblüte ohne Frühstück verlassen hatte.

Sie nahm den Brief noch einmal zur Hand und wollte ihn ein drittes Mal lesen, als sie einen Hauch von Orangenshampoo roch.

Unbemerkt war Mika an ihr vorbei zum Kochtopf gegangen, hatte eine letzte Handvoll Spargel ins Wasser gegeben und seine Arbeitssachen abgespült. Jetzt legte er seinen Arm um Jules Taille und nahm ihr vorsichtig den Brief aus der Hand. »Zeit für die Familie«, sagte er sanft.

Jule drehte sich zu ihm um, schlang die Hände um seine Hüften und zog ihn zu sich.

»Eine Minute noch.« Ihr Handy summte.

»Ostern ist nur heute.«

»Du hast ja recht.«

Jule legte den Brief beiseite und küsste Mika sachte. Er schmeckte nach Holunderblütensirup.

»Immer diese verliebten jungen Leute«, seufzte Johanna mit gespielter Strenge.

Kapitel 8

Der Dienstag nach dem fröhlichen Osterfest brachte zunächst keine neuen Erkenntnisse, sondern ein kleines Chaos. Jean hatte sich krankgemeldet, und so blieb Jule nichts anderes übrig, als in aller Eile und mit leicht brummendem Schädel in Mikas Auto zu steigen und Cora einzusammeln, die ihr stattdessen in der Küche zur Hand gehen konnte. Gähnend nahm sie sich vor, beim nächsten Familienfest weniger von Tante Johannas hervorragendem Kirschlikör zu probieren.

Leider stand die Freundin nicht am Hoftor, sodass Jule durch die Baustelle eilen musste. Aus einem Fenster der Loggia winkte ihr Milena zu und bedeutete ihr, nach oben zu kommen.

»Ist Cora noch nicht fertig?«, keuchte Jule, die zwei Stufen auf einmal genommen hatte.

»Gerade vom Joggen zurück«, kam es matt aus der Loggia.

Milena ruhte auf ihrem Wundersessel, ganz entgegen ihrer Gewohnheit in einem außerordentlich bequem aussehenden, malvenfarbenen Hauskleid. Ihr Gesicht war schmaler geworden, ihre ausdrucksstarken Augen wirkten riesig, die kurzen Haare schrien förmlich nach den Händen einer kundigen Friseurin. Mit Erschrecken bemerkte Jule, wie lange sie ihre Freundin schon nicht mehr gesehen hatte.

»Dir geht es nicht so gut?«, fragte sie vorsichtig.

Milenas Stimme klang angesäuert, aber kraftlos. »Nicht gut ist die Untertreibung des Jahrhunderts! Mein Arzt hat mich zum Liegen verdonnert. Nicht bloß ein wenig kürzertreten, nein, ich bin dazu verdammt worden, hier wie Kleopatra auf einem Thron herumzulungern und anderen beim Arbeiten zuzusehen! Als ob das Kind einfach so herausfallen könnte. Aber ich bin ja anständig und tue, was Ärzte sagen.«

Hätte die Sache keinen so ernsten Hintergrund gehabt, Jule hätte die Situation als leicht amüsant empfunden. Ausgerechnet die wuselige Milena sollte stillhalten. Doch die Tatsache, dass sie die Anweisungen befolgte, bedeutete, dass sie selbst spürte, dass etwas nicht in Ordnung war.

»Aber weißt du was, Jule? Ob du es glaubst oder nicht, ich habe hier eine ganz eigene Art von Ruhe gefunden. Ja, ich kann mir sogar vorstellen, mich bald zu entspannen, auch wenn ich zum Nichtstun verdammt bin.«

Yoga im Liegen, kam es Jule sofort in den Sinn.

Milena meinte aber etwas anderes. Sie wandte den Kopf und schaute aus dem Fenster, hinunter auf die Seidenhühner in ihrem Gehege. »Diese Hühner sind mein Ein und Alles! Was bin ich froh, sie gerettet zu haben. Du hast da ganz recht mit deiner Berthe – diese Tiere strahlen so viel Ruhe aus, man kann ihnen den ganzen Tag zusehen. Ich habe auch das Gefühl, sie sehen mich und schauen nach mir.«

Jule wurde ganz warm ums Herz. *Ausgerechnet die Seidenhühner.* Aber wer konnte sich schon dem Charme dieser entzückenden, puscheligen Tiere entziehen?

»Die Mädchen lieben sie abgöttisch«, fuhr Milena fort. Ihr Blick ging auf den Hof hinaus. »Warum nur dachte ich immer, Hühner wären mit ihren spitzen Schnäbeln gefährlich? Vor allem diese Zwergseidenhühner, über die habe ich jetzt eine ganze Menge gelesen, und die sind ja harmloser als Kaninchen. Ab und zu dürfen die Mädchen sie sogar streicheln oder sie tragen sie mit sich herum.«

Hm. Ob das mit meinem Huhn auch geht?

Berthe war so eine Sache. Jule hatte das Huhn nicht gekauft, es war einfach in ihrem Garten aufgetaucht. Niemand hatte das eigenwillige Federvieh je vermisst, das seit über einem Jahr in ihrem Garten lebte, als würde es genau dorthin gehören. Jule liebte es, dem Huhn dabei zuzusehen, wie es stolzer als jede Katze herumstreifte und scheinbar Gedanken lesen konnte. Wobei das auch der größte Nachteil des selbstbewussten braunen Huhns war, denn ab und an fühlte Jule sich, als würde Berthe sie beobachten und dazu erziehen, im richtigen Augenblick Futter zu bringen.

Hühner sind eigentlich wie Katzen, die Eier legen und keine Singvögel fressen.

Dass Jule ihren eigenen Gedanken nachhing und nicht antwortete, störte Milena offensichtlich nicht. Sie hatte ihren Blick und ihre Aufmerksamkeit längst wieder ihrer kleinen Hühnerschar auf dem Hof gewidmet. Dafür hüpfte Cora auf einem Bein herein, weil sie versuchte, sich im Gehen den zweiten Schuh anzuziehen. Ihr Haar war noch nass von der Dusche, die Wangen waren gerötet vom Frühsport, aber ihre Augen blitzten voller Tatendrang.

»Heyho, Jolandio! Bin bereit, deine Gäste glücklich zu machen.«

»Na, das höre ich doch gerne.« Die Freundinnen umarmten sich. »Kannst du fahren? Der Kirschlikör meiner Tante hat seine Umdrehungen zu gut getarnt. Meine Energie ist heute schon fürs Aufstehen und Vorbereiten draufgegangen.«

»Klar.« Sie machten sich auf den Weg die Treppe hinunter. »Tschüss Milena!«

»Wann bist du gestern von deinen Eltern heimgekommen?«, fragte Jule Cora.

»Ach, mit dem letzten Zug, das war nicht so spät. Und mit dem frühen Aufstehen, da ist mein Rhythmus noch immer so … hm … so Ökohof«, fügte Cora leise hinzu. Ihr Blick wanderte ganz kurz in die Ferne. Dann riss sie die Fahrertür so zackig auf, dass Jule schon glaubte, das ganze alte Auto würde in seine Einzelteile zerfallen. In ihrem Magen machte sich ein schweres, flaues Gefühl breit. Sie spürte es öfter in Coras Nähe. Kleine, fast unscheinbare Gefühlsschwankungen, dieses in sich gekehrte Gesicht, das sie hin und wieder hatte, wenn sie sich unbeobachtet fühlte, schnelle, aber geschickte Themenwechsel.

Und dann dieser Anruf von Fred. Im Nachhinein wunderte Jule sich, weshalb er ihr nicht seltsam vorgekommen war. Natürlich kannte sie Coras Freund nicht, aber man hätte den Eindruck gewinnen können, Cora hätte schon ziemlich lange nicht mehr mit ihm telefoniert.

Vorsichtig linste Jule zu ihrer Freundin hinüber, die wieder vollkommen ruhig war, den Wagen startete und ihn umsichtig rückwärts aus der Gasse mit ihrem krummen und buckeligen Kopfsteinpflaster hinausmanövrierte. Vielleicht war das hier nicht der richtige Moment, mit Cora über all das zu sprechen. Über Fred, über den Ökohof, über ihre ungewöhnlich lange Anwesenheit in Müggebach.

Wieder sah Jule zu ihrer Freundin hinüber, die konzentriert durch die schmale Einkaufsstraße fuhr, in der so früh am Morgen und nach dem Feiertag die Lieferanten in zweiter Reihe parkten, um die Geschäfte mit frischen Waren zu versorgen. Seit Cora in Müggebach war, ging es ihr zunehmend besser. Die Frage war nur, was hinter der schlechten Verfassung steckte, in der sie hier angekommen war.

Jule spürte, dass sie das Gespräch vorsichtig würde angehen müssen. Dass sie den richtigen Zeitpunkt und die richtigen Worte finden musste.

Coras Anwesenheit im Café war eine Rettung und Erleichterung. Niemand brauchte ihr zu sagen, was zu tun war. Sie, Jule und Gerta griffen ineinander wie Zahnräder. Alle spürten, wann wer wo die richtigen Handgriffe zu tun hatte, sie wechselten sich am Herd ab, flatterten wie der Wind durch die Schankstube und den Garten und stellten liebevoll das Frühstück für die Gäste zusammen. Natürlich fehlte beim Essen ein wenig die Finesse von Jean, aber wer es merkte, der wünschte ihm bloß gute Besserung und war dennoch zufrieden. Einzig Jules komplizierter Stammgast, die groß gewachsene, dünne und recht schweigsame Schriftstellerin mit den festen Gewohnheiten, verließ heute nach dem Frühstück die Lindenblüte, wo sie doch sonst bis zum Mittag an ihrem Laptop arbeitete und sich dann einen kleinen Imbiss genehmigte.

Die reibungslose Arbeit mit ihren Freundinnen gab Jule Schwung, der sie durch den Vormittag trug. Als nur noch die Gäste blieben, die Zeit hatten, die Sonne zu genießen, wurde es ruhiger. Wie immer war das der Zeitpunkt, an dem Jule durchatmete und merkte, wie schnell der Tag vergangen war. Sie bremste sich und schaltete ganz bewusst einen Gang zurück. Gemächlich wischte sie die Tische ab, bis sie zu dem Platz gelangte, an dem Helene Dennig immer gesessen hatte. Die alte Frau fehlte ihr. Nicht nur, weil sie gerne mit ihr über Wilhelmine und die Bilder gesprochen hätte, sondern auch die ruhige und etwas schüchterne Art, mit der sie stets ihr Frühstück bestellt und dann gemeinsam mit ihrem Hund gewartet hatte. Woran hatten die alten Zeichnungen sie wohl erinnert? An den Lehrer? Laut Cora hatte er den Vornamen Wilfried gehabt. Wilfried Simmens, W. S., es passte also.

Jule hörte mit dem Wischen auf und sah sich ein Bild nach dem anderen ganz genau an. Mit den kleinen Schildchen, auf denen die altdeutsche Schrift transkribiert worden war, wirkten sie noch edler.

Der Bauerngarten, der konnte durchaus zum Dennighof gehört haben. Unvermittelt fiel ihr Blick auf den kleinen Mandelbaum und das Fachwerkhaus.

»Cora!«, rief sie, als die Erkenntnis sie traf. Die herbeieilende Freundin musste allerdings warten, denn Jule stürmte an ihr vorbei zur Küche, riss ihr Zeichentagebuch aus ihrer Tasche und eilte zurück.

»Schau dir das an!« Hastig schlug sie ihre Zeichnung von gestern auf, die Zeichnung, die sie auf dem Stober-Hof angefertigt hatte, und hielt sie Cora vors Gesicht – so nah, dass Cora das Buch von sich schieben musste, um etwas zu erkennen.

»Was … oh!« Jetzt griff auch sie nach dem Buch, eilte zur Wand und hielt es neben die alte Zeichnung. »Oh!«, sagte sie wieder und zwar so laut, dass Gerta neugierig zu ihnen trat.

Es bestand kein Zweifel: Die Bilder zeigten mit einem zeitlichen Abstand von über achtzig Jahren denselben Baum, dasselbe Haus und dieselbe Bank – aus fast exakt derselben Perspektive. Entweder hatte Jule die Zeichnung so lange angestarrt, dass sie sich unterbewusst für diese Blickrichtung entschieden hatte, oder es war einfach die schönste Ansicht des Stober-Hofs. Das Bäumchen war in diesen Jahren stark und mächtig geworden. 1932 hatte auf der Bank nicht Mika gesessen, sondern zwei junge Frauen. Sie schienen in ein Gespräch vertieft zu sein, auf den Knien hielten sie Bücher.

»H. D.«, hauchte Jule. Ihr Finger wies auf die Unterschrift am Bildrand. »1933. Das einzige Bild, das nur diese Initialen trägt. Wir sollten so bald wie möglich mit Helene Dennig sprechen.«

Nachdenklich wischte Gerta ihre Hände an der Schürze ab. »Ich frage mal herum. Und den Abrecht könnte ich nachher auch endlich mal besuchen. Es ist so schönes Wetter, das lädt zu einem Plausch ein.«

»Und ich«, überlegte Cora laut, »prüfe auch alle anderen Zeichnungen. Diese verschiedenen Initialen sind verwirrend, und wenn ihr mich fragt, ist der Stil auch nicht bei allen Bildern gleich. Wobei man das auch ganz schlecht vergleichen kann. Auf der einen Seite diese wunderschöne, gefühlvolle Zeichnung des Stober-Hofs und des Bauerngartens, auf der anderen Seite diese exakten naturwissenschaftlichen Studien.«

Jule lächelte. »Du bist ganz schön umtriebig hier im Dorf.«

Cora seufzte tief: »Nein, das Dorf ist umtriebig mit mir. Ich folge bloß dem Fluss, den es mir vorgibt.«

Das ist so eine schöne Vorstellung. Panta rhei, heißt es doch, alles fließt.

Als am Nachmittag wieder die Kindergartenkinder kamen, war Jule mit den Gedanken noch immer bei den Bildern. Da der Minigarten des Kindergartens bereits grünte und blühte und dank der geschickten Anlage der Beete kaum Unkraut zu jäten war, näherten sich die Vorschüler heute auf andere Weise den Themen Garten und Frühling an – sie sollten Blätter und Blüten sammeln, um damit Stoff zu bedrucken.

»Ecoprint«, erklärte Jule den Kindern, »bedeutet, dass sich die Umrisse der Pflanzen wie von allein auf den Stoff übertragen. Ich habe diese Stoffbahnen für euch gebeizt – das heißt, ich habe sie über Nacht in Alaun gelegt. Das ist ein Mineral, ein weißes Pulver, das sich im Wasser auflöst. Dadurch öffnen sich die Fasern und sie können die Farben besser aufnehmen.«

Aus einer Wäschewanne holte sie zwei feuchte, weiße Bündel. Die hatte sie in den zahlreichen Zinkwannen von Gerta einlegen dürfen.

»Ohne das Beizen sieht man die Abdrücke der Pflanzen kaum. Das ist wie mit dem Essig, den man ins Wasser gibt, wenn man die Ostereier färbt.« Sie überlegte kurz, ob sie den Kindern noch genauer erklären sollte, wie das Beizen funktionierte, entschied dann aber, dass in deren jungem Leben noch genügend Zeit für Theorie blieb und sie jetzt lieber zur spannenden Praxis übergehen sollten.

»Helft mir mal beim Ausbreiten, und du da«, sie zeigte willkürlich auf ein Kind, »du darfst das Huhn bespaßen, bis wir mit den Vorbereitungen fertig sind.«

»Oh ja!«, brüllte der ausgewählte Junge und übertönte alle anderen. Zu Berthe ins Gehege gehen und sie füttern, streicheln oder herumtragen, war immer ein Highlight bei den Lindenblüten-Besuchen. Das Amt wechselte, aber die Kinder konnten nie genug davon bekommen.

Gemeinsam legten sie die zwei schmalen Stoffbahnen auf dem weichen Rasen aus. Jule hatte Mika extra vom Mähen abgehalten, auch wenn der brummelte, wie schwierig das nach dem Besuch der Kinder werden würde. Wahrscheinlich hätte er seine Meinung beim Anblick der sich im Gras überschlagenden Kinder geändert. Sie genossen es sichtlich, auch mal einen Purzelbaum schlagen zu können, wenn die Erzieherinnen zwischendurch kleine Bewegungsspiele einbauten, damit die Kinder konzentriert blieben.

Dann zeigte Jule ihnen kurz einige vorbereitete Färbepflanzen wie Zwiebelschalen, getrockneten Färberwaid, Labkrautwurzel. Sie forderte die Kinder auf, sich nach Herzenslust an den wild wuchernden Pflanzen an den Gartenrändern zu bedienen. In Windeseile verteilten sie sich in alle Ecken des Gartens und kamen mit Eimerchen voller Rindenstücken, Blättern, Halmen und Blüten zurück, um ihren Abschnitt des Stoffes zu belegen. Es war spannend, das unterschiedliche Vorgehen der Kinder zu beobachten: Ein kleines Mädchen streunte erst ganz allein durch die Gegend, zupfte sehr sorgfältig winzige Blätter ab und setzte sich dann an eine Ecke des Tuches. In aller Ruhe legte sie wunderschöne Muster, völlig versunken in ihre eigene Welt.

Ein anderes Mädchen drehte einfach ihren Eimer um, der vor allem mit Gras und Löwenzahn gefüllt war. Dann verteilte sie den Haufen grob mit der Fußspitze, erklärte ihr Werk sehr laut als »Fäääärtig!« und widmete sich dann ganz Purzelbäumen und dem Anlocken von Berthe mit einem Regenwurm.

Eine Gruppe Jungs gab ihr Bestes, um mit Löwenzahn, Sauerampfer und Klee Piratenschiffe und Schatzinseln zu gestalten. Ein Zwillingspärchen aus Bruder und Schwester legte nur Fußbälle aus Zwiebelschalen. Eifrig erzählten sie, wie gerne sie Röstzwiebeln aßen.

Jeder hatte seine Methode und probierte nach eigenem Können und Wollen aus. Jule war richtig froh, dass die Erzieherinnen sich so gut kümmerten und ihr selbst die Zeit blieb, den Kindern zuzusehen. Es war unfassbar, mit welcher Kreativität sie ans Werk gingen und wie sie das Projekt wahrnahmen. Keins der Kunstwerke würde so klar und deutlich auf dem Stoff zu sehen sein, wie es vorbereitet wurde, aber das störte die Kinder hoffentlich nicht.

Plötzlich knarrte hinter Jule eine Diele. Erschrocken fuhr sie zusammen. »Mika?« Er hatte von Natur aus einen weichen, leisen Gang, selbst wenn er sich nicht anschlich. Und so hatte er es sich zur Angewohnheit gemacht, sehr deutlich aufzutreten, wenn er sich Jule näherte.

Oh Mann, ich bin so froh, dass er mich nicht einfach von hinten umarmt und küsst. Ich glaube, ich würde sonst eines Tages noch einen Herzinfarkt bekommen.

»Genau«, hauchte er in ihr Ohr. Dann legte er sein Kinn auf ihrer Schulter ab und umarmte sie sanft. »Wenn ich denen zusehe, weiß ich, warum du den Rasen lang haben wolltest.«

»Willst du eins behalten?«, neckte sie ihn, und im selben Moment fuhr ihr ein Blitz in den Magen. Was redete sie da vor sich hin?

»Hm«, brummte Mika unbestimmt.

Jule wusste, wie sehr er Kinder liebte und wie gerne er seinen Bruder im fernen Greifswald besuchte, der alleinerziehender Vater von drei kleinen Kindern war. Offenbar wollte Mika sie nicht in Verlegenheit bringen. Sie waren ja erst seit dem vergangenen Sommer zusammen.

Wobei? Wir wollen zusammen bauen, wir wollen zusammen leben. Irgendwann werden wir zusammen eine Familie haben.

Auf einmal schwirrte Jule der Kopf. Natürlich hatte sie schon über Kinder nachgedacht, es aber immer wieder verschoben und verschoben – und gar nicht gemerkt, wie sie völlig überraschend die dreißig überschritten hatte. Sie schimpfte ein wenig mit sich, denn das bedeutete ja nicht, dass sie jetzt zwanghaft übers Kinderkriegen nachdenken musste. In fünf Jahren war sie noch immer in einem guten Alter. Andererseits sprach auch nichts gegen bald.

Mika drückte kurz ihre Arme. »Ich wollte dich jetzt nicht verunsichern.«

»Hast du nicht. Der Scherz geht auf meine Kappe.«

Eine der Erzieherinnen wandte sich zu Jule um. »Wir sind fertig, Frau Moller.«

»Ich bin gespannt!« Jule drückte Mikas Hand. »Zufällig habe ich noch jemanden gefunden, der uns beim Einrollen hilft.«

Vorsichtig legten sie eine zweite gebeizte Stoffbahn auf die erste, und die Erwachsenen rollten sie dann ein, umwickelten sie mit Schnüren wie eine riesige Roulade und formten sie dann zu einer dicken Schnecke. Die Kinder schauten ihnen über die Schultern. Einige wirkten misstrauisch, was nun aus ihren kleinen Kunstwerken würde.

»Wir legen euren Stoff jetzt in einen Dampfgarer. Das ist wie eine Sauna für Stoffe. Da darf er dann vor sich hin schwitzen.«

»Und dann werft ihr den in einen Eimer mit Eiswasser?«, fragte ein Junge ungläubig.

Einige Kinder kicherten. Die, die noch nie in ihrem Leben eine Sauna besucht hatten, schauten irritiert drein.

»Nein!«, beruhigte Jule ihn. »Wir stecken die Stoffschnecke in Tüten, und dann darf der Stoff sich ein oder zwei Tage ausruhen. Ich bringe ihn dann bei euch im Kindergarten vorbei, und wir öffnen ihn alle zusammen. Ich bin mindestens schon so gespannt wie ihr, wie das dann aussieht!«

Vielstimmiges »Uih!« antwortete ihr. Zwei Kinder knufften sich hinter dem Rücken der Erzieherinnen. Ein Mädchen hatte seinen Finger in der Nase versenkt und überlegte laut: »Es wird wunderschön, und ich werde mir ein Kleid nähen.«

Ja, so ein Kleid will ich auch, dachte Jule und beschloss, für sich gleich auch noch ein wenig Stoff zu färben.

Cora blieb noch, obwohl die Lindenblüte längst geschlossen hatte.

»Mensch!«, meinte Jule. »Es gibt für dich doch Spannenderes, als mir bei der Buchhaltung zuzusehen. Mach es dir im Garten gemütlich, falls du auf mich warten willst.«

»Sonne hatte ich für heute genug«, winkte Cora ab. Das stimmte tatsächlich, das Bedienen im Außenbereich hatte bereits ausgereicht, um die Haut ihrer Wangen zu röten.

Und so hatte sie es sich auf der Eckbank in der Bastelecke bequem gemacht und zeichnete aus dem Kopf den neuen Müggebacher Bahnhofsvorplatz.

»Fertig!«, flötete Jule schließlich und räumte ihre Papiere zusammen. Seit sie nicht mehr über der Lindenblüte wohnte, machte sie die Buchhaltung in der Schankstube und verstaute die Unterlagen in einem Regal direkt an der Kellertreppe. So musste sie nicht immer die Kassenbelege, Rechnungen und anderes Klein-Klein mit in die Wohnung schleppen. Der letzte, sehr schmale Ordner, in den sie noch schnell eine Eintragung machte, war ihr Geschäftsbuch. Auch wenn Jule kein übersorgfältiger Typ war, hatte sie sich angewöhnt, hier niemals zu schludern, denn im Falle eines Falles konnte jeder sofort die Geschäfte weiterführen und sich zurechtfinden, weil sie hier sämtliche Telefonnummern, Adressen und tagesaktuelle Geschehnisse klar und übersichtlich festhielt. Erst als das erledigt war, spurtete sie zu Cora und setzte sich neben sie auf die Bank.

Der Tag war lang gewesen, sie sehnte sich nach einem unterhaltsamen Buch und nach ihrem Sofa.

Zum Glück konnte Cora Gedanken lesen. »Für heute machen wir eine Pause.«

»Ja, wir haben wirklich genug geschafft. Ich bringe noch schnell meine Unterlagen in den Keller, dann fahre ich dich nach Hause.«

»Nach Hause.« Cora legte den Kopf nach hinten. Sie starrte an die Decke.

»Oh«, sagte Jule. Das war ihr so gedankenlos herausgerutscht.

»Sag mal, Jule, was hast du eigentlich alles im Keller?«

»Hm? Was jeder so im Keller hat: Vorräte, Krempel, unausgepackte Umzugskartons, Erinnerungen. Nix Besonderes.«

»Erinnerungen sind etwas Besonders.«

»Na ja.« Sie räumte ihre Buchhaltungsunterlagen ins Regal. Aus einem Impuls heraus schloss sie die Kellertür auf. »Eigentlich würde es reichen, von den meisten Sachen Fotos zu machen, oder? Stattdessen hat man den Keller voller verstaubter Dinge, die man sich irgendwie nie anschaut.«

»Nie?« Cora streckte sich, kroch hinter der Eckbank hervor und schloss sich Jule an. »Das wäre ja schade. Erinnerungen sind zum Befühlen da, zum Riechen, zum Hören, zum Drauflegen.«

»Drauflegen?« Jule zeigte ihr einen Vogel. »Was hast du für Erinnerungen?«

In Coras Augen lag ein helles Strahlen. »Mein Schnuffeltuch, das ich zur Geburt geschenkt bekommen habe.«

»Ach so.«

Sie hielt Jule die Tür auf. Gemeinsam gingen sie in den Keller, wo Cora ehrfurchtsvoll von Regal zu Regal schlenderte. Hier verwahrte Jule unter anderem noch einen Rest der Dinge, die sie bei der Renovierung der Lindenblüte gefunden hatte – alles in sorgfältig beschrifteten Kisten mit Datum und teilweise mit einem weiteren Datum, an dem Jule überprüfen musste, ob sie die Dinge darin auch wirklich behalten wollte.

Mitten im Weg standen zwei Umzugskartons, die noch nicht ihren idealen Platz gefunden hatten. Vor ihnen ging Cora in die Hocke. »Jugend«, stand darauf. »Hast du dein Zimmer bei deinen Eltern räumen müssen?«

»Da war schon vorher ganz viel eingepackt. Immer, wenn Papa vorbeischaut, bringt er mir einen Karton mit. Wenn das Jubiläum durch ist, dann fahre ich in aller Ruhe für ein paar Tage nach Bad Homburg. Das wird hart, also, von meinem Elternhaus Abschied zu nehmen. Dafür nehme ich mir Zeit.«

»Wie wäre es, wenn wir uns treffen? Ich glaube, meinen Eltern würde es guttun, wenn ich mein Zimmer endlich auflösen würde. Mein Vater möchte es gerne als Hobbyraum, aber er traut sich nicht recht, und jetzt steht alles durcheinander, seine Sachen und meine.«

Die Unterlagen waren verstaut, Jule kniete sich neben Cora und öffnete den ersten Karton. »Das wäre super. Und nach getaner Arbeit gehen wir zu Don Gelati. Ach, schau mal!«

Ganz oben lag eins ihrer alten Tagebücher, beklebt mit einem Sticker der Kelly Family. Die Freundinnen grinsten sich an, dann schlug Jule wahllos eine Seite auf. »Oh, da waren wir in Irland!«, rief sie und begann zu lesen: »›Cora macht mich wahnsinnig. Sie rennt wie eine Bekloppte über die Hügel, stellt sich auf die Steinmauern und brüllt mit dem Wind um die Wette. Sie will Piratenbraut werden oder so. Na, zutrauen würde ich es ihr. Hauptsache, sie wird kein *oder so,* denn daran würde sie zugrunde gehen.‹ Ja, daran erinnere ich mich noch gut! Du wolltest nie wieder nach Deutschland zurück. Du wolltest an diesem Tag nicht mal mehr ins Zelt rein, obwohl Maike dich bekniet hat, nicht so stur zu sein.«

Cora lächelte nur noch sehr bemüht. So, als hätte ihr etwas einen Stich ins Herz versetzt. »Ich erinnere mich daran, als wäre es gestern gewesen.«

Mit einem tiefen Seufzer ließ Jule sich auf den Hintern fallen. »Jetzt wissen wir, weshalb die Erinnerungskisten im Keller stehen und man seine Erinnerungen weder wie eine Ausstellung um sich schart noch sich jeden Tag die Fotos anschaut.«

Sie packte das Tagebuch zurück und wollte die Kiste schon wieder schließen, da legten sich Coras Finger auf ihre Hand. »Nein, nicht! Diese Kisten stehen im Keller, weil der Inhalt so starke Gefühle weckt, dass man sich dem ab und zu ganz bewusst ausliefert. Das erinnert dich immer daran, wer du einmal warst und wie du du geworden bist.« Etwas leiser fügte sie hinzu: »Und wie ich ich wurde.«

Ihre Hände lagen auf der Kiste wie ein magisches Siegel. »Dann nehmen wir die Kiste doch mit rauf«, schlug Jule spontan vor. Sie schnappte sich einen Karton und scherzte: »Wollen wir hoffen, dass es nicht die Büchse der Pandora ist.«

Mit einem Lächeln packte Cora mit an. »Mach dir keine Gedanken, die habe ich längst geöffnet.«

Nach diesen geheimnisvollen Worten ging sie voran und ließ Jule keine Chance, außer der, ihr einfach zu folgen.

Im Wintergarten stellten sie den Umzugskarton ab, schoben die Poufs zusammen und zündeten sich zwei Laternen an. Vor den hohen Fenstern dämmerte es.

»Ein richtig mystischer Ort!« Begeistert wirbelte Cora zwischen den Lichtern und um die Kiste herum.

»Wenn du magst, können wir hier demnächst die Walpurgisnacht feiern.«

Die Flammen warfen flackernde Schatten auf Cora, auf die alte Tür und auf die Bilderrahmen an der Wand. Für einen kurzen Moment waren sie beide wieder sechzehn, die Welt war gleichzeitig winzig und unendlich groß und voller Geheimnisse. In einem solchen Licht verschwamm die Realität. Cora öffnete die alte Tür und schlug die Hände vor den Mund. »Du hast ja tatsächlich schon etwas dahinter!«

»Seit drei Tagen.«

Es hatte lange gedauert, bis Jule bei einer Wanderung mit Mika durch den nahen Schwarzwald einen Pfad gefunden hatte, der so wild und ursprünglich aussah wie der in ihrer Vorstellung. Bäume, die sich einander zuneigten wie ein Tor in eine andere Welt, schon etwas belaubt und nicht vollkommen kahl. Und der Weg ohne Schotter oder matschige Reifenabdrücke. Nur herabgefallenes Laub. Dazu goldene Sonnenstrahlen, die sanft den Nebel auflösten.

Jetzt führte dieser Pfad als Fototapete hinter der Waschküchentür in ein fernes Märchenland.

Ergriffen ließ Cora die Tür offen stehen. Man konnte ihr ansehen, wie es in ihr arbeitete. Da kam eine ganze Menge hoch. Immer wieder sah sie in die Ferne, schluckte, wanderte unruhig zwischen Tür und Poufs herum. Aus den Augenwinkeln beobachtete Jule sie dabei. Sie war selbst gefesselt vom Inhalt ihrer Kiste. Seit Jahren hatte sie keinen richtigen Blick hineingeworfen, und es stimmte, was Cora gesagt hatte: Jedes Stück, das sie in die Hand nahm, entfachte einen Sturm der Erinnerungen. Unschöne, wie die Briefe verflossener Verliebtheit, schöne, wie das Foto aus dem Kindergarten und immer wieder Irland. Von dort hatte Jule eine unglaubliche Menge an Erinnerungsstücken mitgebracht, die meisten von ihnen auf den ersten Blick unscheinbar und unspektakulär. Und doch sandte jedes davon einen Blitz durch Finger und Augen direkt ins Herz.

»Der Pub in Limerick!«, quietschte Cora, als sie einen fleckigen Bierdeckel sah. »Ich höre die Zwillinge mit ihren Bodhráns!«

»Ich erinnere mich an die Musik, aber noch mehr an den Boden.« Gequält lächelte Jule. Das verknackste Handgelenk dazu glaubte sie ebenfalls zu spüren. »Warum musste ich unbedingt das ganze Pint austrinken?«

»Du hast es uns nie verraten.« Mit Schwung landete Cora auf einem der Poufs und vergrub die Hände in einem großen Briefumschlag, der mit Eintrittskarten gefüllt war. »Ah ja, da haben wir den *Herrn der Ringe* in diesem aus der Zeit gefallenen Kino in Dublin angeschaut. Und da sind die Bilder aus der Bibliothek des Trinity College. Ach. Du hast tatsächlich den Busfahrplan aufgehoben?«

Unvermittelt lachte Cora leise. »Wie habe ich das vermisst! Dieses gemeinsame Entdecken, dieses verrückte Drauflos-Spinnen! Bei Fred und den anderen …« Sie brach ab.

Jetzt!

Mit stockenden Worten und klopfendem Herzen hakte Jule nach: »Ja? Was ist mit Fred und den anderen?«

»Das …«, druckste Cora herum. »Nicht, dass ich die Leute auf dem Hof nicht mag. Nur … Wenn wir beisammensitzen, dann wird alles immer gleich so ernst, und zwei Sätze später retten dann entweder alle die Welt oder beschließen etwas Spirituelles. Es entsteht gar keine richtige Diskussion. Verstehst du, was ich meine? Unterschwellig gärt es, aber man hat sich im Stillen darauf geeinigt, dass bestimmte Themen nicht auf den Tisch kommen und dass bestimmte Meinungen vorausgesetzt werden. Mit dir ist es einfach so frei und leicht, Ideen hin und her zu werfen und auch mal etwas Dummes zu sagen.«

»Schade, ich dachte …«

»Ist nicht so wichtig, lass uns weiterstöbern! Ach, guck mal, die Tin Whistle, die du dir gekauft hast!«

Beinahe hätte sie Cora so weit gehabt. Sie beschloss, ihrer Freundin noch ein wenig Zeit zu geben und später am Abend nachzuhaken. Heute würde sie nicht lockerlassen.

»Ja, die Tin Whistle, die werde ich nie lernen. Aber schau mal hier!« Aus den Tiefen des Umzugskartons zog Jule ein längliches Paket. Dünne Pappe war um ein Tuch gewickelt, und darin versteckte sich eine kleine Flasche.

»Was!« Cora entriss ihr das Getränk. »Du hast den aufgehoben?«

»Ja, habt ihr euren getrunken?«

»Aber ja!« Zärtlich streichelte ihr Zeigefinger das Etikett. Es war Calvados. Jede Freundin hatte sich nach der Überfahrt von Rosslare in Irland nach Roscoff in der Normandie eine Flasche davon gekauft. Und sie hatten sich ein Versprechen gegeben: nur mit besonderen Menschen zu einem besonderen Anlass trinken. »Ob Maike ihren mit nach Bari genommen hat?«

»Sie wusste doch gar nicht, was Timo plante.«

»Vielleicht haben sie ihn danach getrunken.« Umsichtig drapierte Cora die Flasche neben einer der Lampen und fotografierte sie mit ihrem Handy. »Ich frage sie einfach. Dann ist sie heute auch ein bisschen bei uns.«

»Noch ein Foto!«, forderte Jule. Aus der Kiste fischte sie drei CDs und stellte sie zum Calvados. Eine kleine irische Band und zwei deutsche Gruppen, die schwungvollen Folk spielten. »Was haben wir damals die Nächte durchgetanzt!«

Cora warf ihre Mähne nach hinten und grinste kokett über ihre Schulter. »Hindert uns eigentlich etwas daran, das heute zu wiederholen?«

»Und den Calvados zu trinken?«

Coras Wangen röteten sich jetzt nicht nur wegen der Sonne. Ihre Augen funkelten. »Near to Banbridge town, in the County Down, One morning in July«, begann Cora zu singen.

Schnell lag die CD im Player, und die beiden sausten im Polkaschritt zu den Klängen von *The Star of the County Down* durch die Lindenblüte. Lauthals sangen die sie Texte mit. Nach all den Jahren kannte Jule sie immer noch auswendig, als wäre kein Tag zwischen ihrem Teenagerdasein und dem Heute vergangen.

Ging ihnen vom wilden Tanzen die Puste aus, knieten sie vor der Erinnerungskiste und wühlten Schätze daraus hervor. Erinnerungen sprudelten aus ihnen heraus, sie erzählten sich Geschichten von erster Liebe, von Eltern, der Schule, kleinen Geheimnissen, Lieblingsorten, verstorbenen Haustieren und ersten Schülerjobs. Manch eine Sache, die mit vierzehn dramatisch gewesen war, klang in der Rückschau ganz banal, manche Sachen klangen plötzlich sehr dramatisch – Jules Unfall mit den Rollschuhen beispielsweise. »Ein Wunder, dass ich mir damals keinen einzigen Knochen gebrochen habe!«

Und es kam der eine oder andere Streit hoch, den sie damals lieber hinuntergeschluckt hatten, als zu reden. Jetzt konnten sie endlich in Ruhe über die zwei Seiten der Medaille sprechen, was in jungen Jahren einfach unmöglich gewesen war.

Sie tanzten und lachten, tranken und lebten für diese wenigen Stunden vollkommen in einer eigenen Welt, gerade so, als würde die Außenwelt nicht mehr existieren.

Dass sie es doch tat, stellte Jule ganz überrascht fest, als sie sich nach einem weiteren Polkaschwung mit erhitztem Gesicht Auge in Auge mit dem Dorfpolizisten befand.

»Schönen guten Abend«, grüßte er, rückte den Gürtel mit dem Holster über seinem Bäuchlein zurecht und grinste breit.

»Ach, Herr …« Vor Jules Augen verschwamm der Polizist ein wenig. Stand da noch ein zweiter im Hintergrund? »Herr H… äh … H …« Sie versuchte, gerade zu stehen und ernst zu schauen, brachte aber nur ein albernes Lächeln zustande.

Ach Mensch, wie heißt er denn, der Herr Verwandte vom Ordnungsamt-H?

Sie war so erstaunt darüber, wie viel klarer ihre Gedanken gegenüber ihrer Zunge waren, denn sie brachte kein einziges weiteres Wort mehr heraus.

Cora dagegen schaltete die Musik ab und fächelte sich mit einem improvisierten Fächer aus Postkarten Luft zu. »Oh Gott, wir waren zu laut!«, nuschelte sie.

»Nein, alles in Ordnung!« Herr H. hob beschwichtigend die Hände, der Kollege an der Tür war bereits im Aufbruch begriffen. »Lassen Sie sich nicht stören. Die Nachbarn hatten sich über das flackernde Licht gewundert. Die Klingel hat keiner gehört, und da wollten sie sichergehen, dass sich hier kein Einbrecher rumtreibt oder es brennt.«

Diese Klingel! An der hatte Jule seit ihrem Einzug keine Freude, denn selbst der findige Elektriker konnte einfach nicht herausfinden, weshalb das Ding mal ging und mal nicht. Oder waren sie schon so beschwipst, dass sie das Läuten überhört hatten?

Die Polizisten verabschiedeten sich. Jule testete vorsichtshalber die Klingel. Sie blieb stumm.

Ein »Scheißdreckle!« entfuhr ihr. Diesmal vergaß sie nicht, die Tür abzuschießen. Die frische Luft und der Schreck über das Auftauchen von Herrn H. – ihr Gedächtnis funktionierte noch immer nicht – hatten ihren Kopf wieder etwas klarer werden lassen. Wie spät war es eigentlich?

Das Handy zeigte nicht nur kurz nach zehn an, sondern auch zwei Nachrichten. Die eine war von Mika, der von seinem üblichen Feuerwehrabend zurück war und fragte, ob sie Lust hatte, *Nächte der Erinnerung* mit Nicholas Cage anzuschauen – dafür war es wohl zu spät –, die andere Nachricht kam von Maike. Sie enthielt ein Bild mit einer leeren Flasche und den Satz: *À votre santé,* das französische »Auf euer Wohl!«.

»Puh! Habe ich mir die Flasche zu lange aufgespart, oder mangelte es mir an besonderen Menschen und Gelegenheiten? Cora?« Einen kurzen Moment lang dachte Jule, Cora wäre verschwunden, dann entdeckte sie eine tiefe Kuhle in einem der Poufs. Darin versunken lag Cora, die Beine in den dunklen Leggings in Richtung Wintergarten ausgestreckt.

»Meinen habe ich angebrochen, als mein Opa gestorben ist. Da saß ich nach der Beerdigung bei Oma und wollte sie nicht alleine lassen. Wir haben die ganze Nacht geredet und Calvados getrunken. Sie hat mir so viele wundervolle Dinge aus ihrem Leben erzählt, und ich konnte ihr mein Herz ausschütten, weil ich Liebeskummer hatte und gar nicht recht verstanden habe, dass Opa nicht mehr da war. Sie war so eine wundervolle Frau. Sie fehlt mir, aber ich freue mich auch für sie, dass sie so sterben konnte, wie sie es wollte: ohne Schmerzen und Leiden, im Kreis ihrer Lieben. An jedem Geburts- und Todestag meiner Großeltern trinke ich einen winzig kleinen Schluck Calvados aus der Flasche. Sie gehört nur mir und ihnen.«

Jule setzte sich zu ihr und legte ihr eine Decke über die Beine. »Bei meinem werde ich jetzt immer an diesen Abend denken und an deine Zeit in Müggebach. Ist ja noch einiges über für noch mehr besondere Momente.«

Cora runzelte die Stirn. »Wie hat Maike es bloß geschafft, dieses hochprozentige Zeug komplett leer zu bekommen?«

Ich glaube, jetzt ist ein guter Zeitpunkt, um mit Cora zu reden.

Mühsam sammelte Jule sich, denn ihr war nach wie vor leicht schwindlig. Nervös befeuchtete sie ihre Lippen. »Das mit der

Zeit in Müggebach, das meine ich ernst. Es ist so wahnsinnig schön mit dir hier, aber mein Gefühl sagt mir, dass etwas nicht stimmt.«

»Dein Gefühl?« Glockenhelles Lachen folgte Coras Worten. Sie setzte sich auf. Der Glanz in ihren Augen war nun nicht mehr fröhlich und feurig, sondern glasig von Alkohol und Traurigkeit. Ihre Stimme war plötzlich rau. »Du meinst, es fällt langsam auf, dass ich nicht eine Woche länger geblieben bin, sondern viele Wochen? Oder dass ich Bauernhöfe meide und nie in der Eifel anrufe oder etwas von Fred erzähle?«

»Das mit den Bauernhöfen ist mir gar nicht …« Schnell schwieg Jule wieder. Sie zog eine Decke um Cora und eine um sich selbst und setzte sich dann dicht neben ihre Freundin.

Cora schluckte und begann nach kurzem Zögern zu erzählen: »Das mit dem Ökohof, das war eine Fehlentscheidung. Fred ist dort angekommen, mit Herz und Seele. Er hat sich verändert. Oder vielleicht auch nicht, vielleicht war er auch schon immer so, und der Hof hat verstärkt, was ich vorher nicht sehen wollte. Jedenfalls passt es schon länger nicht mehr zwischen uns beiden und auch nicht mehr zwischen mir und der Gemeinschaft. Ich ticke einfach anders. Verstehst du?«

Hilfe suchend blickte sie Jule an. Die nickte nur. Oh ja, das verstand sie nur zu gut.

Cora nahm ihre Hand und drückte sie, hielt sich daran fest. »Aber ich bin einfach nicht von ihnen losgekommen. Weiß der Teufel, warum! Ich habe mich immer allen verpflichtet gefühlt, gedacht, ich kann doch niemanden im Stich lassen, ich muss doch stark sein, für die anderen da sein! Und ich habe es einfach nicht geschafft, mit Fred zu reden, habe immer geglaubt, ich müsste mich mehr anstrengen. Und dann war ich hier, und plötzlich spürte ich wieder diese wahnsinnige Freiheit! Hier habe ich das Gefühl, wieder ich selbst zu sein. Also bin ich einfach geblieben.

Ich musste mir eine Auszeit nehmen.« Erste Tränen rollten. Zwischen Schniefen und Schluchzen brach es weiter aus Cora heraus: »Aber ich weiß selbst, dass ich nicht ewig bleiben kann. Zurück will ich aber auch nicht. Wohin soll ich denn gehen? Ich bin in einer Sackgasse, kann nicht mehr vor und nicht mehr zurück. Seit fast zwei Jahren bin ich aus dem Beruf raus, und vorher hatte ich wenig Berufserfahrung. Ich werde nicht mehr so einfach wieder einsteigen können. Aber was soll ich denn sonst tun?« Sie schnäuzte in ein Taschentuch, dann fuhr sie damit fort, Jules Hand zu kneten. »Ihr seid hier so eine große Stütze für mich. Endlich fühle ich mich wieder, als wäre ich etwas wert.«

»Lass den Konjunktiv weg.«

»Hm?«

»Du *bist* etwas wert, Cora. Und du hast in den letzten zwei Jahren mehr Lebenserfahrung gesammelt als bei einem Bürojob. Du wirst deinen Weg finden. Ich, Milena, Mika, wir alle stehen dir zur Seite, wenn du uns brauchst.«

Ein schluchzendes »Danke« war alles, was Cora noch herausbrachte, dann ließ sie sich an Jules Schulter fallen und heulte hemmungslos all die Angst und Enge und Beklommenheit heraus, die sich in ihr angesammelt hatte. Jule sagte nichts mehr, sondern hielt ihre Freundin einfach nur im Arm.

Später fühlten beide sich müde und auf eine angenehm erleichterte Art leer und erschöpft. Langsam schlenderten sie zu Jules Wohnung, wo Cora aufs Sofa kippte und augenblicklich einschlief. Im blassen Mondlicht sah Jule mehrere Bücher auf dem Küchentisch liegen – Reiseführer für Schottland. Irgendwie würden sie und Mika es schaffen, im Sommer diese Reise zu machen.

Jule trank noch ein Glas Wasser, zog Cora die Schuhe aus und deckte sie zu. Dann schlich sie auf Zehenspitzen ins Schlafzimmer.

Im Nachthemd setzte sie sich auf das Bett. Für einen Augenblick betrachtete sie den schlafenden Mika, dem der silberne Halbmond durch das geöffnete Fenster ins Gesicht schien. Er lag ein wenig zusammengerollt auf der Seite und hatte wohl unbewusst ausgenutzt, dass er das Bett beim Einschlafen für sich allein gehabt hatte. Sachte schob Jule ihn auf seine Hälfte hinüber, kuschelte sich an ihn und lauschte seinem Atem, bis sie selbst einschlief.

»Denkst du, sie überlegt es sich vielleicht doch noch anders?«

Jule und Mika fuhren nebeneinander her in Richtung Bahnhof. Der Berufsverkehr war bereits vorbei und Mika hatte noch eine halbe Stunde Zeit, bevor die Bibliothek öffnete. Sie konnten es ruhig angehen lassen. Lediglich eine graue Wolke spornte sie etwas an. Wann immer Jule konnte, begleitete sie ihn ein Stück weit auf dem Weg zur Arbeit. Heute klappte es wieder mit diesem kleinen Ritual am Morgen, da Gerta, Jean und Kati alles in der Lindenblüte vorbereiteten. Jules Vater war erst am späten Abend abgereist, und so hatte sie am Vortag wenig Zeit für ihren Freund gehabt. Umso mehr genossen sie diesen kurzen gemeinsamen Weg. Jule würde anschließend von der Bibliothek zur Wurz-Bäckerei fahren, um sich dort mit Cora zu treffen – und hoffentlich auch endlich Helene Dennig ausfindig zu machen.

»Du kennst deine Oma besser als ich. Von dem, was du über sie erzählst, kann ich das kaum einschätzen. Wenn du mich fragst: Früher oder später wird sie zu dir kommen – aber möglicherweise nicht zum Jubiläum.«

»Daran habe ich noch gar nicht gedacht.«

»Es könnte ihr etwas zu viel Trubel sein.«

»Ja, du hast recht. Es wäre einfach das Tüpfelchen auf dem i.«

Nebeneinander schwenkten sie auf den Bahnhofsvorplatz ein. Die Sanierungsarbeiten waren beinahe abgeschlossen und hatten sich wirklich gelohnt: Das Pflaster war nicht mehr krumm und buckelig, die Bänke waren neu. Zusammen mit den kleinen Linden strahlte der Platz eine gemütliche Moderne aus. Jemand hatte sogar so weit mitgedacht, den Bäumchen ausreichend Platz zu lassen, damit sie über die Jahrhunderte groß und stolz werden konnten.

»Dorflinden!«, sagte Jule erstaunt.

»Stimmt, wir haben uns in den letzten Wochen ja immer schon an der Kreuzung verabschiedet, du kennst den neuen Platz ja noch gar nicht. Der Mürle hat tatsächlich durchgesetzt, den Platz nicht so nüchtern zu gestalten, wie man das in vielen Dörfern und Städten heute sieht. Der ist extra nach Karlsruhe gefahren, um sich in der Badischen Landesbibliothek schlauzumachen. Und dann meinte er, ein Dorf brauche Linden.«

»Wie recht er hat! Oder hat er das von dir?«

»Es kann sein, dass ich ihm ein sehr schönes Buch über Dorflinden ans Herz gelegt habe. Man munkelt seit Jahrhunderten, der betörende Duft der Blüten würde die Gemüter beruhigen.«

Sie stiegen ab und schoben die Räder die letzten Meter bis zu den Fahrradständern. Mika schloss sein Rad an, und Jule umarmte ihn zum Abschied. »Wenn das stimmt, was man über die Linden sagt, dann werden wir ein rauschendes und friedfertiges Jubiläumsfest haben. Meiner Oma schicke ich ein Foto und Lindenblüten, auf dass es sie besänftige!«

»Du hast Ideen!« Er lächelte und küsste sie zärtlich. »Bis heute Abend.«

»Bis heute Abend!«

Im Vorbeifahren hob Jule kurz die Hand und strich mit den Fingerspitzen zärtlich über die weichen, lindgrünen Blätter der jungen Bäume.

Mit Schwung nahm Jule die steile Einkaufsstraße in Angriff, bremste jedoch gleich wieder ab. Das Schaufenster des neuen Ladengeschäfts verbarg sich noch immer hinter Zeitungen, aber an der Tür hing ein Plakat. Anfang Juni würde hier eine kleine Schneiderei eröffnen: »Maßanfertigungen, Änderungen, Nähkurse, Tee«, versprach das Schild. Jules kreative Nase juckte. Das klang doch ganz nach einer möglichen Kooperation mit der Lindenblüte – und nach einem Laden, zu dem sie zwei ihrer geliebten Röcke aus Teenagerzeiten tragen konnte. Die hatte sie sich bei einem Familienurlaub in der Provence gekauft und sie, weil sie irgendwann zu eng wurden, in der Erinnerungskiste versteckt. Aus den Augen, aus dem Sinn.

Einige Meter weiter saß Cora auf einem steinernen Blumenkübel und winkte ihr fröhlich zu. Neben ihr stand ein zum Bersten gefüllter Rucksack.

»Hey! Helene Dennig ist mit ihrem Hund gerade in die Bäckerei rein!«

»Na, das nenne ich gutes Timing.«

Gerade als die Freundinnen sich zur Begrüßung kurz umarmten, fielen die ersten Regentropfen.

»Na, und schon gleicht sich das Karma aus!« Cora seufzte und schleifte ihren Rucksack unter das Vordach eines leer stehenden Geschäfts.

Jule streckte die Hand aus und betrachtete die Regentropfen, die auf ihren Fingern zerplatzten. Ein warmer Frühlingsregen, so weich, er war auf der Haut kaum spürbar. Mit ihm kam ein erdiger Geruch.

So riecht der Regen nur im Frühling. Noch ein wenig schwer.

Von hier aus konnten sie die Tür der Bäckerei gut sehen. Wie auch beim Bauernladen klebte hier ein buntes Zettelsammelsurium: Schwimmkurse, THW-Fest, eine entlaufene Katze, ein Zirkus im Nachbarort, ein Klavierverkauf. Es war herrlich altmodisch und zeitlos zugleich.

Plötzlich öffnete sich die Tür, die Zettel flatterten. Der alte Golden Retriever humpelte auf die Straße, schnüffelte in den leichten Regen und wandte sich hangabwärts. Am anderen Ende der Leine hatte Helene Dennig es ebenfalls nicht eilig. Sie trug eine Tasche über der Schulter und wühlte darin herum.

Das Brummen eines Motors erregte Jules Aufmerksamkeit, dann war auch schon die Sicht versperrt. Bremsen quietschten.

Der Bürgerbus! Oh nein, wenn sie den nimmt, ist alles für die Katz!

Sie sprang auf. Die Haltestelle dieses Kleinbusses, der Straßen anfuhr, die der normale Bus nicht erreichte, war direkt vor der Bäckerei. Jule winkte der Fahrerin. Die winkte zurück, während Jule den Bus umrundete. Auf dem Gehweg stolperte sie dann über die Hundeleine. Jule schlug schmerzhaft hin und hatte sofort eine Hundenase im Gesicht, die sie tröstlich beschnupperte.

Die alte Dame hatte anscheinend gar nicht vorgehabt, den Bus zu nehmen. Sie hatte ihren Schirm aus der Tasche geholt und war wohl nur an den Bus herangetreten, um noch ein paar Worte mit der Fahrerin, einer stämmigen Mittsechzigerin, zu wechseln. Die schüttelte nur den Kopf, als sie Jule auf den Knien liegen sah.

»Nur keine Hektik! Ich habe Sie gesehen und warte. Kommt Ihre Freundin auch mit?« Sie zeigte auf Cora, die mittlerweile über die Straße war und Jule hochhalf.

Am linken Arm spürte sie die Hände von Helene. »Ist Ihnen etwas passiert, Frau Moller?«

Um nichts in der Welt hätte sie zugegeben, wie sehr ihre Knie schmerzten und dass sie kaum stehen konnte. Nicht, wo alle Augen aus dem kleinen Bus auf ihr ruhten.

»Gut, mir geht es gut. Nichts passiert.« *Fahren Sie weiter, schauen Sie bitte alle woanders hin. Da, da drüben klaut eine Krähe etwas aus dem Mülleimer, das ist viel spannender!* »Danke. Ein Missverständnis, ich wollte gar nicht zum Bus.«

»Alla gut!«, sagte die Busfahrerin trocken und zuckte mit den Achseln. Während sich die Tür schloss, schüttelte sie ein wenig den Kopf.

Helene wunderte sich ebenfalls: »Ja, aber warum rennen Sie denn dann so Hals über Kopf über die Straße?«

»Weil ich dachte, Sie …« Jule musste sich doch an eine Hauswand lehnen. »Frau Dennig, ich hatte Angst, dass Sie in den Bus steigen würden.«

Im Gesicht der alten Frau zeigte sich Verwunderung. Sie hatte Jule sofort losgelassen und war einen Schritt zurückgetreten, ungeachtet dessen, dass sie nun im Regen stand, den Schirm noch immer zusammengerollt in der Hand.

»Ja, aber weshalb hätte Ihnen das denn Angst gemacht?«

»Frau Dennig, bitte, darf ich Sie etwas fragen?«

Für einen kurzen Moment drehte die alte Dame ihren Schirm weiter in der Hand, anstatt ihn endlich aufzuspannen. Schließlich traf sie eine Entscheidung. »Bitte«, sagte sie nur. »Fragen Sie.«

Mit einem Mal waren Jules Lippen trocken. »Meine Großmutter ist Wilhelmine Stober.«

»Das weiß ich.«

»Seit sie Müggebach 1934 verlassen hat, ist sie nicht zurückgekehrt.«

Helene schluckte leicht und nickte.

»Und ich habe keine Ahnung, weshalb das so ist. Dabei hat sie mir geholfen, die Lindenblüte zu kaufen, und ich wünsche mir sehr, dass Oma sie wenigstens ein einziges Mal betritt, dass sie mit mir zusammen das Jubiläum feiert, denn dieser Lebenstraum ist auch ihr Verdienst. Ohne sie wäre ich nicht hier.«

Jetzt legte Helene den Kopf schief. War das ein mildes Lächeln? Ihr Gesichtsausdruck war schwer zu deuten.

»Und was ist Ihre Frage?«

»Oh.« In Jules Magengegend zuckte es. Ja, die Frage, die war nicht leicht zu formulieren. Sie hatte einfach gehofft, eine Antwort zu erhalten, wenn sie Helene nur ihr Herz ausschüttete. Aber das war nicht passiert.

Vorsichtig schaute sie zur Seite, aber Cora überließ ihr das Gespräch und lächelte ihr nur aufmunternd zu.

»Vielleicht erinnern Sie sich noch an Annemarie Wipf.«

Helene nickte. »Nach Kanada ausgewandert«, sagte sie mehr zu sich selbst als zu Jule.

»Annemarie hat mir erzählt, dass Sie mit meiner Oma befreundet waren. Deshalb wollte ich Sie unbedingt fragen, ob Sie wissen, weshalb meine Oma nicht mehr hierherkommen möchte.«

Helenes Miene wurde mit einem Mal traurig, und Jule meinte, Tränen in ihren Augen zu sehen. Sie atmete einige Male hörbar ein und aus, dann hatte sie sich wieder etwas gefangen. »Annemarie hat Ihnen doch nicht nur erzählt, dass wir alle beste Freundinnen waren, nicht wahr?«

»Na ja, sie …«, druckste Jule herum, »sie hat erwähnt, dass es Schwärmereien für den jungen Abrecht gab und einen Lehrer, der sich für Pflanzen interessierte. Und sie hat mir erzählt, Sie und Wilhelmine, sie hätten sich vielleicht gestritten, aber worum es ging, wusste sie nicht.«

»Das ist zu viel auf einmal für mich, Frau Moller. Ich muss ein wenig nachdenken.«

»Nehmen Sie sich alle Zeit der Welt!«

Wieder dieser Ausdruck, der ein Lächeln sein konnte. Dann spannte Helene endlich ihren Schirm auf. »Haben Sie eine Telefonnummer von Annemarie?«

»Nur eine Postadresse.«

»Wir haben uns aus den Augen verloren. Ich habe seit Jahrzehnten nichts mehr von ihr gehört. Und jetzt weiß ich dank Ihnen, dass sie noch am Leben ist.«

»Ich kann Ihnen die Adresse geben.« Jule kramte ihr Notizbuch aus der Hosentasche. Dort, wo blaues Washi-Tape die Seiten säumte, standen Adressen. Die von Annemarie war leicht zu finden, es war die neuste. Und da Jule die Adresse noch an anderer Stelle notiert hatte, riss sie kurzerhand die Seite heraus und drückte sie Helene in die Hand.

Helenes Augen strahlten. »Herzlichen Dank, Frau Moller, herzlichen Dank! Ich wünsche Ihnen noch einen schönen Tag. Und wegen Ihrer Frage: Ich denke darüber nach.«

Ganz behutsam faltete sie den Zettel und verstaute ihn in ihrer Tasche. Dann trotteten sie und ihr Golden Retriever in gemächlichem Tempo die Straße hinunter.

Cora legte Jule die Hand auf die Schulter. »Was wir jetzt brauchen, sind zwei duftende Pain au chocolat.«

Aufmunternd klopfte sie ihr auf den Rücken und schlüpfte in die Bäckerei.

Jule blieb an der Wand stehen, wie bestellt und nicht abgeholt. Sie begutachtete kurz ihre Knie – beide fies aufgeschürft und leicht blutend, die Hose hatte Löcher –, dann überquerte sie die Straße und holte ihr Fahrrad.

Cora trat mit einem Grinsen auf dem Gesicht und einer kleinen Tüte in der Hand aus der Bäckerei.

»Ich liebe das Dorfleben!«

Der Schwung, den sie verbreitete, war so mitreißend, Jule vergaß schnell die Schmerzen und den leichten Ärger über die Peinlichkeit, die sie sich geleistet hatte. »Gratis Klatsch und Tratsch?«

»Nö. Das finde ich oft so biestig. Nein, ich meine, dass jeder jeden kennt. Ich habe nämlich gerade etwas in Erfahrung gebracht: Helene Dennig zeichnet!«

Also doch! Sie muss H. D. sein!

»Erzähl«, sagte sie schnell zu Cora.

»Also, die Wurz-Brüder erinnern sich gerne an sie und freuen sich richtig, dass sie seit einigen Wochen wieder häufiger zu ihnen kommt – insofern hat es auch etwas Gutes, dass sie seltener bei dir vorbeischaut. Weißt du, sie hat bis zur Rente hier gearbeitet und die beiden quasi miterzogen. Sie schwärmen richtig von ihr, sie wäre so was wie ein Mutter-Ersatz gewesen, weil die alte Wurz wohl eine ganz Strenge gewesen ist – na ja, und die Wurz-Brüder waren zwei ganz freche Kerle.«

»Gerta hat mal erzählt, der Vater ist gestorben, als die Brüder noch klein waren. Hat sich wohl von Krieg und Gefangenschaft nie richtig erholt. Ich kann mir schon vorstellen, wie schwer es für die Mutter war, die Bäckerei zu halten und sich um die Kinder zu kümmern.«

»Und Helene war ihr wohl immer eine Stütze. Der gute Geist der Bäckerei. Und für die Jungs hat sie immer Zeit gehabt und kleine Zeichnungen gemacht. Da, schau mal.«

Cora reichte ihr drei unbenutzte Brötchentüten. Darauf waren neben dem Logo der Bäckerei die Zeichnungen von drei unterschiedlichen Blumen: Tränendes Herz, Studentenblume und Lein. Sie sahen den Zeichnungen, die sie im Dennighof gefunden hatten, nicht besonders ähnlich. Die alten Zeichnungen hatten einen eher nüchternen Charakter, wirkten wie Studien für wissenschaftliche Zwecke, während diese hier verspielter und weicher anmuteten.

»Das sind Entwürfe für die neuen Tüten der Bäckerei«, erläuterte Cora.

»Übrigens weiß ich jetzt auch, warum sie ihren Mädchennamen noch trägt: Ihre große Liebe wurde 1945 noch eingezogen. Er ist bis heute verschollen. Den Verlust hat sie wohl nie verkraftet.«

Coras Stimme war leise geworden. Ihre Miene drückte dieselbe Betroffenheit aus, die auch Jule verspürte.

Was würde sie wohl tun, wenn sie Mika verlieren würde? Sie konnte sich gar nicht mehr vorstellen, ein Leben ohne ihn an ihrer Seite zu führen.

Weil sie nicht wusste, wohin sie schauen sollte, fiel ihr Blick wieder auf die Papiertüten. Ganz allmählich dämmerte ihr etwas.

Wenn H. D. Helene Dennig ist und eine frühere Freundin meiner Oma, könnte dann W. S. nicht Wilhelmine Stober sein?

Sie sah hoch, direkt in Coras Augen, in denen ebenfalls ein Funke der Erkenntnis aufblitzte.

»W. S. ist deine Oma! Natürlich! Wir kennen sie ja nur als Wilhelmine Arbt und haben den Mädchennamen völlig aus dem Blick verloren.«

»Meinst du, ich kann Oma darauf ansprechen? Oder ihr eins der Bilder schicken?«

Zweifelnd blies Cora die Backen auf. »Ganz schwere Frage.« Sie schaute auf die Uhr. »Du musst los. Ich begleite dich noch ein Stück, ja?«

»Musst du nicht zu Milena?«

»Ach, hat sie dir nicht erzählt, dass sie es jetzt langsamer angeht?«

»Doch ja, sie hat erwähnt, dass der Arzt ihr Liegen verordnet hat.«

»Genau, aber da sie vorher so aufs Gas gedrückt hat, sind die meisten Zimmer mittlerweile bewohnbar – und alles andere hat Zeit. Muss Zeit haben. Na, jedenfalls hocke ich momentan den halben Tag in der Bibliothek.«

Erstaunt zog Jule die Augenbrauen hoch. Der Regen hatte nachgelassen. »Ihr denkt alle, ich bekomme auf magische Weise alles mit, ohne dass mir jemand etwas erzählt?«

»Echt? Also, ich meine, Mika hat nicht erzählt, dass ich eine Fernleihe nach der anderen mache?«

»Wahrscheinlich denkt er nicht daran, dass mich das interessieren könnte oder dass du es mir selbst längst erzählt hast. Na, aber jetzt will ich wissen, was du da die ganze Zeit liest. Bestimmt keine Romane, so wie ich dich kenne.«

»Nein, nicht wirklich.« Cora lächelte versonnen. »Nach unserem gemeinsamen Abend neulich habe ich beschlossen, wieder auf mein Herz zu hören – und das braucht gerade Input. Also schaufle ich querbeet durch die Architektur und Bauplanung alles in mich hinein, was ich finden kann. Du glaubst ja nicht, wie spannend es ist, was da gerade in anderen Ländern passiert – oder diese Trends zu den Tiny Houses und zu Naturmaterialien.« Das war nicht schwer zu glauben, denn Coras Wangen glühten, und ihr Blick ging verzückt zum Himmel, sodass die letzten Regentropfen sich frech neben ihre Sommersprossen auf die Nasenspitze setzten. »Und ich weiß ganz genau: Irgendwo in diesen Büchern liegt meine Bestimmung verborgen, und jedes Körnchen, das ich auf dem Weg dorthin mitnehme, lässt es lebendiger werden.«

»Glück findet man entlang des Weges, nicht am Ende der Straße«, murmelte Jule.

»Das steht irgendwo an der Wand in der Lindenblüte, nicht?«

»O ja, das tut es.« Still lächelte Jule vor sich hin und dachte an den Augenblick zurück, als sie bei der Entrümpelung der Lindenblüte auf diesen Satz gestoßen war – ein Plakat mit einem englischen Sinnspruch. Es hing noch immer an der Kellertreppe, in all seiner Vergilbtheit.

Aber noch viel mehr hatte sich dieser Satz in ihr Herz eingebrannt.

Kapitel 9

Der Winter war nun eindeutig vorbei. Die Woche nach Ostern flog bei bestem Sonnenschein dahin, Müggebacher und Touristen nutzten die Wärme, um sich gemütlich im Garten der Lindenblüte zu treffen. Es dauerte bis zum nächsten Montag, bis Jule wieder Ruhe fand. Normalerweise war das der Tag, an dem die Lindenblüte und die Bibliothek geschlossen hatten und Mika und Jule deshalb etwas gemeinsam unternahmen. Dieses Privileg hatte Jule samt Mika heute ausnahmsweise an ihren Vater abgetreten, der wieder einmal nach dem Garten sehen wollte. Die zwei waren also beschäftigt und amüsierten sich beim Rasenmähen und Erbsenranken-Hochbinden. Ein Vergnügen, das Jule nur bedingt nachvollziehen konnte. Sie hatte die beiden lediglich ermahnt, nicht sämtliche Löwenzahnblüten mit dem Rasenmäher zu köpfen, sondern diese erst zu sammeln. Schließlich wollte sie sich in den nächsten Tagen einmal eine entspannende Gesichtsmaske gönnen.

Statt in ihren alten Arbeitsjeans herumzulaufen, genoss sie es an diesem Tag, zum ersten Mal in diesem Jahr ihre liebste kurze Sommerhose anzuziehen, die so raffiniert geschnitten war, dass man sie leicht mit einem Rock verwechselte. Mit der Hose konnte sie gut Fahrradfahren und den warmen Wind ihre Waden umschmeicheln lassen. Ihr Weg führte sie zur Post, um ein kleines Päckchen nach Kanada aufzugeben. Darin befanden sich Abzüge der Fotos aus Wilhelmines Album, Kopien der Fundstücke aus dem Heimatmuseum und Kopien der Zeichnungen.

Zuerst hatte Jule es sehr schade gefunden, dass Annemarie weder eine Mailadresse besaß noch sich die Bilder einfach im Blog ansehen konnte. Aber irgendwie war es auch unheimlich spannend, auf diese altmodische Art zu kommunizieren. Allein schon das Schnüren des Päckchens fühlte sich wie eine Zeitreise an. Dabei erinnerte Jule sich selbst noch daran, wie es war, nicht innerhalb von Sekunden Texte, Bilder und Videos austauschen zu können. Wieder würde Jule lange auf eine Antwort warten müssen. Vor der Post setzte sie sich auf eine Bank, dachte kurz nach und fischte ihr Tagebuch aus der Tasche.

Wie seltsam, dass Annemarie scheinbar alle Zeit der Welt hat und ich, der noch so viele Lebensjahre bevorstehen, bin die Ungeduld in Person, notierte sie. *Ist es die Weisheit des Alters? Oder diese Generation, die in einer Welt gelebt hat, die noch nicht so hektisch und schnell war? Wobei – Blödsinn! – auch ohne Internet waren die nicht auf den Kopf gefallen, und Nachrichten verbreiteten sich innerhalb von Tagen, mit dem Postschiff sogar auf der ganzen Welt. Wir nehmen das alles zu ernst, das Internet und die sofortige Befriedigung unserer Bedürfnisse. Und das hat vielleicht auch gar nicht nur damit zu tun, dass wir ein Produkt innerhalb von Sekunden auf Knopfdruck bestellen können, sondern möglicherweise damit, dass dieses Produkt unglaublich billig ist. Wer lange auf etwas sparen muss, der versteht Zeit und Wert anders als jemand, der sich für acht Euro eine neue Jeans kauft.*

Zeit. Bescheidenheit. Demut.

Mit der Spitze des Bleistifts klopfte sie kleine Punkte auf die Buchseite. Dann legte sie den Stift beiseite und steckte das Büchlein wieder ein. Dieser Gedanke war festgehalten, das Päckchen auf dem Weg zu Annemarie und noch sehr viel Tag übrig. Jule überlegte kurz, den Nachmittag gemütlich auf dem Balkon zu verbringen und nichts anderes zu tun, als ihren zwei Windspielen zuzusehen, zu lesen und hin und wieder eine Kleinigkeit an ihrem Minigarten zu verbessern. Aber irgendwie fehlte etwas. Getrieben von einer leichten Unruhe, bummelte Jule zurück in ihren Garten, schnappte sich einen Stuhl und beschloss für heute, einen »umgekehrten Blick« zu wagen. Also nicht in den Garten hineinzuschauen, in dem ohne Unterlass gewerkelt wurde und wo sie sich ständig Seitenblicke einfing, weil sie an der allgemeinen Gartenglückseligkeit nicht teilnahm, sondern hinaus.

Mit dem Stuhl unter dem Arm und einem kleinen Rucksack auf dem Rücken wanderte sie an den Herren der Schöpfung vorbei, durch das hintere Törchen und stellte am Rand des Radwegs ihren Stuhl auf. Der Bauer hatte die warmen, trockenen Tage genutzt und das erste Heu des Jahres gemacht. Jetzt brachte er die Ernte mit Traktor und Ballenpresse ein, bevor aus dem zarten Dunstschleier im Westen zum Abend hin das möglicherweise erste Gewitter des Frühjahrs wurde. Auf dem Feld weiter östlich begann der Raps zu blühen. Sein süßer und zugleich herber Duft lag bereits in der Luft. Im Westen war die Gerste in die Höhe geschossen, und an den Feldrändern zeigten sich Schafgarbe, Klatschmohn, Kamille und Margeriten, die in wenigen Wochen blühen würden.

Hoffentlich, dachte Jule nicht zum ersten Mal, *wird hier nicht doch noch gebaut.*

Vorerst war das Neubaugebiet an dieser Stelle abgewendet. Bald würden die Baumaßnahmen auf dem Gelände der ehemaligen Holzfirma hinter dem Bahnhof beginnen – in Jules Augen ohnehin der bessere Standort, denn in Müggebach selbst gab es wenige Arbeitsplätze. Die meisten Neubürger wollten im Grünen leben und würden täglich nach Karlsruhe pendeln.

Bis auf das Rattern der Maschine und das Quietschen der Anhängerkupplung war es ein ruhiger, beinahe windstiller Tag. Sie war so versunken in die Stille des Tages, dass sie erst gar nicht mitbekam, wie jemand nach ihr rief. Irgendwann, als die Stimme näher kam und nicht nur ein fernes Geräusch war, drehte Jule den Kopf.

»Jolanda!« Mika war schon fast am Törchen angelangt. »Telefon!«

Neugierig hüpfte Jule aus dem Stuhl. Wer da wohl dran war? Es musste wichtig sein, sonst hätte Mika den Anrufer vertröstet und ihr nicht das Handy bis an den Feldrand nachgeschleppt. Sie hatte es extra auf einem der Tische liegen lassen, um ja nicht in Versuchung zu kommen, etwas anderes zu tun, als zu entspannen.

»Deine Großmutter«, flüsterte er und übergab das Handy in Jules plötzlich schweißfeuchte Hand. Seit ihrem Telefonat an Neujahr hatten sie sich nur noch per Mail ausgetauscht.

»Hallo Oma.«

»Hallo Jolanda.« Auch das Alter hatte Wilhelmines Stimme nicht die behütende Wärme nehmen können. Jule lächelte und fühlte sich sofort geborgen wie damals, als sie noch auf dem Schoß ihrer Großmutter gesessen und ihren Geschichten gelauscht hatte. »Blühen die Veilchen in Müggebach schon?«

»Im Moment nur eins, Oma.«

»Das habe ich mir gedacht, dass du dort aufblühen wirst. Früher war die Stadt besser für junge Frauen, heute ist es das Land.«

Der Traktor bewegte sich am südlichen Ende des Felds. Wieder spürte Jule die tiefe Ruhe und den Frieden dieses Ortes. Jedes Wort ihrer Großmutter berührte ihr Herz.

»Frag mich nochmal in fünfzig Jahren. Heute will ich noch keine Bilanz ziehen.«

Ein herzliches Lachen kam aus dem Telefon. »Recht hast du. Es ist schön, zu hören, dass es dir gut geht.«

»Rufst du mich deshalb an?«

Sie sagte das, ohne groß darüber nachzudenken. Dann spürte sie mit einem Mal ein flaues Gefühl im Magen. Seit sie ihrer Großmutter gesagt hatte, wie sehr sie sich einen Besuch wünschte, hatten sie nicht mehr einfach »nur so« telefoniert. Dabei war das vorher ganz normal gewesen, sich alle paar Wochen über dies und das auszutauschen und ein wenig zu plaudern. Jule konnte gar nicht sagen, weshalb sie damit aufgehört hatten. Ihre Hand hatte hin und wieder über dem Telefon geschwebt, es war ihr aber nicht richtig vorgekommen, anzurufen. Da nagte ein kleines Schuldgefühl ihrer Großmutter gegenüber in ihrer Brust.

»Wenn die Sache mit dem Jubiläum vorbei ist, dann komme ich dich besuchen, Oma, ja? Ganz bestimmt!«, schoss sie hastig hinterher.

»Da freue ich mich drauf.«

»Mit viel Zeit, Oma. Ich habe … mir ist in den vergangenen Wochen aufgegangen, was für einen Schatz ihr alten Menschen in euch tragt und wie wenig wir Jungen danach fragen. Erzählst du etwas über dein Leben? Oder auch nur, wie man früher gelebt hat?«

Die Idee war Jule spontan gekommen, eine logische Zusammenfassung dessen, was in den Monaten seit Neujahr in ihr gereift war. Jetzt endlich konnte sie den Finger darauf legen.

Wilhelmine klang erfreut und doch ein wenig, als hätte Jule sie gerade aus dem Konzept gebracht. »Das machen wir, mein Veilchen. Lass uns ganz viel in Erinnerungen schwelgen, bevor es zu spät ist.«

Jule erstarrte. Ihre Oma hatte doch nicht angerufen, weil es ihr schlecht ging?

»Wir werden ja alle irgendwann nicht mehr da sein«, fuhr Wilhelmine fort.

Der blaue Himmel und die wärmende Sonne passten so gar nicht zu der dunklen Wolke, die sich in Jules Eingeweiden zusammenballte.

»Es tut mir leid, dass ich mich in letzter Zeit so selten gemeldet habe. Ich habe viel Zeit damit verbracht, Annemarie zu schreiben«, fuhr ihre Oma fort.

Mit den Zähnen bearbeitete Jule ihre Oberlippe. Sie war leicht verwirrt. Wollte ihre Großmutter ihr jetzt etwas Dramatisches sagen oder nicht?

»Wie schön, dass du ihr auch geschrieben hast und dass du ihr so viel über ihre alte Heimat erzählst!«

Diese Wärme auf Jules Wangen! Das kam nicht nur von der Sonne. Wenigstens hatte Annemarie es nicht so dargestellt, als würde Jule ihrer Großmutter hinterherschnüffeln.

»Hallo? Hallo?«, sagte Wilhelmine.

»Ich bin noch dran«, beeilte Jule sich zu sagen. »Ich hab nicht aufgelegt, ich … Oma, glaubst du, dass du bald sterben wirst?«

»Wie bitte?« Am anderen Ende der Leitung klang es ein wenig, als wäre Wilhelmine rückwärts vom Stuhl gefallen. »Ach so, ich dumme alte Frau!«

»Bitte Oma, du bist ni…«

»Was rede ich da auch davon, dass wir alle mal gehen müssen! Mach dir keine Sorgen, Jolanda, deiner Großmutter geht es mit jedem Lebensjahr besser. Mein Arzt meinte letztens, ich wäre fitter als er. Dabei ist er doch erst sechzig, stell dir das mal vor. So ein junger Hüpfer!«

Erleichtert ging Jule einen Schritt rückwärts, um wieder in ihren Stuhl zu plumpsen.

In diesem Moment sauste ein sportlicher Radfahrer mit einem Affenzahn an ihr vorbei. Wäre sie stehen geblieben, er hätte sie wohl einfach über den Haufen gefahren. Außer seiner windschnittigen Sonnenbrille und seinem missbilligend verzogenen Mund sah sie nichts von ihm, dann war er auch schon vorbei.

»Also wirklich!«, knurrte sie. »Auch wenn das ein Radweg ist, kann man mal gucken!«

»Ach, du sitzt hinten am Feld? Wie schön. Da sind wir damals immer mit den Leiterwagen durch, da war das noch ein ganz rumpeliger und zerfurchter Pfad, der Hinterwiesenweg, ja. Aber sag mal, wann ist es denn nun, dein Jubiläum?«

»Am 11. Juni, meinem Namenstag. Wenn die Linde blüht und alles voller Veilchen und Tränender Herzen ist. Du hast es dir doch nicht etwa anders überlegt?«

»Aber Jolanda!«, tadelte Wilhelmine. »Dein Namenstag ist der 17. Dezember! Im Juni ist die Jolan*t*a dran.«

»Es gibt verschiedene Schreibweisen. Hauptsache, die Linde blüht, und Hauptsache, du kommst.«

»Ich wollte dich am Morgen anrufen und dir alles Gute wünschen und eine Postkarte schicken«, beharrte die alte Dame und klang etwas verstimmt. »Und außerdem deiner Mutter unter die Nase reiben, dass sie ihren Urlaub wieder falsch gebucht hat. Vom 1. bis zum 13. ist sie mit deinem Vater in Griechenland. ›Frag deine Tochter!‹, habe ich ihr gesagt, aber nein, stur wie sie ist, beharrte sie darauf, du würdest am 15. feiern. Dein Papa hat doch schon versprochen, deinen Koch zu unterstützen.«

»Er wollte helfen, ja. Aber das bekommen wir schon hin«, sagte sie schnell. »Ich freue mich auf jeden Fall schon sehr darauf, am 11. Juni mit dir zu telefonieren.«

»Wie sehr ich mich auf deinen Besuch freue, Jolanda. Und auch wenn nicht Weihnachten ist, werde ich einen Lebkuchenteig vorbereiten, ja? Für dich, für deine Mutter und für mich.«

»Lebkuchen kann man doch zu jeder Jahreszeit essen«, schmunzelte Jule, die bereits den Honig riechen konnte und das Singen und Lachen in Wilhelmines winziger Küche hörte, dazu das Klicken der alten Waage mit ihren Gewichten.

»Dann bis zu den Sommerlebkuchen, mein Veilchen. Ich wünsche dir alles Gute, was man seiner Enkelin nur wünschen kann.«

»Ich dir auch, Oma«, antwortete Jule. »Hab dich gern.«

Sie legten auf, Jule streckte die Beine aus. Ihr Blick folgte wieder dem Traktor, und in ihrem Inneren keimte ein winziges Pflänzchen der Hoffnung.

Monatsanleitung April: Erfrischende Gesichtsmaske mit Löwenzahn

Der Frühling ist in vollem Gange. Zu den vielen Gänseblümchen haben sich zahlreiche andere Blüten gesellt, und manch ein Gartenbesitzer wird nun angesichts des Löwenzahns entsetzt die Hände über dem Kopf zusammenschlagen. Aber halt! Wenn man ihn schon entfernt, dann kann man aus den Wurzeln einen Tee machen und aus den Blüten eine Maske.

Aus einer Handvoll Löwenzahn-Blüten werden vorsichtig alle kleinen Insekten herausgeschüttelt. Dann die Blüten eine Viertelstunde lang in 500 ml siedendem Wasser durchziehen und abkühlen lassen. Wenn die Flüssigkeit handwarm ist, durch ein Mulltuch abgießen und auf das Gesicht auftragen.

Nach 10–15 Minuten, wenn die Maske leicht trocken wird, mit warmem Wasser abwaschen.

Die Maske ist nicht haltbar, sollte also stets frisch zubereitet und gleich verbraucht werden.

Ich wünsche allzeit Entspannung und ein offenes Auge für die schönen Dinge des Lebens.

Jolanda

Kapitel 10

Von: Jolanda Moller <jule@jules_linde.de
An: Wilhelmine Arbt <Wilhelmine@mailmail.de>
Betreff: Ganz ohne Hexen!

Liebste Oma,

wie oft habe ich mich in meinen Teenagerjahren zu dir verkrümelt, um mich für eine Party umzuziehen und zu schminken! Du hast mich einfach machen lassen, wo Mama ständig herummäkelte. Rock, Ausschnitt, zerrissene Strumpfhose, Schminke, irgendwas war immer.
So auch in der Walpurgisnacht, wenn du sehnsüchtig aus dem Fenster in die Ferne geschaut hast – vielleicht in eine andere Zeit? –, und für mich war's nur ein weiterer Anlass, um einen schönen Abend zu haben. Klar ist der Tanz in den Mai auf dem Dorf auch ein Anlass, um so richtig zu feiern, aber mir ist in diesem Jahr deutlich geworden, was bei den Partys in der Stadt einfach fehlt.
Das fängt ja schon damit an, dass die Jungs in diesem Jahr nicht aufgepasst haben und die Nüddebacher bei Nacht und Nebel den Baum geklaut haben! Da es Mika und den anderen nicht gelungen ist, ihn aus Nüddebach zu holen, mussten sie gegen die eine oder andere Flasche Einhorn-Bier tauschen. Autsch!
Na, Hauptsache, wir haben ihn wieder.

Also, solche Walpurgisnächte möchte ich auf keinen Fall mehr gegen eine Disco in der Stadt eintauschen. Ich liebe es, unter dem Sternenhimmel zu feiern.

Hast du damals auch mit einem jungen Mann unter den Sternen gesessen und gefeiert?

Ich küsse und umarme dich, je t'embrasse
Deine Jolanda

»Weißt du, ich muss nicht alles können.« Jule steckte den blutenden Finger in den Mund und sah das Gerät vor ihr missmutig an. Von ihren bösen Blicken ließ sich die hübsche, alte Tret-Nähmaschine allerdings nicht beeindrucken.

Gerta und Ole stemmten synchron die Hände in die Hüften.

»Das ist Allgemeinbildung«, erklärte Gerta trocken.

»Niemand verlangt von dir, eine Galarobe zu nähen«, wurde sie von Ole unterstützt. »Aber zumindest ein paar Grundlagen werden dir ewig nützen. Und sei es nur, dass du mal eben schnell eine Gardine brauchst oder eine Hosennaht reparieren musst.«

»Mal eben schnell …«, nuschelte Jule beleidigt um ihren verletzten Finger herum. Zum wievielten Mal hatte sie sich heute schon gestochen?

Wenn ich das mit dem Nähen weitermache, dann kaufe ich mir diese Dingens-Clips, um den Stoff zusammenzuhalten. Wie hat die Menschheit bloß Hunderte von Jahren mit diesen mistigen Stecknadeln überlebt?

Sie nuckelte ein wenig länger an ihrem Finger herum als notwendig, immer in der Hoffnung, die beiden würden doch noch von ihrem Plan ablassen, ihr das Nähen beizubringen.

Immerhin litt sie in schöner Umgebung – nämlich in ihrer ehemaligen Küche. Der Kulturverein hatte bei der Renovierung keine halben Sachen gemacht, Jule erkannte die Wohnung über der Lindenblüte nicht wieder. Einige Wände waren entfernt oder großzügig durchbrochen worden, sodass an vielen Stellen die alten Holzbalken den Räumen einen gemütlichen Touch gaben. Linoleum und Teppich waren vom Boden verschwunden und einem zeitlosen Klicklaminat gewichen. Die Beleuchtung erfolgte indirekt über abgehängte Decken. Man sah den Räumlichkeiten deutlich an, dass viele Handwerker mit an Bord waren.

Gestern hatte der Verein eine kleine, bescheidene Eröffnung gefeiert – noch inoffiziell, denn so richtig der Öffentlichkeit vorstellen wollte man die Räumlichkeiten erst beim Jubiläumsfest der Lindenblüte. Jedes Mitglied des Vereins und des kleinen Zirkels der Handarbeiterinnen konnte sich aber jetzt schon den Schlüssel an Jules Theke aushändigen lassen.

Das ehemalige Wohnzimmer wurde von einem großen, alten Bauernwebstuhl dominiert. In den kleineren Räumen gab es zwei Regale, in denen Material getauscht werden konnte – hier waren die Körbchen bereits gut gefüllt mit Knöpfen, Restknäueln, Spinnfasern, Stoffen, eingepackten Überraschungsbüchern und vielem mehr –, sowie mehrere Schränke und abschließbare Fächer für gemeinsame und persönliche Dinge. An den Wänden standen Spinnräder und Nähmaschinenschätzchen. Viele Mitglieder hatten alte Geräte und Maschinen geerbt und zu Hause keinen Platz. Hier standen sie nun beisammen und wurden durch die Gemeinschaft von kundigen Händen gepflegt – und noch viel wichtiger: benutzt.

Beisammenstehen, aber nicht herumstehen. Standuhr, Standarte, Standard. Instinktiv zuckte Jules Hand zu ihrer Hosentasche, um das Wort zu ihrer Sammlung hinzuzufügen.

Wie ein Falke schlug Gerta sofort zu und erklärte liebevoll, aber bestimmt: »Wir machen das noch einmal ganz von vorn.«

Geflissentlich ignorierte sie Jules Augenrollen.

»Gerta, der Kindergarten kommt gleich, darum muss ich mich kümmern.«

»Das mache ich! Ich liebe Kinder!« Ole rieb sich die Hände. Eigentlich hatte er nur schnell die Gemüsekiste vorbeibringen wollen, war dann aber hängen geblieben und machte keine Anstalten zu gehen.

Kaum war er auf dem Weg nach unten, versuchte Jule es mit einer neuen Charmeoffensive. »Wie wäre es: Ich zeichne dir etwas Schönes, und du säumst dafür die Tischdecken?«

»Eine schaffst du!«

»Also gut!«, ergab sich Jule in ihr Schicksal.

Wenn sie ehrlich war, handelte es sich um keine große Sache, nur machte sie sich gerade selbst das Leben schwerer als nötig. Aus den Stoffen, die sie im Ecoprint-Verfahren gefärbt hatte, wollte sie Tischdecken für die Lindenblüte nähen. Doch anstatt sie schlicht umzuschlagen und ordentlich zu säumen, hatte sie sich in den Kopf gesetzt, jede Tischdecke mit einer Borte einzufassen.

Innerlich seufzte sie tief: *Warum bloß hat da jemand diesen Beutel mit alten Borten ins Tauschregal gelegt?*

Da hatte Jule natürlich nicht widerstehen können und zugegriffen. Was hätte sie auch tun sollen, wo sie die Borten vor ihrem inneren Auge doch schon an ihren Tischen sah? Und dann hatte sie die alten Nähmaschinen gesehen und sich an die vielen Stunden erinnert, die sie neben Wilhelmine gesessen hatte, während die auf ihrem Schätzchen scheinbar gemütlich trat und Meter um Meter Bettwäsche unter der ratternden Nadel hindurchführte. Genau vor solch einer Maschine saß sie nun, obwohl sie in ihrem Leben noch nie genäht hatte.

Irgendwie glauben wir Menschen doch immer, wenn wir etwas genug lieben, kommt alles von selbst.

Aber das tat es nicht, und eigentlich wusste Jule auch ganz genau, wie viel Zeit es benötigte, um Dinge richtig zu lernen. Herzblut half beim Durchhalten, aber in dem Augenblick, in dem sie die ersten Zentimeter Borte festgesteckt hatte, wusste sie, dass ihre Verehrung für die altehrwürdige Pfaff, die damals noch in Karlsruhe hergestellt worden war, nicht ausreichte, um ihr mangelndes Talent und ihren geringen Spaß am Nähen und seinen Vorarbeiten auszugleichen.

Sie fühlte Gertas warme Hand auf ihrer Schulter. »Setzen wir dich unter Druck?«

»Hm«, machte Jule und überlegte einen Moment. »Nein, das mache ich selbst. Ich will so unbedingt, dass dieses Jubiläum wunderschön und perfekt wird. Und ich will diese Tischdecken!«

Sie stützte die Ellenbogen auf dem Tischchen ab und legte den Kopf in die Hände. »Ich hab mir wieder zu viel vorgenommen, oder?«

Gerta schob ihr etwas hin. »Machen wir es doch so. Du säumst jetzt dieses kleine Platzdeckchen, und ich mache dir die Tischdecken fertig. Und aus Schottland bringst du mir dann ein schönes Bild mit, das ich mir in die Küche hängen kann – und ganz viel Wolle!«

Dankbar griff Jule nach dem kleinen Stoffstück, das Gerta akkurat festgesteckt hatte. Jetzt konnte sie die Maschine wieder lieben und sich entspannen. Und tatsächlich ging ihr die Näharbeit dann doch recht flott und einigermaßen gerade von der Hand.

Trotz dieses kurzen Hochs war Jule heilfroh, als sie Nähmaschine, Stecknadeln und Maßbänder hinter sich lassen und in die Schankstube gehen konnte. Wie versprochen, gab Ole vor den Kindern den Entertainer. Seine Anekdoten und verwackelten Handybilder, die sich alle um die zotteligen Alpakas drehten, ließen die Kinder fast ihre Honigbrötchen vergessen. Er machte seine Sache sogar so gut, dass die übrigen Gäste gebannt lauschten. Selbst Jean kam aus der Küche, hängte sich das Spültuch über die Schulter und stellte sich neben Cora, um die Geschichte von der missglückten Schur des eigenwilligen Hengstes Karlchen zu hören.

Jule ließ ihn noch eine Weile gewähren. Zwar war heute der erste Erntetag, aber sie rechnete nicht damit, dass die Kinder Spinat und Radieschen überragend spannend finden würden. Und die eigentliche Überraschung – ein Imker aus Nüddebach – ließ noch auf sich warten.

Doch irgendwann musste auch Ole gehen. Nicht, dass ihm schon die Puste ausging, aber seine Mutter rief in der Lindenblüte an. Sie hatte es bereits erfolglos auf seinem Handy versucht – Jule ging jede Wette ein, dass der Akku leer war oder dass es im Auto lag. Die Kinder verputzten noch schnell ihr zweites Frühstück und schwärmten in den Garten aus.

Eine der Erzieherinnen zwinkerte Jule zu. »Jetzt werden wir wohl noch zu den Alpakas fahren müssen.«

»Machen Sie's! Die werden jetzt im Mai irgendwann geschoren.«

»Dann könnten wir natürlich Ende Juni nicht nur für den Garten zu Ihnen kommen, sondern gleich noch zum Kulturverein hochgehen und uns anschauen, wie die Wolle gesponnen wird.«

»Von mir aus kein Problem. Ah, da ist Herr Schmitt.«

Der rotwangige Imker schob einen Handkarren mit einem Bienenstock um die Ecke. Er grüßte mit einem knappen Händeschütteln und fuhr dann fort, seine Utensilien zu holen.

Beim Aufbau schaute Jule ihm neugierig über die Schulter. »Das ist schon beeindruckender als das kleine Wildbienenhotel, das ich gerade baue.«

»Und beides nützlich.« Er sah sie aufmerksam an. »Aber Sie bauen das hoffentlich nicht aus Plastikröhren?«

»Leider nein.«

Seine Augenbrauen schossen in die Höhe, seine Lippen öffneten sich. Aber der leicht untersetzte Mann schien keiner zu sein, der andere vorschnell belehrte. Er wartete kurz ab, und tatsächlich konnte Jule ihren Kopf gerade noch aus der Schlinge ziehen, die ihr die voreilige Zunge beschert hatte: »Leider, weil ich nicht reingucken kann. Plastik und Glas sind ja keine guten Materialien für Nistplätze. Ich habe mich vorher schlaugemacht.«

»Gut. Man kann so vieles falsch machen, wenn man Gutes tun will«, murmelte er. »Mal ein ganz anderes Thema: Sie haben da so eine prächtige Sommerlinde. Dürfte ich Ihnen Mitte Juni meine Bienen hinstellen?«

»Wenn ich ein paar Gläser bekomme, gern.«

»Abgemacht.«

Er hielt ihr die Hand hin, und sie schlug ein.

Erwartungsgemäß ließ das Interesse der Kinder an ihrem selbst gezogenen Gemüse bereits nach. Die Radieschen schmeckten nicht allen, und rohen Spinat – garniert mit frisch gepflückten Gänseblümchen – probierten nur die Tapfersten. Und so umschwärmten sie dankbar und neugierig den Imker.

»Hallo, wer kann mir sagen, welche Pflanzen gerade blühen?«

Jule schaute bei den Gästen auf der Terrasse nach dem Rechten und lauschte mit halbem Ohr.

Die Kinder riefen ihre Ideen durcheinander: »Apfel!«

»Lu-Bienen! Gänseblümle!«

»Kastanie!«

Volltreffer!

Insgeheim klopfte Jule sich selbst auf die Schulter. Der Imker war ein spontaner Einfall gewesen. Eigentlich hatte Jule mit den Kindern Fliesenscherben in Mosaiktechnik rund um Tontöpfe kleben wollen. Aber das war eine so große Aktion, es wäre zu viel des Guten geworden.

Jule brachte gerade Teller in die Küche, da fiel ihr an der Tür ein Fremder auf. Er kam ihr vage bekannt vor, aber sie konnte ihn erst nicht einordnen. Er war groß und breitschultrig, seine Haare hingen ihm etwas zu lang über das gebräunte Gesicht und ein fahlgrünes, improvisiertes Stirnband. Sein rotes Leinenhemd hatte einen leicht mittelalterlichen Schnitt und war vorne geschnürt, sodass am Hals ein abgewetztes Triskel an einer Schnur gut zu erkennen war. Dazu trug er eine wasserblaue Thaihose und ausgelatschte Flip-Flops.

Vorsichtig stellte Jule die Teller auf einen freien Tisch. Sie war sich sicher, den Fremden schon einmal gesehen zu haben, und das verwirrte sie gerade sehr. »Kann ich Ihnen helfen?«

»Ja, das kannst du.« Sein Lächeln war voller Wärme, ebenso der Blick seiner nussbraunen Augen. Abgesehen von den etwas abgetragenen Klamotten konnte man ihn als sehr gutaussehend bezeichnen. »Ich suche meine Freundin.« Augenblicklich hatte Jule ein mulmiges Gefühl. Ihr Kopf wandte sich der Küchentür zu, aber niemand war zu sehen. Nur die Teller und Töpfe klapperten leise.

»Ja?«, fragte sie gedehnt.

»Cora. Erkennst du mich etwa nicht?«

Fred. Jules Bauchgefühl hatte sie nicht getäuscht. Bei ihrer einzigen Begegnung hatte er die Haare kurz und Jeans und T-Shirt getragen.

Weshalb ist der hier? Cora hat doch ihr altes Leben hinter sich gelassen?

Weil sie so gar nicht wusste, wie sie reagieren sollte, flüchtete Jule sich in ein genuscheltes: »Ach, Fred, hallo. Entschuldigung, ich hab dich jetzt echt nicht erkannt. Ich schau mal, ob sie in der Küche ist.« Damit ließ sie ihn einfach stehen. Doch bevor sie auch nur an der Theke angekommen war, kam Cora auch schon aus der Küche. Sie wirkte blass und nervös.

Dem ersten Impuls folgend, wollte Jule sie bei den Händen fassen und ihr beistehen, für sie sprechen und alles erklären. Aber bei dieser Sache konnte niemand für Cora sprechen, außer Cora selbst.

Fast wäre sie dennoch an die Seite ihrer Freundin gesprungen. Stattdessen klammerte sie sich am Rand der Theke fest. Fred lächelte breit und umarmte Cora stürmisch. »Was habe ich dich vermisst!« Mit seinen langen Fingern fuhr er durch ihre Locken, drückte ihren Kopf an seine Schulter, schlang den Arm um ihre Taille. Er bedeckte ihren Kopf mit stürmischen Küssen, ungeachtet der erstaunten Blicke der Gäste. Jule krallte ihre Finger fester ins Holz.

»Meine Seelenverwandte«, säuselte Fred. Zwei alte Herren steckten die Köpfe zusammen.

Innerlich zählte Jule von einundzwanzig rückwärts. Wenn Fred bis dahin nicht bemerkte, wie teilnahmslos Cora diese stürmische Begrüßung über sich ergehen ließ, würde sie …

Plötzlich fuhr Cora mit ihren Händen zwischen seine Arme, riss sie nach oben und wand sich so aus seinen Griff. Sie machte einen Satz nach hinten, wobei sie halb über ein Stuhlbein stolperte, sich fing und schließlich dastand wie ein in die Enge getriebenes Raubtier.

»Ich habe dir gesagt«, ihr Zeigefinger schoss in die Höhe, »dass ich eine Auszeit brauche.«

»Ja, aber …« Fred breitete die Arme aus. »Die hattest du doch! Wir freuen uns alle, wenn wir dich wieder bei uns haben. Du bist so aufgeladen mit Energie!«

»Das ist Wut!«, fauchte Cora. »Keine linksdrehende Engels-Tachyonen-Quanten-Energie auf magischen Pilzen.« Sie trat einen Schritt an ihn heran. Zwar war er einen guten Kopf größer als sie, dennoch wirkte es, als würde sie ein kleines Kind maßregeln. »Und ich kanalisiere die nicht mit noch mehr Yoga oder nackt auf dem piksenden Waldboden liegen oder Holzhacken!«

Mit jedem Wort schien Fred zu schrumpfen. Sein Gesicht zeigte nach wie vor einen Ausdruck absoluter Verblüffung.

Bis auf Coras Ausbruch war es in der Lindenblüte mucksmäuschenstill geworden. Auch Jule wagte kaum zu atmen. Ihre Finger umklammerten noch immer schmerzhaft das Holz. Am liebsten hätte sie die zwei am Schlafittchen gepackt und weit nach hinten in den Garten gebracht, wo sie sich in Ruhe aussprechen konnten.

»Ich verstehe.«

»Nein, das tust du nicht!«

Das mit der Aussprache, das können wir knicken.

»Du kommst hier herein, fragst nicht, wie ich mich fühle, wie es mir geht, wie ich mich entschieden habe. Nein, du umarmst und küsst mich und denkst einfach, du wüsstest, was ich will.«

Sanft, aber bestimmt schnitt er ihr das Wort ab. »Wir harmonieren, Cora. Jetzt, wo du mit jedem Tag strahlender geworden bist, hast du neue Kraft für uns und für die Gemeinschaft. Das spüre ich! Hier hattest du eine Aufgabe zu erledigen, aber die ist nun abgeschlossen. Komm mit mir.«

Einladend hielt er ihr die Hand hin. Sie schlug sie weg.

»Bitte, Cora! Milenas Familie schafft das nun ohne dich.«

Jetzt war es an Cora, vor Überraschung die Luft anzuhalten. »Du kannst nicht wissen, was ich hier … dass ich … von wem …?«

Ihr Blick suchte Jules, die wie gelähmt am Tresen stand, die Handgelenke schmerzend vom Klammergriff.

Mühsam schüttelte Jule den Kopf. Ihr war kalt. »Von mir nicht«, sagte sie.

Cora blinzelte und atmete mit einem Mal heftig ein. »Meine Mutter!« Die Wut knisterte förmlich zwischen den ehemaligen Partnern. »Sie ist die Einzige, der ich hin und wieder geschrieben habe, was ich so treibe! Du hast sie doch nicht etwa angerufen, um herauszufinden, was ich tue?«

»Cora!« Wieder hob er beschwichtigend die Hände. Seine Stimme klang ein wenig rau, aber noch immer geschmeidig wie Samt und Seide. »Keine Macht dieser Welt kann das Band durchtrennen, das unsere Herzen und Seelen verbindet. Das Schicksal hat es zwischen uns gewebt.«

Mit einem Mal stand Cora ganz gerade da. Die zwei Tränen, die in ihren Augenwinkeln glitzerten, wischte sie mit dem Handrücken weg, das Kinn hob sich leicht. »Bitte geh«, sagte sie deutlich.

Ihr Blick traf den seinen.

»Wenn du an das glaubst, was du gerade sagst, dann respektierst du mich und gibst mich frei. Das Schicksal ist eine gute Handarbeiterin und wird dieses Band auch an eine andere knüpfen können. Wieder und wieder.«

Geräuschvoll zog er die Nase hoch. Seine Lippen waren zusammengepresst und leicht gekräuselt. »Du wirst nicht glücklich werden, Cora.« Völlig unvermittelt lächelte er. »Tief in deinem Inneren weißt du das. Aber du brauchst Zeit, das erkenne und respektiere ich. Ich gebe dich frei so lange du möchtest.« Seine Finger vollführten eine Bewegung, als würde er einen Knoten lösen. »In meinem Herzen und in unserer Mitte wird immer ein Platz für dich frei sein, solltest du es dir anders überlegen.«

Falls er sich noch eine letzte Reaktion erhofft hatte oder sogar ein Einknicken Coras, erlebte er nun eine Enttäuschung. Die stand nämlich nur mit verschränkten Armen da und sah ihm fest in die Augen.

Schließlich nickte er und wandte sich mit einem »Bis bald!« zum Gehen.

Nicht nur Cora und Jule amteten erleichtert auf, auch die Gäste waren endlich aus dieser unangenehmen Situation befreit.

»Dann haben wir das wohl hinter uns«, raunte Cora Jule zu und eilte an ihr vorbei in die Küche.

Kapitel 11

»Schotten tragen wirklich nichts unter ihrem Rock!« Jule senkte das Buch und schaute über den Rand hinweg Mika an. Wie üblich gönnten sie sich am Montag ein ruhiges Frühstück auf dem Balkon. Müsli, Joghurt und Holunderblütenschorle aus dem letzten Sirup vom vergangenen Jahr. Doch es würde hoffentlich bald wieder Nachschub geben. Laut Gerta war es irgendwann zwischen Mitte Mai und Mitte Juni so weit – in diesem doch recht warmen Jahr wohl ein wenig früher. Das feuchte, schwüle Wetter war ideal für die Pflanzen.

»So ein Tartanrock ist ja auch aus Wolle«, murmelte Mika. Seine Stimme klang hinter der großen Landkarte etwas gedämpft. Er studierte die Bahn- und Straßenverbindungen, um zu entscheiden, ob sie lieber mit dem Zug oder mit einem Mietwagen reisen sollten.

»Hm! Warm und kratzig«, schwärmte Jule. »Aber stehen würde dir so ein Schottenrock bestimmt.«

Die Karte klappte um, sodass sie sein Gesicht sehen konnte. Und auch, wie er die Nase kräuselte. Ihm war es bereits in der Früh zu warm und die Erinnerung an Wolle nicht unbedingt ideal. »Ich bin kein Schotte. Ich werde ein Dutzend gut sitzender Unterhosen im Gepäck haben. Und ich freue mich schon auf die kühlen Highlands. Hier hält man es ja mal wieder kaum aus.«

Bei der Vorstellung, Mika schon in wenigen Monaten im Kilt zu sehen, musste Jule grinsen. Ja, der würde ihm ganz hervorragend stehen. In grün-rot oder in grün-blau vielleicht? Ihretwegen auch mit einer Unterhose drunter.

Er lächelte zurück. »So ein verliebter Glanz in deinen Augen?«

Und wie! Immer noch, immer wieder, immer weiter!

Ihre Hände trafen sich zwischen Schüsseln und Büchern auf dem Tisch. Eine ganze Weile lang hielten sie Händchen wie Teenager und schauten sich einfach nur in die Augen.

Wieder einmal überkam Jule in seiner Nähe die Zuversicht, auch in zehn, zwanzig, vierzig Jahren noch dieses warme Gefühl in ihrem Magen zu spüren. Es nahm dem Älterwerden seinen Schrecken, denn sie würden diesen Weg gemeinsam beschreiten.

»Keine vier Monate mehr!«

»Gemeinsam.«

»Mit dir.«

»Sag mal, Jolanda: Wenn wir eh von Frankfurt aus fliegen, dann können wir doch eigentlich deinen Eltern und deiner Oma einen kurzen Besuch abstatten.«

»Das ist eine gute Idee. Sie wird sich freuen, dich kennenzulernen. Sie fragt ständig nach dir.« Unwillkürlich schaute sie in den Hof statt zu ihm. »Und trotzdem will sie nicht kommen.«

Sanft strich er ihr eine Strähne hinter das Ohr. »Ich weiß, dass es an dir nagt. Vielleicht kannst du ein bisschen deinen Frieden finden, wenn wir sie gemeinsam besuchen, hm?«

»Vielleicht.«

Mit einem Mal wusste sie nicht recht, wohin mit ihren Fingern, und so goss sie sich die letzten Tropfen Holunderblütensirup ins Glas, füllte es mit Wasser auf und verrührte die feinen, goldgelben Tröpfchen gewissenhaft, auch wenn sich nicht alle auflösten. Gerta war beim Ansetzen oder Kochen des Sirups wohl etwas abgelenkt gewesen und hatte sich mit dem Zucker verschätzt. Teilweise war der Sirup leicht geliert, wenn auch nicht genug, um ihn aufs Brot zu streichen.

»Denk an den schönen Tag mit Cora.«

»Du hast recht, so recht«, seufzte Jule, starrte in den Himmel und war mit ihren Gedanken doch wieder bei ihrer Großmutter.

Auch auf dem Weg zur Lindenblüte ließ das Thema Jule nicht los. Gedankenverloren warf sie Berthe ein paar fette Mehlwürmer hin. »Bin in Spendierlaune!«, rief sie dem Huhn zu. Erst als sie auf ihrem Fahrrad saß, überschwemmte der Frühling sie so sehr mit Sinneseindrücken, dass ihr Kopf seine wohlverdiente Ruhe fand.

Das warme, leicht schwüle Maiwetter ließ die Natur förmlich explodieren. Endlich schien die Sonne wieder lange genug, um ihre warmen Hände auch in die dunkelsten Ecken auszustrecken und die jungen Pflanzen mit sanftem Griff unter dem alten, trockenen Gras hervorzulocken. Und auch Jule lockte sie immer wieder zum Atemholen nach draußen.

Fast jeden Abend gönnte sie sich nun einen Spaziergang mit Mika oder auch allein auf den Feldern, und endlich war auch einmal Zeit, um Cora an einem Montag mit dem Fahrrad abzuholen und wieder in den Wald zu fahren. Der Morgen war warm und roch so würzig nach Heu, dass Jule ihre Tour prompt verlängerte und über den Radweg und die Felder fuhr, statt über die Hauptstraße abzukürzen. Die Sonne stand noch recht schräg, und die Schatten der Feldraine lagen lang auf den sanft raschelnden Gerstenfeldern. In diesen Feldrainen, jenen Grenzen zwischen den Äckern, die hier oft mit dichten Büschen bewachsen waren und die sich meist vollkommen selbst überlassen waren, zankten die Spatzen. Jule hielt kurz an, um sie zu beobachten, wie sie durch die Zweige ihres grünen Paradieses sausten. Feldraine, das wusste sie mittlerweile, waren eigene kleine Ökosysteme, in denen die Natur sich eine Erholungspause von der Landwirtschaft gönnte. Hier fanden Vögel und andere Tiere Schutz und einen reichlich gedeckten Insektentisch, um ihre Jungen aufzuziehen. Und auch den Feldern halfen diese Raine, denn sie zähmten den Wind und verhinderten, dass die Ackerkrume von Wind und Regen abgetragen wurde. Mit vorgerecktem Hals schielte Jule nach den Holunderbüschen, von denen einige zwischen den Schlehen, Haselnüssen und Vogelmieren wuchsen.

An den Feldrändern blühte nun die Schafgarbe. Die anderen Blumen standen kurz vor der Blüte, es konnte nur noch wenige Tage dauern, bis links und rechts des Radwegs wieder ein Blütenmeer wogte. Bald war es dann an der Zeit, dass der Frühling mit Klatschmohn und Kornblumen in den Sommer überleitete. Wären nicht die Hundehaufen an den Wegesrändern gewesen, die Idylle wäre perfekt gewesen.

Vielleicht kann ich hinter der Lindenblüte einen Mülleimer und einen Tütenspender aufstellen. Hier sieht es ja furchtbar aus.

Schon von Weitem hörte Jule ein sanftes Säuseln, das sie wie magisch anlockte. Hinter der nächsten Heckenreihe stand die Gerste bereits hoch auf dem Feld, die langen Grannen rieben im leichten Luftzug aneinander. Ein feines Geräusch, zwischen Säuseln, Schaben und Rascheln. Man konnte es nur hören, wenn man kurz anhielt, lauschte und die Stille in sich aufnahm. Hatte Jule in ihrem Leben eigentlich schon einmal Gerste berührt? Die Versuchung war groß, die Hand nach diesen glänzenden Wellen auszustrecken.

Jule stellte ihr Rad ab und umrundete einige Brennnesseln, bis sie die langen, wie eine Glocke geformten Grannen der Gerste berühren konnte. Von Weitem sahen die Härchen fein und weich aus, aber der Wind verriet, was ihre Finger dann spürten: rau, fast schon scharfkantig.

Mit tiefen Atemzügen nahm Jule diesen Moment in sich auf. Kein Fotoapparat und keine Kamera war dazu in der Lage, dieses Bild festzuhalten und diese Gefühle weiterzutragen.

Gestärkt schwang Jule sich schließlich auf ihr Rad, trat kräftig in die Pedale und genoss die süße Frühlingsluft auf ihrer Haut.

Wie erwartet störten Cora einige Minuten Verspätung nicht. Ganz im Gegenteil: Sie saß mit einem Tablet im Schatten des Scheunendachs, die Beine zu einem Schneidersitz zusammengeklappt, der Jule schon beim Zusehen schmerzte, und las etwas.

Schichten, schoss es Jule beim Anblick dieses modernen Geräts durch den Kopf. Natürlich hatten sie sich oft über Skype und andere Programme unterhalten, als Cora noch in der Eifel gelebt hatte, aber seltsamerweise hatte Jule Cora hier in Müggebach noch nie mit einem Handy vor der Nase oder mit Kopfhörern im Ohr gesehen. Nicht mal ein kurzer Blick auf das Handy, wie Jule es selbst immer wieder aus Gewohnheit tat.

Es ist schon eine seltsame Sache, was man sich für ein Bild von anderen Menschen macht und wie es einen irritiert, wenn diese Menschen dann sie selbst sind, statt in der Schablone zu bleiben.

Kurz zögerte sie, ihre Freundin zu stören. Sie stand unter dem Torbogen und konnte nicht recht erklären, weshalb sie nicht einfach grüßte.

Und dann kam Jule darauf, was an ihrer Freundin heute anders war: die Gelöstheit. Cora saß da wie jemand, der vollkommen mit sich im Reinen war. Das sagte auch ihr Lächeln, als Jule sachte die Fahrradklingel betätigte.

»Entscheiden«, meinte sie nur und war sich wohl vollkommen sicher, dass Jule wusste, worum es ging. »Ich muss mich nur noch entscheiden.«

Sie steckte das Tablet in ihre Fahrradtasche.

»Heute nicht, oder?«

»Nein, heute noch nicht. Heute wissen wir genau, wohin es geht! Folgen wir der Straße!«

Auch wenn die Höflesiedlung weit oben auf dem Hügel lag, hatten sie noch einen anstrengenden Anstieg zu bewältigen, bis sie die Räder endlich auf dem kleinen Rad- und Gehweg am Rand der Landstraße laufen lassen konnten. Das Wetter verlangte ihnen heute alles ab, oben auf dem Hügel waren sie völlig durchgeschwitzt. Sie mussten nur noch am nicht mehr so neuen Neubaugebiet vorbei, dann kam »ihre« Bank bereits in Sicht.

Doch vorher stieg der Postbote direkt neben ihnen in die Bremsen seines Kastenwagens. Er kurbelte die Scheibe hinunter und winkte.

»Frau Moller!«

Überrascht hielt Jule an. Cora kicherte neben ihr. »Hier kennt wirklich jeder jeden!«

»Frau Moller, falls sie noch Platz in der Tasche haben. Ich habe hier einen Großbrief aus Kanada für Sie. Oder soll ich den in der Lindenblüte abgeben?«

»Nein! Auf keinen Fall!« Augenblicklich sprang Jule vom Rad. Aus Coras Kichern wurde ein Lachen.

Jule räusperte sich und bewahrte Haltung. »Ich meine: Den Brief nehme ich doch gerne direkt an. Danke, danke, danke!«

»Immer wieder gerne.« Er tippte sich an die Mütze und bog ins Neubaugebiet ab.

Cora beugte sich über Jules Schulter. »Du weißt nicht zufällig, ob er Single ist?«

»Hm, wer? Der Postbote? Komm, lass uns noch bis zur Bank fahren.«

Trotz ihrer Neugierde warf sie nur einen kurzen Blick auf den Brief. Er kam tatsächlich von Annemarie. Ein großer Umschlag aus steifem Papier. Mit den Fingern ertastete Jule ein oder zwei

Gegenstände, die flache Büchlein wie ihr Notizbuch sein konnten. Tagebücher? Heimliche Liebesbriefe?

Mit einem hellen Lachen fragte Cora: »Jetzt sag bloß, auf den hast du noch kein Auge geworfen.«

Die Verwirrung in Jules Augen sprach wohl Bände. Für sie war der Postbote immer nur der Postbote. Ein netter, humorvoller und zuverlässiger Mensch mit Schirmkappe.

»Nein, ist absolut nicht mein Typ. Frag mal Gerta. Die kennt bestimmt jemanden, der das weiß.«

»Na jaaaa. Eigentlich will ich ja weg.« Coras Blick glitt zu den kleinen Schäfchenwolken am Himmel.

»Und du weißt schon, wohin?«

»Jein.« Cora zwinkerte und stieg wieder auf ihr Rad. »Aber ich habe schon einen wackeligen Plan.«

Jule beeilte sich, ebenfalls aufzusteigen. Cora fuhr extra langsam, ihr Rad schwankte bedenklich.

So wie früher.

Als Teenager hatten sie ausprobiert, wer am langsamsten fahren konnte, ohne zu stürzen. Alle drei mit raspelkurzen Haaren – die Jugend war schließlich dazu da, um vollkommen verrückte Dinge zu tun. Spätestens an diesem Tag hatten ihre Mütter das auch endlich verstanden und nach einem kurzen Aufseufzen lächelndes Verständnis gezeigt. Heute konnte Jule sich Cora gar nicht mehr mit so kurzen Haaren vorstellen. Die lange Löwenmähne passte einfach perfekt zu ihren lebendig funkelnden Augen und zu ihren runden, weichen Gesichtszügen.

Sie lieferten sich ein kurzes Schneckenrennen bis zur nahe gelegenen Bank und warfen die Räder ins hohe Gras.

Dort legte Jule sich den Brief auf die Knie und schaute ihre Freundin erwartungsvoll an. »Aaaalso, wohin? Wohin zieht es dich?«

»Es zieht mich überallhin«, erklärte Cora. Ein geheimnisvolles Lächeln umspielte ihren Mund. »Ich habe mich beworben, und mein Weg führt mich ab sofort überallhin – nur nicht in die Eifel.«

»Klingt mysteriös.«

»Ist es gar nicht. Ich habe mich über verschiedene NGOs informiert, Nichtregierungsorganisationen, die weltweit mit nachhaltigen Konzepten arbeiten. Mal schauen, ob mich eine von denen nimmt, meine Qualifikationen passen irgendwie und passen doch nicht. In der Entwicklungshilfe habe ich bisher ja nicht gearbeitet, aber zumindest kenne ich mich mit einfachen Baumaterialien aus. Ich hab ewig recherchiert, um Organisationen zu finden, die vor Ort wirklich helfen und nicht nur Hilfs-Touristen vermitteln, die sich ein gutes Gewissen erkaufen. Na ja, du weißt, was ich meine, oder? Wenn ein Brunnen gebohrt und eine Schule gebaut wird, kümmert man sich auch Jahre später noch um die Fragen der Menschen vor Ort, schult sie ordentlich und verschwindet nicht, sobald das Dach drauf ist. Na, was sagst du?«

»Hundert Prozent Cora!« Stürmisch umarmte sie die Freundin.

»Jetzt muss es nur noch klappen. Drück mir die Daumen! Milena und Lars haben mir zwar erlaubt, so lange bei ihnen zu wohnen, bis ich gefunden habe, wonach ich suche, aber ich will schon so bald wie möglich wieder auf eigenen Füßen stehen. Liebe Güte, musste ich mit Milena darum ringen, mich in der Scheune einrichten zu dürfen! Das Dach ist endlich dicht, und die Fenster sind drin. Mehr brauche ich nicht. Mir macht es nichts aus, in der Hängematte zu schlafen.«

Allein bei der Vorstellung, mehrere Nächte in einer Hängematte zu liegen, schmerzte Jules Rücken ganz erheblich. Sie war, das musste sie vor sich selbst zugeben, dann doch etwas verwöhnt von ihrer kuscheligen, aber dennoch festen Matratze.

»Mal abgesehen davon, dass sie mit dem Baby dann Ruhe haben, können sie die zwei Gästezimmer im Haus besser nutzen. Zum Beispiel wenn die Großeltern zum Enkelgucken kommen.«

»Klingt nach einer guten Lösung. Und falls du dich dort unwohl fühlst, kannst du ja zu un…«

»Nein! Auf keinen Fall!« Cora hob entschieden die Hand. »Seit Monaten mische ich mich in euer aller Leben ein. Ich bin euch so unendlich dankbar, aber irgendwann ist es genug! Ihr habt mich gestützt und mir neuen Mut gegeben, jetzt muss ich mal zusehen, dass ich wieder alleine klarkomme. Milena und Lars haben mich für meine Arbeit angestellt und bezahlt. Da ich keine Ausgaben hatte, kann ich, wenn es nötig ist, für einige Wochen in einer Pension unterkommen. Alles wird gut.«

»Dann diese Sache hoffentlich auch.« Mit dem Zeigefinger fuhr Jule unter den Klebestreifen, mit dem der Briefumschlag verschlossen war, und löste ihn ganz langsam vom Papier.

Cora rückte noch näher. »Ich wette auf ein Tagebuch.«

»Kann mir nicht vorstellen, dass man so etwas Persönliches verschickt.«

»Das Tagebuch, das mein Opa während seiner Ausbildung geschrieben hat, ist recht nüchtern.«

»Hm«, machte Jule und löste das letzte Stückchen Klebestreifen. »Liebesbriefe wären spannend, aber ich glaube eher, dass es ein kleines Skizzenbuch ist.«

»Trau dich!«, ermunterte Cora sie.

»Okay.«

Mit klopfendem Herzen steckte Jule ihre Hand in den Umschlag. Sie ertastete ein Blatt Papier, eine kleine Tüte und zwei Hefte, klein wie die Fläche einer Hand. Langsam zog sie alles heraus und drapierte es auf der Bank. Ein Brief und zwei Notizbüchlein, die aus allerlei Papierresten bestanden und sorgfältig per Hand zusammengenäht waren. »Freundebuch« stand auf dem einen, »Unser Küchenbuch« auf dem anderen, ergänzt um einen Zusatz in einer anderen Schrift: »Mit Garten!« Die Schrift war wieder dieses geschwungene Altdeutsch, an das Jule und Cora sich mittlerweile leidlich gewöhnt hatten. Akkurat, aber dennoch ein wenig kindlich. In der Tüte befand sich ein handtellergroßer Traumfänger.

Andächtig bestaunten sie die Sachen, dann las Jule den Brief vor:

My dear Jolanda,
einen großen Dank für die vielen Bilder, die du mir geschickt hast! Sie wecken viele Erinnerungen in mir und haben mir viel Freude bereitet. Ja, auf dem Foto fehlt wirklich Helene. Und sie hat damals auch das Mandelbäumchen auf dem Stober-Hof gezeichnet. Wie schön, dieses Bild wiederzusehen!
Ach, wirklich, man vergisst viel, viel mehr, als man glaubt.
Durch deine Suche habe ich schöne Stunden mit meinen Erinnerungen verbracht. Mein Herz fühlt sich leichter an.
Ich habe beschlossen, dir diese beiden Bücher anzuvertrauen. Als Wilhelmines Enkelin wirst du sie zu schätzen wissen, und ich weiß sie bei dir in besten Händen. Und das Freundschaftsbuch, das gehört eigentlich Wilhelmine und ist bloß bei mir gestrandet.
Schick es ihr bitte weiter, sobald du es gelesen hast.
Mir ist wieder eingefallen, wie die Sache mit dem Albrecht damals ausging: Der hat sich nach Wilhelmines Fortgang in die Hildegard vom Hopfenmeier verguckt.
Und der Simmens, der Lehrer, der ist damals recht schnell wieder aus dem Dorf verschwunden. Versetzt worden. Meine Eltern haben mir jedenfalls verboten, ihm weiter mit den Pflanzen zu helfen, er würde uns Schülerinnen zu sehr nachschauen – und auch Helene hat von ihren Eltern etwas zu hören bekommen!

Wahrscheinlich war es ihnen nicht recht, dass er in uns Interesse für die Wissenschaften entfachen wollte. Frauen gehörten ja an den Herd und auf das Feld. Mittlerweile verzeihe ich ihnen. Meine Eltern waren einfache und gute Menschen. Erst in Kanada haben sie gelernt, dass nicht alles schlecht ist, was außerhalb von Dorf und Tradition stattfindet. Und im Nachhinein weiß ich, wie ungeeignet ich für eine Karriere in der Wissenschaft gewesen wäre. Deine Großmutter war da ganz anders! Und ihre Eltern auch. Die Stobers waren zwar streng, aber auch stolz auf ihre gescheite Tochter. Wenn der Krieg ihr nicht dazwischengepfuscht hätte, wer weiß, was aus ihr geworden wäre? Immerhin, sie hat studiert und war Lehrerin und wurde damit glücklich. Und ist es letztendlich nicht das, was zählt?

Nur eins konnte ich von ihr noch nicht erfahren: Weshalb sie nicht mehr nach Müggebach kommen möchte. Du weißt, wir schreiben uns und hin und wieder telefonieren wir auch, aber wenn ich etwas über die Zeit damals sagte, lenkt sie meistens schnell ab. Ich weiß nicht, ob wir jemals erfahren werden, was sie bedrückt.

Sieh es uns alten Frauen nach, dass alles ein wenig langsamer geht! Wir tragen so viele frohe und auch mühevolle Jahre in unseren Herzen, wir müssen tief graben.

Je t'embrasse, ich umarme dich,

Annemarie

Postskriptum: Diesen Traumfänger habe ich vor etlichen Jahren bei einem Besuch in einem Reservat gebastelt. Er soll dir ebenso schöne Träume bescheren wie mir.

Eine ganze Weile konnte Jule den Brief nicht aus der Hand legen. Wieder und wieder lasen sie und Cora abwechselnd die Zeilen.

Jule spürte Tränen in ihren Augenwinkeln. »Überleg mal: Wir haben uns eineinhalb Jahre lang nicht gesehen, wie muss es erst sein, wenn man über mehr als ein halbes Jahrhundert getrennt ist? Unglaublich, wie stark Freundschaft sein kann und wie wenig die Zeit ihr ausmacht.«

Schniefend nahm sie das Freundschaftsbuch zur Hand und reichte Cora das Kochbüchlein.

»Wow, die Kochrezepte sind echt knapp gehalten!« Cora hob das Büchlein hoch. Auf einer Seite standen vier und mehr Rezepte untereinander. »Erinnert mich an das Büchlein meiner Großmutter. Heute hat man ein ganzes Regal voller Kochbücher und Ratgeber für denselben Inhalt. Und bei meiner Oma? Gefühlte hundert Rezepte plus Tipps für Säuglingspflege und Kindeserziehung. Und die Grundlagen, die waren vorn im Buch.«

»Also ich würde nur ungern auf so ein appetitlich bebildertes Kochbuch verzichten.«

»Bei mir schlägt da doch der Ökohof durch.« Cora sagte es ohne Bitterkeit in der Stimme. »Einfachheit, Klarheit, weniger Auswahl, mal keine tausend Meinungen zu einem Thema. Es entspannt.«

»Schränkt halt auch ein.«

»Aus dem Dilemma kommen wir Menschen nicht so schnell raus.«

»Von wem ist denn das Kochbuch?«

»Von allen dreien.« Cora blätterte an den Anfang und zeigte Jule die erste Seite. »Annemarie, Wilhelmine und Helene. Wenn ich das richtig sehe, haben sie das weitergegeben, und jede hat ein Rezept oder einen Gartentipp eingefügt. Deine Oma scheint es ja mehr mit dem Garten gehabt zu haben, Helene mit dem Backen und Annemarie mit Kochen und Haushalt.«

»Das Freundschaftsbüchlein war auch ein richtiges Wanderbuch. Schau mal, es hat tatsächlich als Wilhelmines Poesiealbum angefangen und dann ist die Sache gewachsen. Sie haben es immer von der einen zur anderen weitergereicht und etwas hineingeschrieben.«

Auf den ersten Seiten fanden sich sehr schöne, ein wenig altmodische Poesiealbumsprüche, oft mit kleinen Bildchen verziert.

»›Wie die Biene Blumensäfte also sammle Weisheit ein. Ist die Blütezeit vorüber, ist der Blütenhonig dein.‹ Das hat ihr Annemarie reingeschrieben.«

»Oh, wie süß! Und von Helene?«

»Nichts.«

Cora nahm ihr das Büchlein aus der Hand. Auf ihren Wangen glühte wieder jener fiebrige Eifer, den Jule schon im Heimatmuseum an ihr wahrgenommen hatte. Ohne Zögern schlug sie die letzte Seite auf. »Ich glaube, Helene hatte dieselbe Idee wie ich damals bei dir.« Sie las vor: »Ich schreibe dir aufs letzte Blatt, weil ich dich am liebsten hab. Und wer dich lieber hat als ich, der schreibe einfach hinter mich.«

»Die Zeichnung! Eine Blume, ein Tränendes Herz.« Tatsächlich zierte den Spruch eine feine Bleistiftzeichnung, die auf dem rauen Papier kaum zu erkennen war.

»Warte mal …« Jule kramte ihr Handy heraus. In diesem Jahr war sie etwas nachlässig mit dem Löschen der Bilder gewesen und so fand sie, was sie suchte: das Foto des Samentütchens mit dem Kaltkeimer. Sie zeigte es Cora.

Die hielt es neben den Spruch und schüttelte nur den Kopf. »Das ist Helenes Schrift! Nicht mehr Altdeutsch, aber noch mit diesen Schwüngen, hier und hier. Und das war die ganze Zeit vor unserer Nase.«

»Nicht nur meine Oma liebt das Tränende Herz, sondern auch Helene.«

Zügig blätterte Cora durch die Seiten. »Schau mal hier: Alle drei zeichnen das Tränende Herz. Anfang der Dreißiger. Man sieht, wie sie sich über die Monate entwickeln und dazulernen. Na ja, außer vielleicht Annemarie.« Cora tippte auf eine Seite, auf der die Pflanze dreimal abgebildet war, jeweils mit den Initialen gekennzeichnet. Während Wilhelmines Zeichnung bereits aussah wie aus einem Lehrbuch der Botanik und bei Helene vor allem die sorgfältige Kolorierung ins Auge fiel, glänzte Annemaries Zeichnung durch Humor. Anscheinend hatte sie es irgendwann aufgegeben, einem hehren und für sie unerreichbaren Ziel nachzueifern, und sich auf ihre Stärken konzentriert. Unverkennbar war das eine gewisse Leichtigkeit, ausgeführt mit Anklängen an die Kunst des Jugendstils. So tränte Annemaries Herz in der Brust eines stolzen Bäckerlehrlings.

Jule blätterte weiter in dem Büchlein. »Hm. Schade. Die Texte sind nicht ganz so informativ wie die Zeichnungen. ›Schicke dir noch ein Herz.‹«

»Lass mal sehen. ›Was für ein Fest! Ob wir die Linde einmal zeichnen sollen, wenn sie blüht?‹ Bei den Zeichnungen war keine Linde dabei. Ob es noch mehr Verstecke gibt? Noch mehr Bilder?«

Eine Windböe strich Jule über die Wangen. Sie schaute auf, am Horizont türmten sich die Wolken. Zwischen ihren Schulterblättern kribbelte es.

»Wir haben noch Zeit, bis der Regen bei uns ist«, meinte Cora, die ihrem Blick gefolgt war.

»Ja.« Nachdenklich runzelte Jule die Stirn. Dann öffnete sie den Umschlag, steckte Brief, Kochbuch und Traumfänger hinein und reichte ihn Cora. »Die Zeit sollten wir für die frische Luft nutzen.«

»Wie?« Coras Augen weiteten sich, das Büchlein hielt sie fest in ihren Händen. »Wir können doch jetzt nicht aufhören! Diese Bücher warten seit Jahren darauf, dass jemand ihr Geheimnis lüftet!«

Ein leiser Seufzer entfuhr Jule. Auffordernd schüttelte sie den Umschlag.

Cora zeigte ihr mit den Fingern einen winzigen Abstand. »Sooo kurz stehen wir davor, alle Puzzleteile zusammenzusetzen. Sooo kurz, und wir verstehen, weshalb deine Oma diese sanften Hügel niemals wiedersehen möchte.«

Noch einmal versuchte Jule, etwas zu sagen. Warum war es so unmöglich, Worte für das Chaos in ihr zu finden?

Ich weiß nicht, ob ich das wirklich möchte. Ob ich alte Wunden ausfindig machen und sie womöglich wieder aufreißen will.

War es das wert? Für ihren eigenen Herzenswunsch in anderen Menschen Dinge aufzuwühlen, die so lange geruht hatten?

Ein reißendes Geräusch holte Jule aus ihren Gedanken zurück. Zwischen ihren Fingern war die Klappe des Briefumschlags gerissen, ohne dass sie überhaupt wahrgenommen hatte, wie ihre Finger am Papier zogen.

Auch Cora hatte es gesehen. Vorsichtig legte sie das Freundschaftsbuch in den Umschlag.

»Wir werden schon den richtigen Weg finden«, murmelte sie.

Jede hing ihren Gedanken nach, während die Blicke in die Ferne schweiften, über die weichen Konturen der Hügel, über die wogenden Felder und die schmalen Reihen verfilzter, wilder Hecken. Der auffrischende Wind und die jungen Mauersegler, die in waghalsigen Manövern im Tiefflug über die Felder jagten, zähmten die sich drehenden Gedanken. Der Wind kam aus Südwest und trieb die Quellwolken nördlich an ihnen vorbei. Das reinigende Gewitter, auf das Jule sich gefreut hatte, würde irgendwo anders stattfinden. Dennoch blieb ein leichtes Kribbeln zurück.

Hier ist Platz für Ihre Ideen:

Kapitel 12

Von: Wilhelmine Arbt <Wilhelmine@mailmail.de>
An: Jolanda Moller <jule@jules_linde.de
Betreff: Tränende Herzen

Meine liebe Jolanda,

oh ja, an den Sternenhimmel im Mai erinnere ich mich noch sehr gut! Nur auf den jungen Mann musste ich noch einige Jahre warten, den habe ich nicht mehr in der alten Heimat gefunden – wie dankbar bin ich heute noch meinem Vater, dem meine Bildung damals wichtiger war, als mich gut versorgt unter die Haube zu bringen!
Zu Müggebacher Zeiten, da habe ich nur hier und da etwas geschwärmt, wie man eben als junges Mädchen schwärmt. Damals konnte ich noch nicht zwischen Bewunderung und wahrer Liebe unterscheiden.
Aber wann weiß man schon, was wahre Liebe ist? Bei mir hat es jedenfalls sehr lange gedauert. Wenn man jung ist, glaubt man immer, jede Leidenschaft sei für die Ewigkeit, weil man gar keinen Begriff hat, wie lange das sein wird. Bei meinem letzten Telefonat mit Annemarie musste ich so schmunzeln! Sie hat mich daran erinnert, wie leidenschaftlich ich gezeichnet habe, so wie du es heute tust. Na, zumindest hat meine Liebe zu den Pflanzen mich damals dazu gebracht, Lehrerin zu werden. Durch den Krieg und die ganzen Veränderungen habe ich dann zwar Deutsch und

Englisch unterrichtet und nicht Biologie, aber letztendlich bin ich damit sehr glücklich geworden.

Vor vielen Jahren wolltest du einmal wissen, weshalb ich das Tränende Herz in so vielen verschiedenen Farben und Formen auf meinem Balkon züchte. Damals sagte ich, es sei eben eine Gewohnheit, immer schon so gewesen, man denkt nicht mehr drüber nach. Aber als dann der Samen von dir hier ankam und aufging, da erinnerte ich mich wieder, wie ich in der Tasche meiner Schürze drei Samen des Tränenden Herzens mit nach Frankfurt nahm, denn diese Pflanze hat mich schon immer begleitet. Wie wundervoll, dass sie nun auch in deinem Garten Wurzeln schlägt! Zu einem ordentlichen Bauerngarten gehört *Lamprocapnos spectabilis* einfach dazu.

Blüht sie bei euch schon? Es müsste bald so weit sein, aber ganz bestimmt zum Jubiläum deines Cafés. Dreh einmal eine Blüte um. Ich bin gespannt, ob du es sehen kannst, das Männle in der Badewanne.
Über Bilder freue ich mich sehr.

Ich küsse und umarme dich, je t'embrasse
Deine Wilhelmine

Als der letzte Gast für diesen Tag den Heimweg angetreten hatte, steckte Jule den Schlüssel ins Schloss, um abzuschließen. Doch dann öffnete sie noch einmal, schaute auf die Straße hinaus, blickte nach links und rechts, wartete einen Augenblick und schloss erst dann endgültig die Tür. Das Kribbeln im Nacken blieb bestehen. Seit Tagen tauchte es immer wieder auf. Wenn sie eine Straße überquerte, wenn sie am Fenster stand und eben dann, wenn sie die Lindenblüte schloss, griffen die zarten Finger ihres sechsten Sinns zu. Doch wandte sie sich um, war da niemand, öffnete sie das Fenster, war sie vollkommen unbeobachtet.

»Wieder?«, fragte Cora besorgt. Sie hatte heute ausgeholfen.

Jetzt stand sie im Wintergarten und hatte die alte Waschküchentür geöffnet. Das tat sie gern. Sie sagte, das Poster sei eine Kraftquelle für sie, ein geheimer Ort, um aufzutanken und den Fokus gerade zu rücken. Besonders in Anbetracht der vielen Absagen, die auf ihre Bewerbungen hin eintrudelten.

Mit den Fingerspitzen strich Jule über die Gänsehaut auf ihren Oberarmen. »Entweder bin ich überarbeitet oder ich sehe Gespenster. Meinst du, ich steigere mich zu sehr rein?«

»Hm.« Auch Cora schlang die Arme um sich. »Möglicherweise sagt dein Körper dir, dass du eine Entscheidung treffen musst, um zur Ruhe zu kommen. Du weißt ja: Man sieht an anderen, wovor man an sich selbst die Augen verschließt. Und jetzt ehrlich: Heute arbeitet es doch noch mehr in dir als in den letzten Tagen ohnehin schon.«

Mit einem tiefen Seufzer plumpste Jule auf die Eckbank neben dem Basteltisch. Hier stand auch das kleine Mosaiktischchen, das bei der Eröffnung der Lindenblüte entstanden war. Jeder Gast hatte eine Scherbe oder einen schönen Stein mitgebracht, und gemeinsam hatten sie dieses Kunstwerk erschaffen. Nun diente es als Blickfang und dazu, Material abzustellen, um ungehindert auf dem großen Tisch werkeln zu können. Sie hatte sich dort ihr Zeichen-Wochenbuch zurechtgelegt, war aber nicht in der richtigen Stimmung, um die Eindrücke der vergangenen Tage festzuhalten.

Gedankenverloren fuhr Jule die unebenen Konturen der Mosaikplatte nach. »Oma hat mir eine Mail geschrieben. Ich bin zwiegespalten. Es kommt mir wieder so vor, als würde sie sich etwas mehr öffnen, aber ich kann einfach nicht in ihren Kopf sehen. Ich denke, sie hat mitbekommen, dass ich in ihrer Vergangenheit wühle. Und jetzt habe ich keine Ahnung, ob sie mir Hinweise gibt oder ob sie einfach nur für sich ihre Vergangenheit aufarbeitet. Was, wenn sie in mir vor allem eine Zuhörerin sieht, wo wir uns doch seit Jahrzehnten Briefe und Mails schreiben und uns alles erzählen?«

»Setz dich doch mal zu mir.« Auffordernd klopfte Cora neben sich. Sie saß auf einem der Tische, den Blick nach wie vor in die Ferne des Waldwegs gerichtet.

Obwohl Jule kaum stillsitzen konnte, bewegte sie sich nicht vom Fleck, sondern fuhr nur immer hektischer über die blau lasierte Scherbe, die Mika in den Tisch eingelassen hatte – ein Versöhnungsgeschenk, nachdem ihre ersten Begegnungen von zu vielen Missverständnissen geprägt gewesen waren.

»Lass uns das Freundschaftsbuch lesen und mit all den anderen Sachen vergleichen. Ja, Jule? Und erzähl mir, was Wilhelmine dir geschrieben hat.«

»Von Tränenden Herzen. Hier.« Jule hielt ihrer Freundin das Handy hin. Neugierig kam Cora näher und studierte die Mail.

Während sie las, läutete das Telefon.

»Wer ruft um diese Zeit an?« Mit gerunzelter Stirn ging Jule in Richtung Theke.

»Milena?«, überlegte Cora laut. »Das Kind muss ja jetzt jeden Tag kommen.«

»Ach, das würde mich freuen.« Sie hob das Telefon aus der Ladestation. »So richtig glücklich ist sie mit ihrem Bauch ja nicht.«

»Sie hat sich arrangiert«, murmelte Cora, deren Aufmerksamkeit augenscheinlich von Wilhelmines Mail gefangen war.

»Café Lindenblüte«, meldete Jule sich. Obwohl nach einer Geburt sicherlich einiges durcheinanderging, glaubte sie nicht recht daran, dass Milena ausgerechnet auf der Geschäftsnummer anrufen würde.

Die Stimme am anderen Ende der Leitung traf sie unerwartet: »Frau Moller?«

Helene Dennig.

»Ja, ich bin's«, war alles, was sie hervorbrachte.

»Eine einzige Frage.«

»So viele Sie stellen möchten, Frau Dennig.«

»Nur die eine: Woher stammen die Bilder, die bei Ihnen an der Wand hängen? Sind das Erbstücke?«

Natürlich! Helene hatte zumindest eins dieser Bilder gemalt. Es war ihr gutes Recht, alles über den Fund zu erfahren – und ihre Werke im Original wiederzubekommen.

»Wir haben sie bei der Renovierung des Dennighofs gefunden. Hinter der Eckbank.«

Ehe Jule von den zwei Büchern erzählen konnte, erklang ein heftiges Schluchzen. Dann war die Leitung tot.

»Jule? Was war? Du bist so blass?«

»Ich habe keine Ahnung.« Langsam ging sie zur Wand hinüber.

Jule setzte sich auf die Eckbank, ihr Blick blieb kurz auf dem Mandelbaum hängen, dann wanderte er von botanischer Zeichnung zu botanischer Zeichnung, ohne wirklich zu verweilen. Aus dem Kribbeln in ihrem Nacken war eine bebende Unruhe geworden.

»Das am Telefon, das war Helene«, sagte Jule schließlich langsam. »Sie hat nach den Zeichnungen gefragt. Ob ich sie geerbt hätte. Als ich ihr sagte, wir hätten sie hinter der Eckbank gefunden, brach sie in Tränen aus und hängte auf.«

»H. D. und W. S.« Cora blätterte das Freundschaftsbuch auf und legte es auf das Webstück. Drei Tränende Herzen, drei Initialen.

»Helene Dennig und Wilhelmine Stober. Warum waren wir eigentlich so blind, Cora? Wollten wir nicht sehen, dass zwei junge Mädchen so wundervolle Zeichnungen angefertigt haben? Da steht es!« Sie streckte die Hand nach dem Büchlein aus, rückte es heran. Dann las sie, was Annemarie geschrieben hatte: »Was könnte schon perfekter sein als eure Zusammenarbeit? Wilhelmines eleganter Schwung und Helenes Feingefühl für Farben. Ihr ergänzt euch ganz vortrefflich, und gemeinsam werdet ihr Großes vollbringen!«

Geräuschvoll rückte Cora ihren Stuhl direkt neben Jule und knuffte die Freundin am Arm. Ganz zart und leicht wie der Flügelschlag eines Schmetterlings, und doch lag so viel Tröstliches in dieser Berührung, Jule fühlte sich sofort geborgen. Ihre älteste Freundin bei sich zu haben, tat ihr gut.

Gemeinsam blätterten sie noch einmal alle Seiten des Freundschaftsbüchleins durch, dann das Kochbuch. Die Texte waren kurz, nicht alles ließ sich sofort entziffern, aber was da stand, klang nach einer tiefen und starken Freundschaft zwischen drei jungen Frauen. Sie gaben sich gegenseitig Tipps, kommentierten begeistert Zeichnungen, Kochrezepte und Gartenideen, diskutierten über die besten Lichtverhältnisse für das Zeichnen, über Standorte im Garten und ab und zu über die Schule.

»Wie wir«, sagte Jule leise. »Fehlen nur die Partys, der Liebeskummer und die wilden Träume für die Zukunft.«

»Da sagst du was! Das Büchlein ist schon verdächtig unschuldig geschrieben.« Wieder und wieder blätterte Cora durch die Seiten, ihre Augen flogen zwischen den Sätzen hin und her.

»Hm«, brummte Jule. »Überleg doch mal: Bislang war alles gut versteckt. Das Zeichen- und das Botanikbuch unter den Steinen, die Zeichnungen hinter der Eckbank. Kann doch gut sein, dass die Freundinnen das alles heimlich gemacht haben. Wie selbstverständlich war es denn, dass man 1934 als junge Frau botanische Studien anfertigte? Auf dem Land?«

Cora runzelte die Stirn und dachte angestrengt nach. »Das passt aber nicht zu der Mail deiner Oma, die du mir vorgelesen hast. Sie schrieb doch, wie wichtig es ihrem Vater war, sie zu fördern. Wenn die Tochter Talent fürs Zeichnen und für die Botanik gehabt hätte – Moment!« Sie unterbrach sich. Das Stirnrunzeln vertiefte sich. »Dieser Lehrer, dieser Simmens, über den ich etwas gefunden hatte. Der ist doch versetzt worden, weil ihm nachgesagt wurde, er käme seinen Schülerinnen zu nah. Und von dem habe ich im Heimatmuseum auch die eine oder andere botanische Abhandlung über Bauerngärten gefunden. Passt das zusammen?«

»Puh!« Jules Nase juckte. »Ja und nein.« Einmal mehr folgte ihr Blick den Linien der Zeichnungen. Zweifellos waren diese mit viel Sorgfalt ausgeführt worden.

Aber wie lange sie auch darauf starrte, es brachte sie nicht weiter. Also beschäftigte sie sich noch einmal mit den Beschriftungen der Pflanzenteile und mit den Initialen. Mit den Initialen stimmte etwas nicht. »Sag mal Cora, könnte es sein, dass Helene ihre Initialen später auf die Bilder gesetzt hat? Das wirkt einfach nicht wie aus einem Guss. Auf den Originalen sieht man es wahrscheinlich besser, aber ich wette, die Tinte ist nicht dieselbe.«

Cora stand auf. Sie trat vor ein Bild, auf dem eine Studentenblume zu sehen war, und beugte sich vor.

»Tatsächlich. Könnte Helene das nach dem Kolorieren gemacht haben? Also: Wilhelmine zeichnet und beschriftet das Blatt, Helene koloriert und ergänzt ihre Initialen nach getaner Arbeit?«

»Weshalb hat sie nicht dieselbe Tinte verwendet? Die beiden waren offensichtlich so perfektionistisch, das passt doch nicht. Und keine Ahnung, für welchen Zweck diese Zeichnungen angefertigt wurden, aber Genauigkeit und Sauberkeit schienen ihnen sehr wichtig gewesen zu sein, da hätten sie doch nicht ausgerechnet dabei geschlampt, oder?«

»Du meinst, Helene hat koloriert, aber nur Wilhelmine hat ihre Initialen auf das Bild geschrieben?«

Ganz langsam atmete Jule aus. Dann stützte sie die Ellenbogen auf dem Tisch ab und legte sich die Hände vor die Augen.

»Ich möchte so gerne Nein sagen. Für mich sieht das danach aus, dass Oma – warum auch immer – damals behauptet hat, die Bilder wären allein von ihr. Ob sie sich wohl bis heute dafür schämt? So eine starke Freundschaft – und dann wegen etwas zerbrochen, das womöglich sie verschuldet hat.«

»Aber weshalb dann das abgeschnittene Foto? Wollte sie Helene aus Scham nicht mehr sehen?«

»Wenn ich das wüsste! Sie hat mir nie von Helene erzählt. Kann natürlich sein, dass die beiden sich gestritten haben und deshalb Helenes Initialen erst später hinzugefügt wurden. Ach, ich weiß langsam gar nicht mehr, was ich denken soll!«

Cora trat wieder neben sie und legte ihr mitfühlend die Hand auf den Rücken. »Es kann auch einen ganz anderen Grund dafür geben. Und selbst wenn Wilhelmine damals getrickst und ihre Freundin nicht erwähnt hat, dann ist das doch kein so tragischer Fehler, dass sie dann ihr ganzes Leben lang ihrem Geburtsort fernbleibt.«

»Wer weiß? Womöglich hat sie Helene damit eine Chance verbaut. Schuld kann sich tief in die Seele fressen. Selbst wenn das damals ein Fehler war und keine Absicht, kann sie das doch tief erschüttert haben.«

»Ach, das glaube ich nicht!«

Jule massierte sich die Augenlider, dann schaute sie hoch. »Nur weil wir etwas nicht wahrhaben wollen, ändert sich ja nichts an den Tatsachen. Was ist denn aus ihrer Liebe zum Zeichnen geworden?«

»Sie schreibt selbst, dass man sich verändert und auch die eine oder andere Passion hinter sich lässt. Und nicht zuletzt: Kann sie überhaupt wissen, dass Helene noch am Leben ist? Die drei sind ja ungewöhnlich alt, da ist das nicht selbstverständlich.«

»Oma bekommt mehr aus dem Dorf mit, als sie zugeben will.«

Jule atmete durch, setzte sich gerade hin und streckte sich, bis der Rücken knackte. Dieses dunkle, unheilvolle Kribbeln war verschwunden. Geblieben war nur eine leichte Mattheit. Schließlich schlug sie die Büchlein zu und stand auf.

»Ich hänge jetzt die Bilder ab.«

»Okay. Wenn du dich dann besser fühlst.«

»Bis das Jubiläum vorbei ist, brauche ich eine Pause von der ganzen Sache. Danach habe ich die Ruhe, um mit meiner Oma zu reden. Wir werden das aufdröseln – aber nicht jetzt, nicht zweieinhalb Wochen vor dem großen Fest.«

»Richtig so! Außerdem stapeln sich allmählich Jeans Bilder im Keller.«

»Und die Kindergartenkinder können ihre textilen Kunstwerke zeigen.«

Cora wollte schon anpacken, da hielt Jule sie zurück. »Bitte. Ich mache das. Du hilfst mir am besten, wenn du mir eine schöne heiße Schokolade machst.«

»Mit Kardamom?«

»Ja, wie früher.«

Im Vorbeigehen drückte Cora Jule ganz kurz.

»Danke.«

Dann war sie allein mit den Bildern. Aus dem Keller holte sie einen Karton und Tücher. Behutsam nahm sie einen Rahmen nach dem anderen ab, betrachtete jede dieser wunderschönen, lebendigen Zeichnung noch einmal in Ruhe. Sie war überrascht, keinen Schmerz oder Stich zu spüren, und wusste: Es war die richtige Entscheidung, diese Sache bis nach dem Jubiläum ruhen zu lassen.

Nur eins wollte sie noch erledigen: eine allerletzte Einladung an ihre Oma schreiben. Und diesmal nicht per Mail. Sie bekäme einen richtigen Brief.

Liebste Oma,

wie alle mir wichtigen Menschen, erhältst du ebenfalls eine Einladung für das große Jubiläumsfest meines Cafés Lindenblüte.
Die Feier findet am 11. Juni statt und beginnt um 11 Uhr mit einer kleinen Rede und munterem Geplauder. Anschließend gibt es ein großes Mittagsbüfett. So gut wie alle Zutaten kommen aus dem Garten der Lindenblüte oder stammen von den vielen kleinen Höfen im ganzen Dorf.

Mehr als alle anderen Menschen hast du dazu beigetragen, dass ich dieses Fest überhaupt begehen kann, dass ich eine

Zukunft habe, nachdem ich so am Boden zerstört war. In meinem Herzen wirst du deshalb auf jeden Fall mit dabei sein.

Ich küsse und umarme dich, je t'embrasse
Deine Jolanda

PS: Auf der Rückseite dieser Karte findest du einen Vorschlag, wie du – als passionierte Frühaufsteherin – in aller Ruhe mit dem Zug zu mir kommen kannst.
Ich werde am Bahnsteig stehen, und vielleicht, vielleicht sehen wir uns dort wieder, auch wenn ich nicht wage, darauf zu hoffen.

Monatsanleitung Mai: Traumfänger

Die Ojibwa in Nordamerika glaubten, gute Träume könnten durch die Maschen eines Traumfängers schlüpfen, während schlechte Träume sich darin verfangen, um dann in der aufgehenden Sonne zu vergehen.
Um sich einen persönlichen Traumfänger zu basteln, benötigt man einen Ring aus Weidenholz oder einem anderen Material. Dieser wird fest mit Bast oder Jute umwickelt (Anfang und Ende mit einem Tropfen Leim fixieren). Als Nächstes knotet man eine feste, nicht zu dicke Schnur an den Rahmen. Je nach Reifengröße sollte sie etwa 3 m Länge haben. Am einfachsten geht es, wenn man eine Nadel benutzt. Im Abstand von 10 cm schlingt man sie nun um den Rand, bis man einmal herum ist. Im nächsten Schritt wird die Schnur genau um die Mitte des ersten Fadens geschlungen, dann um die Mitte des zweiten Fadens und so weiter. Spiralförmig arbeitet man sich so bis zur Mitte vor, wo der Faden ordentlich verknotet wird. Wer mag, kann auch Perlen aller Art mit einarbeiten.
Als letztes Detail benötigt der Traumfänger noch drei gleich lange Schnüre, auf die Holzperlen aufgezogen werden. Die Enden werden mit Federn verziert.
Man sagt, die Federn würden die guten Träume zum Träumenden hin leiten.

Ich wünsche allzeit ein offenes Auge für die schönen Dinge des Lebens.

Jolanda

Kapitel 13

Der Bahnhof von Müggebach war klein und übersichtlich. Ein Gleis führte nach Westen, eins nach Osten. Jules Erinnerungen folgten ihnen. Richtung Karlsruhe: Kino, Essen gehen, ab und an ein größerer Stadtbummel, selten die längere Weiterreise nach Bad Homburg. Und in die andere Richtung, tiefer in den Schwarzwald hinein, zu langen Wandertagen, geheimnisvollen Wäldern und Brotzeit in der Sonne.

Dazu kam jener Tag, an dem Jule hier mit zwei Koffern zum ersten Mal ihren Fuß ins Dorf gesetzt hatte. Sie wusste noch genau, wie ihr sofort das sorgfältig renovierte Bahnhofsgebäude ins Auge gefallen war, einst Dreh- und Angelpunkt für Waren und Reisende, bevor die Straße ihm seine Bedeutung genommen hatte. Wie im vergangenen Jahr schien auch heute die Sonne, und Jule ging ein kleines Stück den Bahnsteig entlang.

Eine Schar Spatzen flog auf, ließ sich tschilpend in einem Busch neben der Strecke nieder. Bis Jule aus dem Schatten des Regendachs kam, hatte sie noch zwei Tauben aufgeschreckt und einmal die Luft angehalten, um keinen Zigarettenrauch einatmen zu müssen. Immerhin, der Raucher hatte sich ein Stück abseits von den übrigen Reisenden hingestellt, wenn er schon das Rauchverbot im Bahnhofsbereich ignorierte.

Beiläufig strich sie sich eine Strähne aus dem Gesicht und warf einen Blick auf die anderen Wartenden. Wanderrucksäcke, Mountainbikes und Ausflugsstimmung, aber viele Leute waren es nicht. Die meisten hatten sich schon früh am Morgen in Richtung Schwarzwald aufgemacht. Ob sie hören konnten, wie laut Jules Herz pochte? Ob sie sich wunderten, weshalb sie sich ständig die vom Schweiß feuchten Hände am Rock abstreifte, obwohl ein angenehm frischer Wind ging und es heute wirklich nicht heiß war, sondern wunderbar mild?

Auf dem gegenüberliegenden Bahnsteig drängten sich Jugendliche und einige Familien. Die Mauer hinter ihnen brauchte dringend einen neuen Anstrich. Jule schaute auf ihr Handy: 9:54 Uhr. Nur noch zwei Minuten, bis die Albtalbahn kam.

Plötzlich begann das Handy zu brummen. Jules Mutter rief an.

Noch eine Minute.

Eilig nahm Jule ab.

Wie üblich hielt sich ihre Mutter nicht mit einer Begrüßung auf: »Das ging ja schnell.«

»Ich dachte, ihr kommt erst übermorgen aus dem Urlaub zurück«, wunderte sich Jule.

»Na, das dachten wir auch! Nur ist dein Vater gestern so unglücklich umgeknickt, er kann kaum noch laufen. Da habe ich natürlich alle Hebel in Bewegung gesetzt, um einen früheren Flug zu bekommen. Seit heute Nacht sind wir zu Hause. Aber sag mal: Hast du überhaupt Zeit, um mit mir zu plaudern?«

Der Ansagegong schepperte und verkündete eine Verspätung.

»Ja, jetzt schon. Zumindest für ein paar Minuten.«

Die Stimme ihrer Mutter wurde weich: »Höre ich da eine Bahnhofsdurchsage?«

Unruhig wanderte Jule auf dem Bahnsteig auf und ab, wendete, wenn der Empfang schlechter wurde.

»Na ja, ich habe Oma eingeladen.«

»Und sie kommt tatsächlich?« Selbst bei der miesen Verbindung konnte Jule das Erstaunen ihrer Mutter hören.

»Das wäre schön. Aber seither habe ich nichts mehr von ihr gehört.«

»Ach. Und warum stehst du dann am Bahnhof?«

»Weil ich es ihr versprochen habe. Ich habe einen Zug für sie herausgesucht und gesagt, dass ich sie abhole. Vielleicht … gibt sie sich ja doch noch einen Ruck.«

Jule stand am äußersten Ende des Bahnsteigs. Von hier hatte sie einen guten Blick auf die weit geschwungene Kurve. Sie reckte den Hals, aber noch war kein Zug in Sicht.

»Wir sehen nachher auf jeden Fall nach ihr und bringen ihr Essen vorbei. Aber erst muss ich deinen Vater zum Arzt bringen.«

»Hm.«

Ein zartes, metallenes Surren erfüllte die Luft. Irgendwo hinter den Bäumen ging die Bahn gerade in die Kurve.

Tief in Jules Magen schlug etwas Purzelbäume.

Der wuchtige Kopf der gelben Bahn mit dem dünnen roten Streifen kam in Sicht, das Surren wurde lauter. Mit einem Affenzahn sauste die Bahn heran. Erst als sie den Bahnhof erreicht hatte, bremste sie kreischend ab. Mit hoher Geschwindigkeit fuhr sie an Jule vorbei. Es war unmöglich, zu sehen, ob Wilhelmine darin saß oder an einer der Türen stand. Der Zug kam zum Stilstand, die Türen öffneten sich, und Menschen stiegen aus, andere stiegen ein. Jule streckte ihren Hals so weit sie konnte. Nichts. Langsam umrundete sie die Fahrradfahrer mit ihren Rädern, die sich ganz hinten und in der Mitte durch die Türen drängten und den Bahnsteig halb blockierten. Die ersten Ankommenden hatten bereits das Bahnhofsgebäude erreicht. Mehr als ein grauer Haarschopf bewegte sich in der Menge.

Die erste alte Dame – die war es nicht. Jule blieb stehen, machte sich lang und versuchte, über die Köpfe zu spähen. Da drüben! Nein, das war ein Mann.

Dann war der Bahnsteig bis auf wenige Nachzügler wieder leer und übersichtlich.

In der Bahnhofshalle. Zwei gebeugte alte Frauen am Zeitschriftenständer. Keine davon war Wilhelmine.

»Sie war nicht drin!«, keuchte Jule ins Telefon.

»Alles wird gut, Schatz«, kam von ihrer Mutter. Das war weder besonders hilfreich noch tröstlich.

Auf dem Bahnhofsvorplatz zerstreuten sich schließlich die letzten Reisenden. Spätestens hier hätte Jule ihre Oma sehen müssen. Aber sie war nicht dort. Nicht am Taxistand, nicht auf dem Platz, nicht zu Fuß auf dem Weg ins Dorf.

Wilhelmine war einfach nicht gekommen.

Zurück an der Lindenblüte, ging Jule als Erstes ums Haus herum und zu der mächtigen alten Linde in der breiten Einfahrt. Schon von Weitem trieb ihr der Wind den milden, süßen Geruch der Blüten zu.

»Hab ein Düftchen im Schnabel«, sang Jule leise. »Von der Linde einen Gruß.«

Unter dem Baum stand ein kleiner Tisch mit zwei Bänken. Er war sorgfältig eingedeckt, mit einer hellgelben Tischdecke, auf der sich die Konturen von Lindenblüten erahnen ließen. Gedeckt war der Tisch mit Porzellan vom Stober-Hof.

»Reserviert für Arbt«, stand auf einem Schild. Niemand würde hier heute sitzen.

Über dem Säuseln des Windes hörte Jule in den Blättern auch schon die Bienen. Sie summten in so großer Zahl in der Baumkrone, Jule konnte kaum noch hören, was sie dachte, als sie darunter stand. Aber sie wollte auch gar nicht denken. Sie wollte einfach kurz hier stehen, den Kopf in den Nacken legen und den fleißigen Bienen dabei zusehen, wie sie sich an den Blüten labten. Wie ein Schleier legte sich der Duft der Linde um sie. Jule schloss die Augen und atmete den berauschenden Duft tief ein. Ruhe kam über sie.

Mit einem breiten Lächeln im Gesicht ging sie zur Haustür und betrat die Schankstube. Sie hatte alles versucht, es hatte nicht in ihrer Macht gelegen. Auch ohne Wilhelmine würde dies ein wundervoller Tag werden – und schon in zwei Wochen würde sie ihre Oma in Bad Homburg wiedersehen. Es lohnte sich also nicht, Trübsal zu blasen.

Sofort stellte Mika einen Stapel Teller zur Seite, den er in den Garten tragen wollte, und eilte auf Jule zu. Noch bevor er sie erreichte, sprang Cora an ihm vorbei. Die roten Locken flogen, die Augen leuchteten, ihr Mund war ein einziges, ansteckendes Strahlen. Wie eine Naturgewalt fiel sie Jule um den Hals. »*Die* Zusage! Jule! Sie haben angerufen, ich habe diiieeehhhh Zusage!«

Aus den Augenwinkeln sah sie Mika, der lachend die Handflächen hob und sich wieder an die Arbeit machte.

Cora atmete kurz durch und konnte endlich verständlich sprechen: »Ärzte ohne Grenzen. Du weißt: Das einzige Vorstellungsgespräch, das ich hatte – sie haben mir zugesagt! Wir bauen eine Gesundheitsstation in Gambia. Im Juli geht es los, mit Vorbereitungen und, und, und.«

Jetzt umklammerte auch Jule ihre Freundin. »Das ist großartig! Und das heute!«

»Heute geht einfach nichts schief!«, jubelte Cora. Dann fiel ihr wohl wieder ein, woher Jule kam. Ihre Arme versteiften sich leicht. Sie ließ ihre Freundin los und schaute sie an. »Sorry. Das war jetzt unsensibel von mir.«

»Schon in Ordnung. Ehrlich gesagt, war es ja klar, dass sie nicht kommt. Aber ich hatte ihr versprochen, am Bahnhof zu warten, und was ich verspreche, das halte ich auch. Ab jetzt kann wirklich nichts mehr schiefgehen! Wie macht sich Noah?«

»Gut. Ich habe ihn die Deko draußen machen lassen. Er hat ein wenig andere Vorstellungen als ich, aber durchaus ein Händchen dafür.«

Noah war der eineinhalb Jahre jüngere Bruder von Jules tüchtiger Aushilfskraft Kati. Die Schülerin hatte gerade ihr Abitur bestanden und wollte von dem Geld, das sie mit Kellnern verdient hatte, ihr Gap Year finanzieren und ins Ausland gehen. Als Nachfolger hatte sie ihren Bruder vorgestellt, der gerade achtzehn geworden war. Für ihn war die Arbeit in einem Café eine neue Erfahrung, aber bislang machte er seine Sache gar nicht so schlecht.

Mal sehen, ob er länger bleibt oder den Job in den Wind schießt, sobald er sich sein Motorrad zusammengespart hat.

Durch die Tür des Wintergartens beobachtete Jule den schlaksigen Jugendlichen dabei, wie er gemeinsam mit Ole und Anja letzte Hand an die Stoffbahnen legte, die zusammen mit den Ästen der Bäume für ein wenig Schatten über den Tischen sorgen sollten. Er harmonierte gut im Team, arbeitete sorgfältig und genau – hin und wieder zu genau.

Was überlegte sie eigentlich noch, ob sie ihn wirklich als Aushilfe einstellen sollte? Sie hatte ihn doch längst in ihr Herz geschlossen.

Das Handy summte. Wieder ihre Mutter: »Habe vergessen, dir alles Gute zu wünschen. Gratuliere zu deiner Lindenblüte! Wir sind stolz auf dich und haben dich lieb.«

Schmunzelnd ging Jule über den Rasen zu Ole hinüber. Sie hielt ihm die Nachricht unter die Nase. »Das Handy meiner Mutter wurde gehackt.«

»Sieht ganz so aus.«

Er grinste und legte den Kopf schief. Als Jule schweigend den Kopf schüttelte, wirkte er etwas betrübt. Sicher hatte auch er insgeheim gehofft, Wilhelmine würde sich für ihre Enkel einen Ruck geben.

»Ist hier draußen alles fertig? Kann ich noch irgendwo anpacken?«

Ole zuckte mit den Schultern. »Also, wir sind durch. Anja holt jetzt gleich die Töpfe mit den Blumen und stellt sie auf die Tische, und wenn Karlchen«, er klopfte dem Alpaka auf den frisch geschorenen Hals, »uns nicht die Deko wegfrisst, gibt es hier nichts mehr zu tun.«

Das glaubte Jule ihm gern. Im Vorbeigehen kontrollierte sie dennoch jeden Tisch noch einmal gründlich von oben bis unten. Vor allem, weil der sanfte, warme Wind, der Jules Beine umschmeichelte, doch ganz gut unter die Tischdecken fuhr. Er verteilte den Duft von selbst gemachten Köstlichkeiten, frisch gemähtem Rasen und wogenden Sträuchern mit hellrosafarbenen Kletterrosen. Das Johanniskraut war in diesem Jahr etwas früh dran und leuchtete gelb in den Regenrinnen-Beeten. Meist blühte es ungefähr um Johanni, den 24. Juni, herum. Zudem hatte Gerta ordentlich Mohnblumen ausgesät, als sie von Jules Plänen für das Jubiläum Wind bekommen hatte.

Jule, Gerta und Anja hatten sich bei der Deko richtig ausgetobt und verwendet, was der Garten hergab. So hatte Gerta feine Kränze und Taue aus Gras geflochten und mit Blüten gespickt. Einige Tische hatten ein vollkommen textiles Thema, mit Stoffblumen und Schlangen aus Stoffresten, die hier und da zwei Löcher im Rücken hatten, wie Achter. Hier fanden Salz- und Pfefferstreuer ihren Platz. Zartrosafarbener Rosenblütenessig schimmerte in Kristallglaskaraffen. Die Miniatursonnenblumen in ihren Flaschen blühten, ebenso die orangen Wildtomaten, die in kleinen Töpfen zum Naschen bereitstanden. Ihnen hatte die Witterung der vergangenen Tage sehr gut getan, sie wucherten wild und waren schon fast zu groß für eine Tischdeko. Hier und da leuchtete ein badisch gelb-rotes Sträußchen aus einer braunen Bierflasche – eine Spende der

Einhorn-Brauerei nebenan, lässig umwickelt mit schmalen, gewebten Bändern.

Dazu standen auf jedem Tisch Vasen mit kleinen Kräutersträußen, die zum Ausprobieren einluden. Auch die selbst gebastelten Etageren aus alten Tellern und Gläsern passten gut ins Gesamtbild. Jule und Mika hatten den halben Sonntag auf einem Pfälzer Flohmarkt nach Goldrandtellern und hübschen Gläsern gesucht, die leicht, aber stabil genug waren. Die anschließende Nacht hatten sie dann mit Kleben zugebracht. Der Aufwand hatte sich gelohnt, denn auch bei Tageslicht waren sie ein Blickfang – und das nicht nur, weil sie mit Käsefüßchen und Anjas selbst gebackenen Macarons beladen waren.

Irgendwann lag auch das letzte Gedeck an Ort und Stelle, war der letzte Kuchen gebacken und Suppe und Häppchen standen bereit. Mika nahm Jule noch einmal in den Arm und küsste sie, Cora und Gerta drückten sie, Jean gab ihr ein High Five, und Ole und Anja zeigten mit den Daumen nach oben.

Endlich konnte es losgehen.

Pünktlich auf die Minute öffnete Jule die Tür, vor der bereits ein ansehnliches Grüppchen Müggebacher stand und schwatzte. Jule begrüßte jeden persönlich. Die meisten kannte sie, es schauten aber auch einige neue Gesichter herein – anders als zur Eröffnung hatte die Zeitung dieses Mal nicht nur eine pünktliche Terminankündigung geschrieben, sondern auch noch einen kleinen Artikel mit Foto spendiert. Vielleicht eine Wiedergutmachung.

Unter den ersten Gästen war diesmal wieder die Schriftstellerin, die ein Maxikleid aus unendlich vielen Bahnen rot-grünen Schottenkaros trug, in dem ihr dünner Körper ziemlich unterging. Sie eilte an Jule vorbei und sicherte sich ihren Stammplatz. Gerade so, als würde sie dem Reservierungsschild nicht trauen, oder vielmehr ihren Mitmenschen. Die Erfahrung, dass Herr

Mürle ihr einmal den Platz streitig gemacht hatte, wirkte weiter nach. Wie gerufen, spazierte kurz darauf Herr Mürle mit seiner Frau am Arm herein. Den triumphierenden Blick der Schriftstellerin nahm er gar nicht wahr, sondern schüttelte Jule die Hand.

»Frau Moller. Ganz herzlichen Glückwunsch. Und meinen Dank, dass Sie hier in Müggebach so einen schönen Treffpunkt geschaffen haben – und das sage ich nicht, weil morgen Wahl ist. Heute bin ich privat hier.« Die Umstehenden, die das Gespräch mitbekommen hatten, lachten. Ein Bauer in verbeulten Cordhosen schlug ihm mit der Pranke auf den Rücken. Herr Mürle verzog sichtlich das Gesicht. »Alla, so privat, wie ich es einen Tag vor der Wahl eben sein kann.«

»Danke. Und wie immer: Fühlen Sie sich wie zu Hause!«

»Ganz bestimmt! Meine Frau wollte mir nachher auch die neuen Räumlichkeiten oben zeigen, und dann müssen wir wohl auch schon gehen.«

Jule lächelte ein wenig gezwungen. »Eine kurze Rede müssen Sie aber vorher noch aushalten, Herr Mürle, dann können Sie sich frei bewegen. Bis dahin bleibt das Obergeschoss zu.«

Er deutete eine Verbeugung und einen Handkuss an. »Eine angenehme Abwechslung, nicht selbst reden zu müssen.«

Nun eilten Gerta und die anderen zwischen den Tischen hin und her, verteilten Kaffee und hausgemachte Johannisbeer-Schorle. Suppe und Häppchen würde es nach Jules kurzer Rede geben. Doch nicht jeder schaffte es, bis dahin durchzuhalten, wo doch so viele Köstlichkeiten direkt auf den Tischen standen. Jule beobachtete mehr als eine Hand, die sich schnell aus den Etageren bediente. Ab und an gab es einen kurzen Blickkontakt, ein kurzes Innehalten, ein Lächeln von Jule, eine dicke Backe mit einem Macaron darin.

Schön, dass die Leute sich so wohlfühlen.

Schließlich war der Garten gut gefüllt, und es kamen nur noch ab und an Nachzügler. Die Sonne stand hoch genug am Himmel, um eine angenehme Wärme zu verbreiten, und der Wind hatte sich bis auf ein leichtes Säuseln in den Blättern der Obstbäume gelegt. Jule stand an einem Tisch am Hühnergehege, zwinkerte Berthe zu und schlug behutsam mit einem Teelöffel gegen ein Glas. Der kristallklare Ton ließ das Raunen der Gespräche verstummen. Alle Augen richteten sich auf sie. Nun war nur noch das »Da! Da! Da!« eines kleinen Mädchens zu hören, das verzweifelt versuchte, vom Schoß des Großvaters zu entkommen und zu den Alpakas zu gelangen.

»Hallo«, sagte Jule knapp. Sie hatte vergessen, ihren Zettel mit der Rede auszupacken. Die Menschen glucksten, als sie das nachholte. »Wie ihr seht, ist nicht alles perfekt. Aber das muss es auch gar nicht sein, damit wir es alle gemütlich haben, nicht wahr?« Breite Zustimmung schlug ihr entgegen. »Insofern begrüße ich euch alle herzlich. Danke für euer Kommen. Danke, dass wieder so viel Leben in diesem alten Haus herrscht, das lange genug verlassen dastand. Bestimmt wundere nicht nur ich mich, wie schnell dieses Jahr vergangen ist – und wie viel in dieser Zeit passiert ist. Gutes, aber auch weniger Gutes. Und obwohl wir gemeinsam so viel Schönes erschaffen und erlebt haben, möchte ich euch bitten: Lasst uns das nächste Jahr ruhiger angehen!« Lachen, Gemurmel, jemand klatschte. Jule hatte tatsächlich ein Tränchen im Auge. »Hier habe ich eine neue Heimat gefunden, und ihr alle helft dabei mit, dass ich dieser Heimat auch etwas zurückgeben kann. Weil wir uns endlich alle zuhören, weil die Dorfgemeinschaft immer stärker zusammenwächst, weil wir gemeinsam etwas unternehmen, um eine lebenswerte Zukunft zu gestalten.

Auch deshalb feiern wir, und auch deshalb ist es mir möglich, euch heute dieses wunderbare Essen zu servieren, denn viele

Hände haben das ganze Jahr Arbeit geleistet, um diese Köstlichkeiten direkt vor unserer Haustür wachsen zu lassen.«

Jule atmete kurz durch. Einen Abschnitt hatte sie noch auf dem Zettel. Sie holte Luft, wollte fortfahren.

Ein Murmeln unterbrach sie.

»Ach, wie wundervoll!«, rief jemand.

»Alles Glück dieser Welt!«

Das galt nicht Jule. Sie hob den Blick. Auf der Terrasse stand Milena in einem geschmeidig fallenden Kleid mit Wasserfallkragen. Um die Nase herum war sie ein ganz klein wenig blass, aber ihr Lächeln stellte selbst die Sonne in den Schatten. In den Armen hielt sie ihr neugeborenes Kind. Gerta war bereits bei ihr, küsste und drückte sie. Links und rechts hingen die zwei großen Töchter an ihrem Kleid, Lars stand schüchtern im Hintergrund und gestikulierte zu Mika hin. Offenbar hatte er noch versucht, zu verhindern, dass seine Frau während Jules Rede in den Garten stürmte.

Heute geht nichts schief, hat Cora gesagt.

Spontan hob Jule das Glas und prostete Milena ebenfalls zu: »Wie ich sehe, hat der jüngste Bewohner Müggebachs es tatsächlich pünktlich zu unserem Fest geschafft. Ich gratuliere der Familie aus vollem Herzen! Liebe Gäste, lasst uns auf unseren kleinen Ehrengast anstoßen und auf die Lindenblüte. Genießt den Tag und feiert!« Schwungvoll hob sie die Arme, dann faltete sie den Zettel zusammen. Die Gäste prosteten Milena zu, prosteten Jule zu und klatschten.

Jule bahnte sich einen Weg bis zu Milena. Als diese sie bemerkte, riss sie ihre braunen Augen auf, die riesig in ihrem schmalen, erschöpften Gesicht standen. »Oh, Jule, es tut mir leid!«, rief sie. »Ich weiß einfach nicht, was ich tue.«

»Das Richtige, Milena. Du tust das Richtige.« Lächelnd ging Jule auf sie zu und umarmte sie und das kleine Wesen. »Ohne euch wäre es keine richtige Feier gewesen.«

Jetzt konnte sich auch Milena entspannen und die Umarmung erwidern. »Sie hatte es so eilig. Nein, eigentlich hatte sie es nicht eilig. Stell dir mal vor, sie hat fast zwei Wochen überzogen! Und dann ging es so schnell, bei Sonnenaufgang hatten wir eine Hausgeburt. Ich habe einfach gleich die Nachsorgehebamme angerufen. Dann halt nicht im Krankenhaus! Soll das schöne Familienzimmer eben jemand anderes haben.«

Die schmalen Hände klammerten sich um das Kind und um Jules Schultern. In Milenas Augen standen Tränen. »Ach, ich rede und rede wieder«, schluchzte sie. »Ich bin so voller Hormone und noch unter Schock und gehöre ins Bett. Aber ich musste dir Diane doch vorstellen, nicht? Und dir zum Jubiläum gratulieren!«

»Ja, das musstest du wohl.« Jule schmunzelte über ihre unermüdliche, unruhige Freundin. Dann drückte sie Mutter und Kind noch einmal zärtlich. »Und jetzt lässt du dich von deinem Mann und von deinen Großen verwöhnen. Schau mal, da kommt Gerta mit einem Korb. Die hat euch bestimmt ein kleines Fresspaket gepackt.«

»Ganz bestimmt.« Wieder schniefte Milena herzerweichend. »Aber klein ist das nicht.«

Die sichtlich gerührte Milena übergab ihrem Mann den Säugling, knuddelte und drückte Jule und Gerta und nahm ihre Töchter bei der Hand. Ohne ein weiteres Wort stakste sie langsam durch den Schankraum zum Ausgang.

Neben Jule flüsterte plötzlich eine Stimme: »Einander beistehen, Zusammenhalt, das macht eine starke Freundschaft aus, nicht wahr?«

Es war Helene Dennig, die in ihrer stillen Art an Jule herangetreten war. Die alte Frau trug ein schlichtes, indigofarbenes Leinenkleid. Darüber eine blütenweiße Schürze mit selbst gehäkelten Borten und feiner Stickerei.

Das Fell ihres Golden Retrievers glänzte frisch gewaschen. Nur die weißen Haare um die Schnauze wirkten etwas stumpf. Das Tier wedelte müde, aber erfreut mit dem Schwanz, als es Jules Blick bemerkte.

»Ja, füreinander da sein ist mit das Wichtigste, das wir Menschen geben können. Sie machen mich unendlich froh. Danke, dass Sie gekommen sind.«

»Aber Ihre Großmutter ist nicht gekommen?«, fragte Helene traurig.

»Nein. Es tut mir leid.«

»Das muss es nicht.« Helene weinte. »Mir tut alles so leid. Ich hätte mich so gerne bei ihr … Es ist besser, ich gehe wieder.«

»Aber nein!«, rief Jule. »Bitte bleiben Sie hier.«

»Sie wissen nicht, was ich getan habe.«

»Was auch immer es war, es ist ein Menschenleben her. Mich haben Sie bislang immer glücklich gemacht. Danke, dass Sie vor einem Jahr so viel Vertrauen hatten und nicht auf all das böse Geschwätz gehört haben. Sie waren mein erster Gast. Sie haben mir vertraut. Bitte bleiben Sie noch ein wenig.«

»Dann bleibe ich noch ein Weilchen hier, Frau Moller. Ich danke Ihnen für Ihre Worte.«

Mit diesen Worten suchte sie sich einen Sitzplatz im Schatten des ausladenden Mirabellenbaums.

Während Jule Helenes Worte durch den Kopf gingen, fanden ihre Füße ganz von selbst ihren Weg. Vorbei an den Tischen und Hochbeeten, über den alten, schmalen Weg aus verwitterten Gartenplatten bis zum Törchen. Jule kramte in ihrer Tasche nach dem Schlüsselbund. Durch die Löcher im Drahtgeflecht konnte sie schon die Felder sehen.

Der Schlüssel drehte sich geschmeidig im gut geölten Schloss, und im Nu war sie durch das Törchen und hatte es hinter sich wieder geschlossen, als wäre niemand hindurchgegangen.

Eine Gruppe Radfahrer auf surrenden Pedelecs passierte sie, dann hatte Jule die Welt für sich allein. Ein paar Minuten. Nur ein paar Minuten. So lange würde sie hoffentlich niemand vermissen.

Gemächlich schlenderte sie an der Wiese entlang. Das Gras war erneut gemäht worden und lag zum Trocknen aus. Es verströmte jenen süßen und gleichzeitig würzigen Duft, der so typisch für die warmen Tage des Frühlings war.

Schade, dass man Düfte nicht zeichnen oder mit dem Fotoapparat festhalten kann. Ich würde zu gerne vergleichen, ob das Heu in diesem oder in jedem Jahr einen anderen Duft hat. Die Milch der Kühe schmeckt ja auch anders, sobald sie nach dem Winter das erste Mal auf die Weide gehen.

Aber vielleicht ist es auch diese Vergänglichkeit, die das Besondere ausmacht, in einer Zeit, in der wir Menschen mehr festhalten können als jemals zuvor.

Trotzdem kribbelte es Jule in den Fingern, diesen Moment nicht allein der Erinnerung und der Vergänglichkeit zu überlassen. Wie gerne wäre sie zurückgelaufen und hätte ihr Zeichenbuch geholt. Dieser Versuchung konnte sie heute ohne schlechtes Gewissen widerstehen. Schließlich warteten in der Lindenblüte zahlreiche Gäste auf sie.

Freundliche Blicke trafen sie, als sie wieder im Garten stand. Das eine oder andere Glas wurde in ihre Richtung gehoben, manch einer schüttelte ihre Hand und bedankte sich bei ihr für den neuen Treffpunkt im Dorf. Dann war es schon Zeit für Suppe und herzhafte Kleinigkeiten, bis es Eselreiten auf dem Radweg, Alpakastreicheln und noch viel mehr Gespräche gab.

Irgendwann gelang es Jule noch einmal, sich eine kleine Pause zu verschaffen. Sie fühlte eine große Dankbarkeit gegenüber denen, die ihr heute zur Hand gingen, die sie in den vergangenen

Monaten unterstützt und ihr immer wieder kleine Freiräume geschaffen hatten. Natürlich war sie längst in ihr neues Leben und in ihre Rolle hineingewachsen, aber ohne die Unterstützung ihrer Freunde hätte sie wahrscheinlich das Handtuch geworfen. So aber konnten nicht nur ihre Gäste, sondern auch sie selbst das Jubiläum genießen.

Zufrieden setzte sie sich neben das Hühnergehege, legte ihr Zeichentagebuch auf die Knie und schaute sich um. Die Wahl eines Motivs fiel ihr nicht schwer. Sie tauschte einen kurzen Blick mit Helene, die ihr zunickte, und begann damit, die alte Dame und ihren Hund zu porträtieren.

Das Bild war fast fertig, als Helene plötzlich hochschreckte und ganz blass wurde. Ihr Blick war auf die Terrasse gerichtet. Dort waren gerade zwei späte Gäste angekommen, zwei alte Damen in gepflegter Sonntagskleidung. Augenblicklich fiel Jule das Buch aus der Hand. Mit dem Handrücken wischte sie sich die erste Träne aus dem Auge. »Oma!«

Mehr an Bestätigung brauchte Helene nicht. Schneller, als man es bei ihrem Alter und ihrer sonst so bedächtigen Art erwartet hätte, sprang sie auf und eilte zur Terrasse, gefolgt von ihrem Hund, der einen Moment länger benötigte, um zu reagieren. Jule hievte sich auf ihre eingeschlafenen Beine und humpelte hinterher.

Helene und Wilhelmine standen sich schließlich gegenüber. Sie wirkten steif, als würden sie den Atem anhalten. Dann umarmte Annemarie beide gleichzeitig, und keine Sekunde später lagen sich alle drei in den Armen.

»Oma!«, wisperte Jule. Tränen standen in ihren Augen. Die Welt verschwamm, das Herz in ihrer Brust weitete sich vor Freude.

Annemarie, Helene und Wilhelmine rannen ebenfalls Freudentränen über die faltigen Gesichter. Sie umarmten und herzten einander, schauten sich immer wieder in die Augen, aneinander herab, berührten sich, lachten. Gerade so, als müssten sie sich ständig vergewissern, nicht zu träumen.

Schließlich drückte Wilhelmine ihre Freundinnen noch einmal, dann ging sie auf Jule zu und schloss ihre Enkelin fest in die Arme.

Eine ganze Weile standen sie so da und wiegten sich. Der Geruch nach Kindheit brachte eine überwältigende Geborgenheit mit sich. Zedernholz, Lavendel, ein Hauch Vanille. Dazu das feine, kühle Nichts der himmelblauen Seidenbluse an ihrer Wange, die Wilhelmine seit Jahr und Tag nur zu höchsten Anlässen aus dem Schrank holte. Jule war gleichzeitig weit weg und vollkommen im Hier und Jetzt.

Erst als alles Schniefen nicht mehr half und sie ein Taschentuch benötigte, löste sie sich von Wilhelmine.

»Oma!«, schluchzte sie.

»Oh, meine Jolanda.« Schmale, knochige Finger reichten Jule ein Taschentuch. »Ich wollte pünktlich sein, aber ich musste doch Annemarie vom Flughafen abholen, und dann haben wir den Zug verpasst.«

Geräuschvoll schnäuzte Jule sich.

»Ihr habt den Zug verpasst? So banal?« Sie lachte erleichtert auf.

»Oh, wir haben Ole ganz vergessen! Oma, du musst sofort …«

»Es ist gut«, beruhigte Wilhelmine sie. »Den haben wir mit seinem Esel draußen getroffen. Ach, Johannes heißt das arme Vieh! Nachher schaue ich auf dem Hof nach dem Rechten, und dann ziehe ich meiner Tochter die Ohren lang wegen dieser Unsitte mit den Namen!«

Die Tränen waren abgewischt und fortgeblinzelt. Annemarie trat neben Wilhelmine. Die kleine, stämmige Frau hatte ein rundes Gesicht, das von Lachfalten durchzogen war. Ganz förmlich und schüchtern streckte Jule ihr die Hand hin, woraufhin Annemarie sie sofort umarmte und küsste wie eine eigene Enkelin. »My Dear! Wie schön, dass wir uns endlich begegnen.«

Jule sah von einer zur anderen. »Ihr habt euch … ausgesprochen?«

Jetzt wirkten die alten Damen betreten. »Noch nicht«, flüsterte Wilhelmine. Ein Schatten legte sich auf ihr Gesicht. Sie schielte zu Helene hinüber. Auch die sah verlegen aus.

»Ich habe einen Tisch für euch. Da habt ihr Ruhe.«

Sie schwiegen, bis sie unter der Linde standen.

»Ach, dieses Geschirr!« Zärtlich strich Wilhelmine über die Teller und Tassen. Dann fiel ihr Blick auf einen kleinen Blumentopf, der auf dem Tisch stand. Ein Tränendes Herz.

Einen Moment wirkte sie wie gelähmt, dann schlug sie die Hände vors Gesicht. »Oh, Helene, was haben wir damals nur getan! Wegen ein paar Bildern …«

Ganz steif stand Helene da. Ihre Hände zerknitterten die hübsche Leinenschürze. Tränen tropften aus ihren starr nach vorn gerichteten Augen.

»Ich hätte sie nicht verbrannt, Willa. Niemals hätte ich das getan!«

»Das weiß ich doch«, hauchte Wilhelmine. »Aber was ist passiert? Wo waren sie all die Jahre?«

»Ich dachte, sie wären bei dir und du wolltest wegen des Streits nichts mehr von mir wissen«, sagte Helene leise. »Es war so dumm von mir, dir die Mappe zu stehlen. Jung und dumm war ich und so eifersüchtig. Auf dich und den Simmens und dass du in die Stadt gehen durftest, während ich hierbleiben musste«

»Der Simmens!« Wilhelmines knochiger Zeigefinger zeigte anklagend zum Himmel. »Dem hat es doch gefallen, dass wir

Mädchen ihm so schöne Augen gemacht und uns um ihn gezankt haben.«

»Aber du warst doch sein Liebling?«

»Ja. Er hat mir Mut gemacht und ich habe viel von ihm gelernt, aber er hat mich auch blind für eure Sorgen und Nöte werden lassen. Ach, was war ich eitel! Habe mich schon als Assistentin eines Professors gesehen, beim Studium in Frankfurt, als große Wissenschaftlerin. Sein Lob ist mir viel zu sehr zu Kopf gestiegen. Dabei wären die Zeichnungen in der Mappe, mit der ich mich bewerben wollte, ohne dich niemals so gut geworden.«

Helenes Gesichtszüge wurden weicher, die Bewegung ihrer Augen wurde lebhafter.

»Wilhelmine, ich entschuldige mich bei dir.« Helenes Stimme war leise, aber sanft. »Ich war so verzweifelt. Ich hatte damals das Gefühl, du bekommst alles, und für mich bleibt nichts. Das war so dumm und missgünstig von mir, wo ich mich doch für dich hätte freuen sollen.«

Aus ihrer Tasche zog Wilhelmine ein Stofftaschentuch und schnäuzte sich kräftig. Einigermaßen gefasst sah sie Helene in die Augen. »Alles verzeihe ich dir, Helene! Und du mir bitte auch. Aber wo war die dumme Mappe bloß all die Jahre? Du hast damals gesagt, du hättest sie verbrannt.«

Annemarie schnappte hörbar nach Luft.

Auch Helene zog jetzt ein Taschentuch hervor und betupfte ihre Augen. »Du warst so außer dir. Was habe ich mich geschämt! All meinen Mut habe ich zusammengenommen, ich wollte dir die Mappe wiederbringen! Ich wollte mich entschuldigen, ich wollte, dass du dich in Frankfurt bewirbst, damit wenigstens du deine Träume erfüllen kannst. Meine Eltern waren ja immer gegen das Zeichnen.«

In Wilhelmines Gesicht machte sich Betroffenheit breit. »Und ich habe dich bloß angeschrien und dir Vorwürfe gemacht.

Entschuldige bitte, ich hätte dich zu Wort kommen lassen sollen.«

»Vergeben und vergessen. Zuerst wollte ich die Mappe wirklich verbrennen, so enttäuscht war ich. Aber das wäre nicht richtig gewesen. Nur habe ich mich dann nicht mehr zu dir hingetraut und meinen Bruder gebeten, dir die Sachen gleich in aller Frühe zu bringen.« Sie atmete tief ein. »Er hat sich so über dein Weggehen gefreut – und mir ins Gesicht gesagt, dass aus mir ja jetzt doch noch etwas Anständiges werden könnte.« Wieder rannen ihr die Tränen über das Gesicht. »All die Jahre habe ich ihm geglaubt, habe gedacht, du hättest die Mappe wieder, wärst dir aber zu fein, mir zu verzeihen.«

Wieder weinte Wilhelmine. »Dein Bruder wollte zwar einen Keil zwischen uns treiben, hatte aber wohl doch nicht den Schneid, unsere Bilder zu vernichten, und sie deshalb versteckt. Wie gut, dass er das getan hat! Und wie gut, dass meine Enkelin sie gefunden hat.« Sie warf Jule einen warmen Blick zu.

Die erwiderte den Blick. »Und ich habe noch etwas gefunden. Zwei Bücher. Ein Zeichenbuch und eins über Pflanzen. Wem haben die eigentlich gehört?«

»Ach?« Helene bekam große Augen. »Die gibt es noch? Wisst ihr, ich war damals so traurig und verzweifelt, ich wollte nie wieder zeichnen. Aber ganz trennen konnte ich mich auch nicht, und da habe ich die Bücher versteckt – und über die Jahre und das Leben vergessen.«

»Wie gut«, sagte Annemarie und fasste beide bei den Händen, »dass wir alle so alte Krähen geworden sind, um dieses dumme Missverständnis aus der Welt zu räumen!«

»Alte Krähen!«, lachte Wilhelmine. »Helene, die ist doch ein junger Hüpfer, sie ist erst sechsundneunzig!«

»Fünfundneunzig!«, korrigierte Helene, die gerade ihre letzten Tränen trocknete. »Mein Geburtstag ist im Juli!«

Die drei Freundinnen rückten näher zusammen. Jule sah genau, wie sie sich zwischen den Falten ihrer Röcke bei den Händen hielten.

Wilhelmine lächelte versonnen. »Ach, Annemarie, jetzt hör schon mit der Heulerei auf! Du hast ja immer noch das weichste Herz von uns allen.«

Ganz langsam zog Jule sich zurück. Sie fühlte Bewunderung für diese alten Damen, deren Freundschaft nach so langer Zeit und trotz des Streits letztlich doch überdauert hatte. Sie lachten und schwatzten, als hätten sie es mit ihren jeweils fast einhundert Jahren nicht eilig. Und Jule selbst, die noch nicht einmal Mitte dreißig war, glaubte jeden Tag, das Leben würde ihr davonrennen, wenn sie sich nicht andauernd beeilte.

Es gab für sie noch viel zu lernen.

Als sie in den Garten zurückkehrte, nahm Mika sie sacht in den Arm. Sie schaute sich um, sah, wie sehr ihre Gäste den Tag genossen, dachte an die alten Freundinnen, an Coras Glück und an ihr eigenes.

Im Augenwinkel sah Jule etwas Buntes von der Durchreiche der Küche flattern. Der Wind trieb ihr das Blatt zu, erst auf dem letzten Meter verhedderte es sich in einem Rosmarinstrauch. Jule fischte es heraus und musste lachen. Auf dem Blatt war die Blüte eines Tränenden Herzens zu sehen. Sie stand auf dem Kopf, die pinkfarbenen Blütenteile waren auseinandergebogen, die weiße Träne ragte heraus wie eine winzige Fee.

»Das Männle im Bad«, raunte Mika in ihr Ohr.

»Oh ja.« Jule schaute zur Durchreiche hinüber. Dort saß Jean vollkommen versunken, zwei Stifte in den Mund geklemmt. Mit zügigen Strichen hielt er den Augenblick fest.

Unvermittelt hob er den Kopf und zwinkerte.

»Freundschaft«, sagte Jule, »ist für die Ewigkeit.«

Und so wird's gemacht

Alle Rezepte und Anleitungen

Allgemeine Hinweise

Mit den Händen arbeiten kann unsere Seele heilen. Es regt die Sinne an und lässt uns aufblühen.

Im zeitigen Frühjahr richten wir die Beete, erschnuppern unter dem Frost das neue Leben und behüten die zarten Setzlinge. Wir hegen und pflegen den Garten, naschen winzige Tomaten und planen voller Vorfreude die Gerichte, die wir aus der Ernte zubereiten wollen. Was wir nicht sofort verbrauchen, wird als duftende Kräutersträußlein getrocknet, als kräftigende Kürbissuppe eingefroren oder zu Sauerkraut gehobelt.

Mit den Händen arbeiten heißt, mit den Händen zu meditieren. Es ist eine intensive Zeit des Erschaffens, des Dazulernens, des Austauschs und der Entspannung, die uns ganz erfüllt, wenn wir es zulassen.

Und ob wir nun einen Garten bestellen, für uns selbst kochen, ein Geschenk nähen oder einen wärmenden Schal stricken, den Entstehungsprozess nehmen wir dabei vollkommen ins uns auf.

Oft erinnert man sich dann an jede Masche und an jedes Hörbuch oder Gespräch in der Straßenbahn, das wir beim Stricken gehört haben. Gerade so, als hätten die Stricknadeln die Geschichten um sie herum mit in den Schal eingestrickt.

Wenn wir dann im Winter an unseren leeren Beeten vorbeigehen, wenn wir die Suppe auftauen und genießen, wenn wir uns in jenen Schal kuscheln oder das selbst genähte Kissen auf dem Sofa unserer Freunde entdecken, kehren diese Erinnerungen zu uns zurück, und wir können wieder spüren, wie sehr wir die Arbeit daran genossen haben und wie glücklich sie uns gemacht hat.

Vorweg einige Hinweise zur Sicherheit: Besonders bei der Herstellung von Kosmetik und Nahrungsmitteln muss unbedingt auf Sauberkeit und Hygiene geachtet werden. Das gilt insbesondere, wenn ein Produkt nicht sofort verbraucht wird und frei von Konservierungsstoffen ist.

Saubere Arbeitsflächen, frisch gewaschene Handtücher, ausgekochte oder im Backofen sterilisierte Gefäße und Händewaschen sind selbstverständlich.

Wer selbst gemachte Dinge verschenkt, sollte diese vor dem Verschenken testen und sämtliche Inhaltsstoffe aufschreiben, egal wie banal sie einem vorkommen. Das können beispielsweise Inhaltsstoffe von Parfümölen sein, aber auch ätherische Öle wie Zitrus oder Zimt (ätherische Öle wirken pur oft reizend auf Haut und Schleimhäute!), Wolle, Kamille, Nüsse …

Sämtliche Tipps und Anleitungen wurden nach bestem Wissen und Gewissen zusammengetragen. Da sich immer Fehler einschleichen können, übernehme ich keinerlei Haftung für das Nacharbeiten und Ausprobieren.

Grundrezept aromatisierter Zucker

Kaum ein Rezept kommt ohne ihn aus: Zucker mit dem gewissen Etwas. Leider enthalten viele Vanillezucker keine echte Vanille, sondern künstliches Aroma, und manche Zuckerart gibt es erst gar nicht zu kaufen. Zum Glück ist Selbermachen wirklich einfach.

Zutaten für alle Rezepte:

- 100 g Zucker, nach Geschmack raffiniert oder Rohrohrzucker
- ein altes Marmeladenglas, sauber und steril
- Mörser (wenn man alles etwas feinkörniger haben möchte)

Vanillezucker

Eine Vanilleschote längs aufschneiden und vorsichtig auskratzen. Das Mark kann für andere Speisen wie Eis oder Kuchen verwendet werden. Die Schote in kleine Stücke schneiden und zusammen mit dem Zucker in das Glas geben. Fest verschließen, gut durchschütteln.

Zitronenzucker

Mit einem Zestenreißer eine Bio-Zitrone schälen – zur Not tut es auch eine Reibe, aber das ist wesentlich mühevoller und krümeliger – und die Schale direkt auf Küchenkrepp fallen lassen. Dort sollte sie an einem dunklen, warmen Ort ein wenig trocknen.

Dann zusammen mit dem Zucker in das Glas geben. Fest verschließen, gut durchschütteln.

Lindenblütenzucker

Eine große Handvoll Lindenblüten an einem dunklen und warmen Ort trocknen lassen. Die getrockneten Blütenblätter mit einem Teil des Zuckers mörsern, dann mit dem ganzen Zucker in das Glas geben, dicht verschließen und gut durchschütteln. Das Gleiche kann man auch mit Rosenblättern oder Veilchen machen.

Schon nach zwei Wochen schmeckt der Zucker richtig intensiv.

Haferflocken-Kirsch-Auflauf

Zutaten für 4 Personen:

- 50 g Butter
- 3 Eier
- 100 g Zucker
- 1 TL selbst gemachter Vanillezucker
- 1 TL selbst gemachter Zitronenzucker
- 75 g Speisestärke
- 500 g Magerquark
- 1 Glas Kirschen (abgetropft)
- 100 g Haferflocken (je nach Geschmack kernig oder zart)

1. Backofen bei 200 Grad Unter-/Oberhitze vorheizen.
2. Die Eier trennen. Haferflocken, Butter, Zucker, Eigelb, Quark, Speisestärke, Vanillezucker und Zitronenzucker in eine Schüssel geben und ordentlich durchrühren. Eiweiße steif schlagen und unterziehen.
3. Die Hälfte der Quarkmasse in eine gut gefettete Auflaufform geben, Kirschen darauf verteilen und den Rest der Quarkmasse darüberstreichen.
4. Nach Geschmack können noch gehackte Haselnüsse oder Sonnenblumenkerne darübergestreut werden.
5. Etwa 45 Minuten goldgelb backen.

Lässt sich gut einfrieren und aufwärmen.

Lindenblütentee

Für diesen heilsamen und beruhigenden Tee braucht es ein klein wenig Geduld. Denn die Blüten pflückt man nicht gleich nach dem Aufblühen, sondern erst einige Tage später, am besten bei trockenem Wetter und vor der Mittagshitze. Ob Winter- oder Sommerlinde, spielt keine Rolle, die Wirkstoffe sind die gleichen. Ein wenig aufpassen sollte man allerdings bei der Ernte, denn Linden sind sogenannte »Bienenweiden«; ihre Blüten ziehen diese Insekten aufgrund des hohen Nektargehalts magisch an. Charakteristisch für die Lindenblüte ist deshalb nicht nur der weiche, süße Geruch, sondern auch die Lautstärke. Bienen sind zwar friedlich und greifen von sich aus nicht an, aber ein unachtsamer Griff kann sehr unangenehm enden.

Die Blüten der Linde werden mit dem sogenannten Hochblatt abgepflückt, jenem zartgrünen, langen Blättchen, das wie ein Finger direkt über der Blüte thront. Sie sollten dann zügig an einem schattigen bis dunklen Ort getrocknet werden, beispielsweise auf aufgespannten Tüchern. Aufbewahrt werden die vollständig trockenen Blüten in einem luftdichten Glas.

Für einen Tee gibt man einen guten Esslöffel Blüten auf eine Tasse kochendes Wasser und lässt sie kurz durchziehen.

Square Foot Gardening

Einen Garten in Quadraten anzulegen hilft dabei, den vorhandenen Platz optimal zu nutzen – und sei er auch noch so klein. Dabei achtet man bei der Auswahl der Pflanzen darauf, Fruchtfolgen und Größe aufeinander abzustimmen. Im Idealfall »kümmern« sich die so zusammengestellten Gartenfrüchte dann umeinander. Denn anders als in einer Monokultur halten sich unterschiedliche Pflanzen Schädlinge vom Leib oder spenden einander Schatten und Schutz an den Wurzeln.

Dieses Zusammenspiel der verschiedenen Kulturen ist simpel und zugleich sehr komplex (regionales Klima, Bodenzusammensetzung, persönliche Zeit und Wünsche für den Garten). An dieser Stelle kann deshalb nur ein einfaches Beispiel als Anregung gegeben werden.

Die Aufteilung der Beete in kleine Quadrate erleichtert die Übersicht, gibt Struktur und bestimmt den Abstand zwischen den Pflanzen. Das ist vor allem dann wichtig, wenn man wenig Platz hat und sich diesen gut einteilen muss – aber auch zum Experimentieren, welche Pflanzenkombinationen man im nächsten Jahr dann auf größerer Fläche anbaut.

Praktisch ist es, ein leicht erhöhtes (20 cm) Beet aus Brettern zu bauen. Das Beet wird dann mit schmalen Latten oder Zweigen in Quadrate von ungefähr 40 cm Seitenlänge eingeteilt. Man sollte nicht mehr als 3 Quadrate pro Seite wählen, weil man sonst kaum noch an die mittleren Beete herankommt.

Wer früh im Jahr – oder sogar noch im alten Jahr – einsäen möchte, um zeitig zu ernten, sollte daran denken, eine Abdeckhaube zu bauen oder das Beet mit Vlies oder lichtdurchlässiger Folie zu bedecken. So kann man beispielsweise früh im Jahr damit beginnen (je nach Wetterlage Ende Februar/Anfang März), die Quadrate in der vorderen Reihe mit je sechzehn Spinatpflanzen oder mit Feldsalat einzusäen.

Diese Vorfrucht lockert den Boden, und was nicht auf den Tisch kommt, wird einfach abgeschnitten und als Mulch liegen gelassen, der den Boden warm und unkrautfrei hält.

Etwas später im Frühjahr stoßen dann noch Erbsen dazu (nah am Rand, an dem man Rankhilfen bauen kann, maximal 4 Stück pro Quadrat), Radieschen (16 Stück), Steckzwiebeln (8 Stück), Salat (2 Stück), Mangold (4 Stück) und ein Kräuterquadrat mit Schnittlauch und Petersilie.

So kann bereits ein wenig geerntet und der Boden gelockert werden, während man auf der Fensterbank Tomaten, Zucchini, Paprika, Kohl und anderes Gemüse vorzieht.

Samenbomben

Samenbomben oder auch Seedbombs sind kleine Kugeln aus Erde, Tonerde und Pflanzensamen. Sie spielen eine große Rolle beim sogenannten Guerilla-Gardening und werden gern an Wegrändern oder Baumscheiben abgelegt, um blühende Flecken in einer tristen, oft städtischen Umgebung zu erschaffen. Diese Fleckchen dienen auch Bienen und anderen Insekten als Brücke zwischen Wiesen und Gärten.

- 5 Teile Tonerde
- 4 Teile Erde (torffrei oder Kompost)
- 1 Teil Samen (Kamille, Ringelblume, Schafgarbe, wilde Möhre, Schnittlauch, kleinwüchsige Sonnenblumen etc.)
- etwas Wasser
- eine große Schüssel
- ein Eierkarton

1. Tonerde, Erde und Samen gut vermengen und dann vorsichtig Wasser dazugeben, bis sich Kugeln formen lassen. Es hilft, die Hände zu befeuchten.
2. Die Kugeln sollten dann schnell im Eierkarton getrocknet werden, damit die Samen nicht verfrüht austreiben. Wenn der Tag nicht warm und trocken ist: den Backofen auf die niedrigste Stufe einstellen oder einfach in die Restwärme nach dem Kuchenbacken legen. Es kann bis zu 4 Stunden dauern, bis die Samenbomben trocken sind. Einen Löffelstiel in die Ofenklappe stecken, damit die Feuchtigkeit entweichen kann.

Bevor man loslegt, sollte man jedoch einige Hinweise beachten:

- Respekt ist das oberste Gebot beim Auswerfen der Samenbomben. Sie sind kein lustiges Spielzeug, sondern können

Pflanzen in Ökosysteme bringen, in die sie nicht gehören (und somit sogar mehr schaden als nutzen), Gartenbesitzer verärgern und hohe Kosten in gepflegten städtischen Grünanlagen verursachen. Also immer gut überlegen, was wo ausgeworfen wird, damit sich Insekten und Anwohner über die Blütenpracht freuen.

- Nicht jede im Laden erhältliche Samenmischung hält, was sie verspricht. Viele enthalten Neophyten, also nicht einheimische Pflanzen. Wenn diese einheimische Arten verdrängen, finden spezialisierte Insekten keine Nahrung mehr.
- Die Blumen sollten sich möglichst nicht rasant durch Samenflug und Co. in der Nähe ausbreiten. Pfefferminze, Oregano, Klee und Löwenzahn sind wunderschön, überwuchern aber innerhalb kürzester Zeit die gesamte Umgebung. Im Zweifel beim örtlichen Naturschutzbund oder bei Imkern nachfragen.
- Besonders beim Auswurf an Kinderspielplätzen und Ähnlichem auf ungiftige Pflanzen achten. Rittersporn, Eisenhut und andere sind wunderschöne Schattenpflanzen, aber hochgiftig.

Holunderblütensirup

Zutaten für ca. 500 ml Sirup:

- 10-15 große Holunderdolden
- 1 Bio-Orange
- 1 Bio-Zitrone
- 1 l kochendes Wasser
- 1 kg Zucker
- 20 g Zitronensäure

1. Die Dolden nicht waschen, aber gut ausschütteln. Die Stiele so weit wie möglich abschneiden. Zitrone und Orange heiß abwaschen, die Schalen abreiben und die Früchte in Scheiben schneiden.
2. Schalenabrieb, Zitronen, Orangen und Holunderblüten in ein großes Gefäß geben, mit dem heißen Wasser übergießen und den Sud für ein bis zwei Tage stehen lassen. Dabei entweder dafür sorgen, dass alle Pflanzenteile unter Wasser sind, oder mehrmals am Tag schütteln.
3. Ein Mulltuch in ein Sieb legen und den Sud darauf gießen. Die Ecken des Tuchs zusammenlegen und den Inhalt im Tuch eindrehen, um so viel Flüssigkeit wie möglich herauszupressen.
4. Die Flüssigkeit in einem Topf erwärmen und Zucker und Zitronensäure darin auflösen. Sprudelnd aufkochen lassen, eventuellen Schaum abnehmen.
5. Dann den Sirup in sterilisierte Gefäße abfüllen, verschließen.
6. Der Sirup hält sich etwa ein Jahr lang. Für eine erfrischende Limonade mischt man etwa 5 Teile Wasser und einen Teil Sirup.

Falls man zu viel Zucker genommen hat und die Flüssigkeit auf dem Herd geliert, einfach noch ein wenig Gelierzucker zugeben und Holunderblütengelee herstellen.

Auf dieselbe Art kann man natürlich auch aus Lindenblüten und anderen Blüten leckeren Sirup herstellen.

Ostereier mit Wachs verzieren

- Eier mit dicker, weißer Schale
- Ostereier-Kaltfarben
- Bienenwachs (am besten in kleinen Chips, Kerzenreste zerkleinern)
- Stecknadeln
- eine Kerze
- alte Deckel von Schraubgläsern
- ein wenig Sand oder eine hitzebeständige Unterlage
- alte Löffel
- ein Bleistift

1. Die Eier werden vorsichtig und gründlich gewaschen und getrocknet. Die Kaltfarben werden nach Anleitung vorbereitet, sodass die Eier nur noch hineingegeben werden müssen – am besten die Gefäße schon so aufstellen, dass die hellen Farben vorn stehen, die dunklen hinten. Man färbt immer zuerst die hellen Farben, dann die dunkleren. Der Sand wird in die Schraubglasdeckel gefüllt.
2. Mit dem Bleistift können die Muster dünn auf dem Ei vorgezeichnet werden, zum Beispiel Sonnen, Blüten, Blätterranken oder kirchliche Ostermotive.
3. Jetzt ein wenig Wachs auf einen Löffel geben und über einer Kerze schmelzen. Den Löffel im Sand oder auf einer anderen hitzebeständigen Unterlage ablegen. Mit der Spitze der Stecknadel wird das Wachs nun aufgenommen und zügig auf die Eierschale aufgetragen. Bloß nicht zu langsam sein und mit der Nadel festkleben!
4. Ist der erste Teil des Motivs mit Wachs aufgebracht, das Ei in die erste Kaltfarbe legen. Wenn die Farbe gut an der Schale haftet, das Ei herausheben und trocknen lassen.

5. Es folgen die nächste Schicht Wachs und das nächste Farbbad. Dieser Vorgang kann mehrfach wiederholt werden, man sollte nur darauf achten, welche Töne man übereinander färbt, sonst endet man schnell bei einem matschigen Braun.
6. Ist das Ei zum letzten Mal getrocknet, wird es ausgeblasen. Das kann man natürlich auch vorher erledigen, aber das Untertauchen im Farbbad wird dann kniffelig.
7. Das leere Ei wird nun vorsichtig an die Flamme einer Kerze gehalten und das geschmolzene Wachs mit einem Küchentuch abgerieben. Es klappt auch gut, mehrere Eier in den leicht warmen Backofen zu legen.

In Südwestdeutschland werden ausgeblasene Eier in der Regel nicht draußen an einen Baum gehängt, sondern an einen Ast, der im Innenraum steht. Das kann eine blühende Forsythie sein (Vorsicht, leicht giftig), eine Zierhaselnuss oder eine Weidenrute.

Erdbeertorte mit Bananenboden

Am besten schon am Vortag backen.

Leider schafft man es nicht immer, Bananen rechtzeitig zu essen, und sie werden leicht braun. Oder man erwischt im Supermarkt eine Tüte mit etwas angematschten Bananen. Zum Wegwerfen oder Kompostieren sind sie natürlich viel zu schade! Vor allem, weil Bananenbrot nicht nur schmeckt, sondern auch einen wunderbar saftigen Tortenboden abgibt.

Zutaten für eine Springform mit 26 cm Durchmesser:

- 3 überreife Bananen
- 300 g Mehl
- 100 g Rohrohrzucker
- 1 Ei
- 1 Prise Salz
- 1 Päckchen Backpulver
- Vanillezucker nach Geschmack
- 4 EL Öl oder Butter

Zutaten für den Belag:

- 3 EL geriebene Mandeln
- 500 g Joghurt, Schmand, Quark oder Frischkäse
- ½ Teelöffel Agar-Agar
- Schale einer halben Bio-Zitrone
- 100 g Erdbeeren
- 3-4 EL Wasser oder Saft

1. Den Backofen auf 180 Grad Unter-/Oberhitze vorheizen.
2. Mehl mit Backpulver vermischen – es kann auch in Teilen Vollkornmehl verwendet werden. Die Bananen schälen und

mit einer Gabel zu Mus zerdrücken. Das Mus mit Zucker, Vanillezucker, Salz, Ei und Öl zusammenrühren, dann das Mehl dazugeben und vermischen.

3. Den recht flüssigen Teig etwa einen Daumennagel hoch in eine Springform füllen.
4. Grundsätzlich braucht ein gutes, noch leicht feuchtes Bananenbrot etwa 45 Minuten bei 180 Grad. Bei kleineren Broten und dem flachen Boden sollte man schon nach 30 Minuten testen, ob es durch ist – ein klein wenig klebrig darf es in der Mitte sein, sonst wird es zu trocken! Abkühlen lassen.
5. Nun werden die geriebenen Mandeln auf dem Tortenboden verteilt. Abgesehen vom guten Geschmack dient diese Schicht dazu, Flüssigkeit aufzusaugen, damit der Tortenboden nicht durchsuppt. Statt Mandeln kann man auch gehackte Nüsse oder Kerne verwenden.
6. Die Erdbeeren halbieren und mit den Hälften den Boden komplett bedecken. Einen Tortenring um den Boden legen.
7. Joghurt, Schmand, Quark oder Frischkäse nach Geschmack miteinander vermischen. Grundsätzlich kann man alles verwenden, was an Resten im Kühlschrank ist. Die Mischung sollte allerdings nicht zu wässrig werden. Einen sehr flüssigen Joghurt sollte man besser mit etwas Quark oder Schmand eindicken.
8. Um der Creme den nötigen Halt zu geben, werden 3 oder 4 Esslöffel Wasser oder Saft auf dem Herd zum Kochen gebracht, und das Agar-Agar wird hineingerührt – der seltsame Geruch ist normal. Sobald die Flüssigkeit geliert, wird sie zur Joghurt-Quark-Mischung gegeben und gut untergerührt. Sofort in den Tortenring gießen und kalt stellen.
9. Mindestens 4 Stunden, besser noch über Nacht ruhen lassen.

Grüner Spargel mit Bärlauchpesto

Zutaten für 2 Personen:

- ein kleines Bund Bärlauchblätter
- 500 g grüner Spargel
- 1 EL Pinienkerne
- 100 g Feta
- Salz
- frisch gemahlener Pfeffer

1. Den Backofen auf 180 Grad Unter-/Oberhitze vorheizen.
2. Pinienkerne ohne Fett anrösten. Wasser in einem großen Topf zum Kochen bringen.
3. Bei grünem Spargel reicht es aus, die Enden zu schälen. Die Kochzeit beträgt etwa 7 Minuten, der Spargel sollte beim Einstechen schon recht weich sein.
4. Während der Spargel kocht, eine Auflaufform mit dem halben Bund Bärlauch auslegen. Die andere Hälfte zusammen mit den Pinienkernen im Mixer oder mit einem Pürierstab zerkleinern. Mit Salz, Pfeffer und Olivenöl vermischen, noch mal mit dem Messer durchhacken.
5. Den Spargel abtropfen lassen, in die Form geben und mit dem Bärlauchpesto bestreichen. Den Feta darüberkrümeln und nach 20-30 Minuten im Backofen noch warm genießen.

Ecoprint

Dieses Kolorierungsverfahren macht sich die Eigenschaften der färbenden Bestandteile von Pflanzen zunutze. Im Gegensatz zum kompletten Einfärben einer Textilie sollen sich die Konturen der Pflanzenteile auf dem Stoff abdrücken und für herrlich natürliche Muster sorgen.

Die besten Farbergebnisse erreicht man bei Proteinfasern (Wolle, Seide). Baumwolle und Leinen nehmen Pflanzenfarbe schwerer an, auch wenn sie vorher mit Soda ausgekocht (15 g Soda auf 100 g Stoff) und gebeizt werden.

Alaun ist eine umweltverträgliche Beize, die bereits im Mittelalter verwendet wurde. Sie kann über das normale Abwasser entsorgt werden. Für Wolle Essig verwenden.

- pro 100 g Stoff 15 g Alaun als Beize
- Wollstoff oder Baumwollstoff (dicht gewebt, glatt)
- Blätter, Blüten, Rindenstücke oder färbende Wurzelteile
- Putzhandschuhe
- Rohrstück oder Ähnliches

Farbstarke Pflanzen, die man ohne lange Suche organisieren kann, sind zum Beispiel:

- Klatschmohn: orange bis rot
- Thuja/Lebensbaum: gelblicher Ton, Saft blaugrau (Achtung: schwach giftig und hautreizend, Handschuhe tragen!)
- Blutbuche oder Bluthaselnuss (auch Rinde): rötlich braun, Rinde bläulich
- Zwiebelschalen: je nach Sorte bräunlich oder gelblich
- Möhren, Sonnenblume, Kamille: orange bis gelb
- Farn, Gras: Grüntöne
- Obstbaumblätter: Brauntöne, Grüntöne

- Liguster: bläulich
- Malve/Stockrose: grau

1. Stoff anfeuchten (Baumwolle mit Soda vorbehandeln) und über Nacht in die warme Alaunbeize legen. Alaun ist grundsätzlich ungiftig, bei empfindlicher Haut ist es jedoch besser, Handschuhe zu tragen. Auswringen und feucht auf einem gut zu reinigenden Boden bzw. auf einer Folie ausbreiten.
2. Nach Herzenslust die Pflanzenteile auf dem Stoff verteilen und sachte andrücken. Die Stoffbahn wird anschließend vorsichtig um ein Rohr oder ein ähnlich unempfindliches Material zu einer Rolle gewickelt. Bei sehr dünnen Stoffen einfach die Folie mitwickeln. Die Rolle wie eine Roulade fest mit einer Kordel verschnüren.
3. Die Roulade kommt nun in einen Siebeinsatz bzw. in ein Sieb, das man in einen Topf mit kochendem Wasser stellt. Deckel drauf. Der Stoff sollte nicht im Wasser liegen, sondern nur etwa eine Viertelstunde gedämpft werden. Einen Dampfgarer nur benutzen, wenn er hinterher nicht mehr für Speisen verwendet wird. Ganz kleine Rouladen können in Frischhaltefolie eingeschlagen und auf einem Teller drei Minuten lang in der Mikrowelle behandelt werden.

Und schließlich ist er da, der große und überraschende Moment des Entrollens. Gut bügeln hilft, die Farben noch besser zu fixieren. Die Stoffe sollten dennoch sehr schonend gewaschen werden, um die Schönheit der Drucke lange zu erhalten.

Etagere ohne Bohren

Altes Geschirr mit Goldrand, Kristallgläser und Sammeltassen können kultig sein – oder Staubfänger, wenn man zu viele davon besitzt oder auf dem Flohmarkt einfach nicht daran vorbeigehen kann. Hier kann man Abhilfe schaffen, indem man daraus ganz einfach eine Etagere baut, die für Ordnung auf dem Frühstückstisch sorgt.

- 3 alte Teller in unterschiedlichen Größen
- 2 alte Gläser oder Tassen
- 1 alte Champagnerschale
- Porzellankleber
- abwaschbarer Filzstift

1. Ein Glas umdrehen und genau mittig auf den größten Teller stellen. Mit dem Filzstift um das Glas fahren. Den Umriss des Glasbodens in gleicher Weise auf die Unterseite des mittelgroßen Tellers übertragen. Mit dem zweiten Glas zwischen dem mittelgroßen und dem kleinen Teller wiederholen. Die Champagnerschale auf den kleinen Teller stellen und ebenfalls den Umriss nachzeichnen.
2. Sowohl um den Rand des Glases als auch an der Innenseite des Filzstiftkreises Porzellankleber auftragen. Stück für Stück die Etagere mit dem Kleber zusammensetzen, vorsichtig, aber fest andrücken. Eventuelle Kleberreste werden sorgfältig mit einem feuchten Tuch abgewischt – was einmal klebt, geht fast nicht mehr ab.
3. Gut durchtrocknen lassen. Das dauert ungefähr einen Tag.

Untersetzer aus Zweigen

Wenn im Garten der Grünschnitt anfällt, dann sind meistens auch ein paar fingerdicke Zweige dabei, aus denen man sich wunderbar ein paar heimelige Untersetzer für den Tisch basteln kann.

- fingerdicke (ungiftige) Zweige
- Garten- oder Baumschere
- nicht zu dünner Basteldraht
- Kneifzange
- evtl. Rundzange zum Verdrillen

1. Die Zweige in 25 cm lange Stücke schneiden. Diese Stöckchen nebeneinander legen – prüfen, ob Topf oder Schüssel wirklich stabil darauf stehen können.
2. Zwei Drahtstücke von jeweils der dreifachen Länge des zukünftigen Untersetzers mit der Zange abzwicken.
3. Die Drähte je auf die Hälfte zusammenlegen. Das erste Stöckchen in die Schlaufen legen – der Abstand zum Rand beträgt links und rechts ungefähr 5 cm. Dann die Drähte mit der Hand oder mit der Zange fest verdrillen. Das nächste Stöckchen einlegen, befestigen usw.

Rosenblütenessig

Zutaten:

- 2 Handvoll frische Blütenblätter von Rosen
- 500 ml milder Essig (Weißweinessig oder Apfelessig)
- ein sauberes Gefäß

Die Blütenblätter (alles Grün wegzupfen) mit Essig übergießen und das Ganze in einem sauberen, verschlossenen Gefäß an einen dunklen, warmen Ort stellen. Hierbei sollte darauf geachtet werden, die Flüssigkeit entweder einmal am Tag zu schwenken oder so mit einem Sieb, einem Tuch oder Tellerchen zu verschließen, dass sämtliche Pflanzenteile im Essig liegen. Alles, was Kontakt mit Luft hat, kann schimmeln!

Nach ein bis drei Wochen haben die Blüten ihre Farbe verloren, und der Essig ist fertig.

Er kann dann durch ein feines Tuch abgeseiht und in hübsche Flaschen gefüllt werden. Falls er nicht vorher verbraucht wird, hält sich ein Blütenessig ungefähr ein Jahr lang, wobei der Geschmack natürlich an Intensität verliert.

Blütenessig kann man auch aus anderen Blütenblättern, wie zum Beispiel Veilchen oder Rosmarin, herstellen. Wichtig ist, vorher genau zu überprüfen, ob die verwendete Pflanze auch wirklich ungiftig ist.